公元787年,唐封疆大吏马总集集诸子精华,编著成《意林》一书6卷,流传至今
意林: 始于公元787年,距今1200余年

青春最美,梦想出发
中国式好看轻小说优鲜品牌

灼灼繁花 煌煌天下 ②

别角晚水 著

北方妇女儿童出版社
·长春·

图书在版编目（CIP）数据

　　灼灼繁花，煌煌天下.2 / 别角晚水著. -- 长春：北方妇女儿童出版社，2018.7
　　（意林·轻文库.绘梦古风系列）
　　ISBN 978-7-5585-2396-0

　　Ⅰ.①灼… Ⅱ.①别… Ⅲ.①长篇小说－中国－当代 Ⅳ.①I247.5

　　中国版本图书馆CIP数据核字(2018)第142747号

灼灼繁花，煌煌天下②
ZHUOZHUO FANHUA, HUANGHUANG TIANXIA（ER）

出 版 人	刘　刚
总 策 划	安　雅　张　星
特约策划	师晓晖
责任编辑	吴　强　王　婷　孟健伊
图书统筹	鹿鸣昔
特约编辑	崔馨予
绘　　图	清　茗
书籍装帧	胡静梅
美术编辑	赵艳红
作家经纪	卢晓凤
开　　本	880mm×1230mm　1/32
字　　数	300千字
印　　张	7
版　　次	2018年7月第1版
印　　次	2018年7月第1次印刷
印　　刷	北京嘉业印刷厂
出　　版	北方妇女儿童出版社
发　　行	北方妇女儿童出版社
地　　址	长春市人民大街4646号 邮编：130021
电　　话	0431-85678573
定　　价	24.80元

版权所有　侵权必究
如发现印装质量问题，请与印务部联系退换，电话：010-51908584

目录

第一章 谁情薄如纸 001

第二章 青梅能解语 037

第三章 我一心向你 059

第四章 何处可藏心 123

第五章 暮时潇潇雨 145

第六章 微凉过小山 185

本册简介

门派

　　慕颜洲：享尽天时的神秘门派，其居住地宛如世外仙境。门人以女子居多，武功博采各派之长，行事我行我素。

　　一粟海：有百年历史的大派，以匡扶天下泽被苍生为主旨，医术和幻术双绝，被视为当今江湖最权威的名门正派。

　　长离宫：于地下建宫，美轮美奂，门人通晓奇门术数，尤其擅长用毒，诡谲不羁，被视为邪魔歪道。

人物

　　岳泠澜：慕颜洲少主，清冷又毒舌，有着世间最耀眼的皮囊和最不堪的身世。

　　离睢：岳泠澜心头的月亮，颜色无双，命途多舛，身份成谜。

阿筝：身份神秘的绿衣女子，自称是长离宫普通门人，却武功奇高，爱慕岳泠澜。

莫青璃：江湖人称"羽衫观音"，慕颜洲洲主，抚养岳泠澜长大，对他感情复杂。

汐回：岳泠澜的师妹，慕颜洲乃至江湖上医术数一数二的女子，温柔和顺。

唐似漪：主动为一行人寻找"不思泯"提供帮助的陌生女子，敌友难辨。

涧花：岳泠澜的四位侍女之一，自幼争强好胜，多年前在暮雨帮助下逃离慕颜洲，原因成谜。

暮雨：岳泠澜的四位侍女之一，善良安静，忠诚聪慧，甘愿付出，被观音关在牢狱中多年。

棠：夜明生的未婚妻子，二人因误会分开，如今终于找到夜明生，进入岳泠澜的队伍中。

不同于暮雨的镇定,在月光下身形暴露无遗的女子眼中,流露出了一丝明显的怯意。

那暗自同外人通信的,是涧花。

她连目光都不敢在暮雨脸上过多地停留,声音却依然强自冷静:"暮雨,我没有做什么过分的事情。再帮我一次吧,就像六年前你帮我的那次一样。"

暮雨的眸子里,涌出了一种难以名状的哀伤,她死死地攫取着涧花的神情,想看看这女子如此理所当然地提出荒唐的要求时,是不是会有一时一刻的惭愧或者内疚。可是,除了她二人之间的死寂,什么都没有。

暮雨忽然笑了,她笑着笑着,呛出了泪:"是谁教你说的这些?"

如她所料,涧花的脸,一瞬间变得煞白。

根本不指望她会回答,暮雨背过身,低低道:"告诉她,这是最后一次。"

那些在慕颜洲姐妹相称、共同进退的时光,或许从一开始,对涧花来说,都是假的,所以可以随意抛弃。

终究还是握不住了吧。

这是暮雨帮涧花的最后一次。

空山新雨后,天气是最舒畅清新的。

大清早爬起来的云岁成打扫着院中的一地落花,时不时地歇一会儿,念上几句伤春悲秋的酸诗,余光里,夜明生已经围着院子跑了十

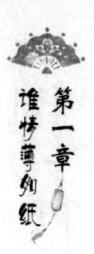

几圈了。

"阿夜,你睡不着来陪我,我很感激你。但是你也没必要像这样一刻不停地晃我眼睛吧?你瞧,院外有野菜野猫,院内有小花小草,大早上的你就这么折腾,它们怎么休息呀?"

"死云楂,你自作多情的本事还真是登峰造极,谁有空陪你这个呆子发痴?你脑筋不清楚,还是洗洗睡吧。"夜明生跑得气喘吁吁的,可数落人的本事还是一流。

"那你究竟在干吗?"云岁成习惯了被夜明生用各种方式各种语气欺负,百忍成金,早已养成了温良恭俭让的好性子。

夜明生停下步子,喘了口气:"我是为了我心爱的女子啊!"

云岁成受到了惊吓:"谁啊?"

"别装了,你会不知道?"夜明生白了云岁成一眼,一副认定了他是明知故问的样子。

"是不是……"云岁成好像想起了谁,正要脱口而出,却被夜明生抢白道:"对,就是汐姑娘!"

"汐姑娘?"云岁成不可置信地打量了一番夜明生的神情,他汗如雨下,面色通红,眼神却很认真,不像是一时兴起。

夜明生很不喜欢云岁成的反应,拉长了脸道:"你什么意思啊?进慕颜洲的第一天,我就告诉过你,我一见到汐姑娘我这心里就发疯一样地喜欢,她长得好看,人又温柔,医术还高明,简直是兰心蕙质、秀外慧中、才貌双全……反正什么都好就对了!先前我以为她是公子的人,既然现下已明了,公子的人只有月姑娘一个,那我不就有机会和汐姑娘在一起了?"

云岁成一反常态地没有接他的话茬,只是沉思着,神色很凝重。

"哎呀,我知道你在想什么,"夜明生的爪子瞬间勾上了云岁成的背,"是,论美貌,汐姑娘的确不如月姑娘惊艳,别说月姑娘了,就是比起那个泼辣的阿筝,也差那么一点点,但我是这么肤浅的人吗……"

"不,你不知道我在想什么……"云岁成支支吾吾地说。

"你不是在想这个?那你一定是觉得,我一厢情愿是不是?我可告诉你啊,汐姑娘和我绝对有戏。你看这儿,还记得不?那天公子被阿筝带回来,我和你烧水,这一整块都烫伤了,后来汐姑娘碰巧看到,主动给我敷药,还问我疼不疼,你看,现在都快好了。"

"那你今天这样绕着院子跑,也是为了亲近汐姑娘?"

"是啊,我现在浑身上下热血沸腾的,像不像发烧?等会儿我冲过去,汐姑娘一定会对我由怜生爱……"夜明生滔滔不绝,好像陷入了美好的遐想之中,无法自拔。

"可是,这样的话,棠怎么办?"

云岁成简简单单的一句话,好似当头浇下的一盆冷水,夜明生立刻安静了下来。棠?从若清的刑场辗转到慕颜洲再到萱城,转眼已有月余,他结识了新的伙伴,对未来也有了新的憧憬,他每日精神饱满,斗志昂扬,从未有一时一刻想起过这个女子。

真的,夜明生,从来都没有想起过顾言棠,一点儿都没有想顾言棠。这个陪伴了他整个少年时期的女子,这个和他分享过全部快乐和愁苦的女子……他早就把她忘得干干净净了。

当日刑场之上,烈日当头,满脸横肉的刽子手放声狞笑,一坛坛酒触地而碎,刀锋逼近,离死亡只有咫尺之距的时候,夜明生都没有惧怕。他只是觉得可惜,没来得及见棠最后一面,这个被人欺负惯了的小丫头,以后没有他和云岁成撑腰,该怎么活下去啊?

然后,他在人群中见到了顾崬,棠的父亲,夜云两家曾经的世交好友。这只老狐狸手上转着一枚白玉扳指,朝将死的他微微笑着。夜明生这一生都没有这样恨过一个人,他不恨跟红顶白急着和夜云两家划清界限的顾崬,他恨顾言棠。

那枚扳指,是他在临刑前夕,受了牢头三十大板,用藏于发间的最后一锭金子做交换,并一对玉镯,求牢头送去给顾言棠的。

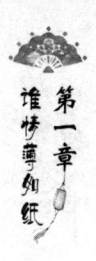

扳指和玉镯,都是他已故的娘亲千叮万嘱要送给未来儿媳妇的信物,他本不求棠履行指腹为婚的信约,他已将死,只希望她能来见他一面。

可是她没有来。

他的信物落在了她父亲的手中,这刑场上的刽子手没有让他人头落地,顾言棠在他临死前的这一刀却杀人不见血,让他痛不欲生。

夜明生脸上难得的阴郁神色让云岁成心中一凛,他拍醒夜明生,劝道:"那日的事多半是个误会,棠对你怎么样,这么多年你我心里都清清楚楚的,你可千万别辜负她……"

"我辜负她?"夜明生冷笑,"她辜负我还差不多吧?云楂,我知道你喜欢她,打小你就喜欢,只是不想跟我争,对不对?那我告诉你,我喜欢的是汐姑娘,就算现在顾言棠站在我面前,我也这么说!你尽管去喜欢顾言棠,犯不着为了她来教训我!"

他一手推开涨红了脸的云岁成,一手堵着耳朵,跟跟跄跄地走了。

"汐回,"阿筝趴在桌子上,歪过枕在手臂上的头,懒懒地说,"你到底有没有在听我说话?"

汐回手上不停地整理着药材,笑道:"你说呢?"

"要是你在听我说话,为什么只知道摆弄你的药材,也不理理我?"

汐回看着阿筝气鼓鼓的样子,觉得这模样十分可爱:"你在抱怨月姐姐,难道指望我能陪着你一起抱怨?我们这一大家子,伤的伤、病的病,我若是再不准备些药材,以备不时之需,也太不像医女了吧?"

"你被她下药了吧?枉费你一身医术,"阿筝冷哼道,"你们都说,我和离雎有几分神似,就凭这一点,原本我在岳泠澜眼中还有些分量,现在倒好,她一回来,我就成了个废品。"

"阿筝,"汐回轻轻地把几个药匣子推了进去,"其实你心里是清

楚的。不管你有几分相似,不管月姐姐回不回来,在师兄心里,除了月姐姐,都是废品。"

"你干吗说得那么直白?"阿筝换了个姿势趴着,"我就是觉得,离睢有问题。"

"月姐姐缺失了十几年的记忆,当然有问题啊。昨夜我本想再去同她说说话,看看她的记忆究竟是被抹了还是被封了,再想想她被十渡篡改的那部分记忆该怎么消除,可她已经睡熟了,只能今天晚一些再过去了。"

"你何必省略重点呢?昨晚捅破桑皮纸看他们的又不止你一个。不过我真想问你来着,从前在你们慕颜洲,岳泠澜也是这样,整宿整宿地抱着她睡?"

"阿筝,注意措辞好不好?昨夜师兄是坐在床边的,你怎么说得好像他们……"汐回在阿筝面前坐下,虽低头拣选着草药,两颊的红晕却还是很明显,"月姐姐从小就习惯了枕在师兄怀里睡,她身体不好,不知什么时候就发病了,这样睡,师兄好歹能知道她舒不舒服。你是不知道,她发起病来的样子有多恐怖,她一旦发病,师兄是根本走不开的,只能派人来找我。我赶去用药的时候,师兄从来都是这样抱着她坐在床边。后来我听芷汀说才知道,那些年师兄就没有好好躺下休息过。"

"我说,他是脑子有坑,还是脑子本身就是个坑?为什么他对大伙儿都冷冰冰的,倒把全部的热都给了离睢?你就没问问?"阿筝忽地跳了起来,语气激昂得很。离睢发病的模样,她是见过的,可怜归可怜,岳泠澜也不像个同情心泛滥的人啊。

"我虽五岁便进了慕颜洲,可除去给月姐姐用药,见到师兄的次数极少。何况我只是师妹啊,又怎么好问这个?"汐回拉了拉阿筝,让她好歹说话声音轻一点儿,"其实,说起他对月姐姐的好来,又岂止这一件呢?师兄自己也是先天不足,师父特地辟了弹指湖给他,弹指湖的药

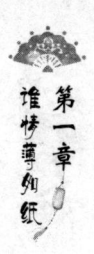

效虽好，可最多只能供两个人疗养。师父看中我在医术方面的天赋，命我管理弹指湖药浴七年。可是，就因为月姐姐身体不好，师兄便瞒了师父，回回都让月姐姐去。后来师父知道了，只能退而求其次，给了师兄许多千步香。但扬汤止沸，千步香到底只能避退部分毒物，再好也比不上弹指湖。"

阿筝柔声细气地学着汐回的语调道："对岳泠澜我已经无话可说了，幸亏这次伤他的是十渡，要是换了离睢啊，他怕是给她打死了，还舍不得挪步子呢！不过汐回，我说离睢有问题，不是指她的记忆。我问你，你去碧海青天的时候，有没有见到什么异常的现象？"

汐回摇头道："我十二岁时，弹指湖七年药浴已毕。所以最近这六年间，我统共只去过碧海青天两次，除了之前师兄放我进来的那次，就是三年前他放火的那一次，师父派人喊我过去救他……"她大概是想起了当日可怖的情景，连语气都哀伤起来。

"你就没看见些别的？比如……坟墓之类的？"阿筝又一次跳了起来。

汐回也坐不住了："坟墓？这又是从何说起啊？"

阿筝绕着桌子走了一圈："你觉得有没有这种可能，真正的离睢六年前就死了，岳泠澜不敢相信这个事实，一直在自欺欺人，结果弄得他自己都信了。十渡找了个和离睢长得一模一样的女子，封住她的记忆，再用这个假离睢来绊住岳泠澜，企图就是……就是窃取不思珉！"

"你真可以去说书了。"汐回笑着把她拉回座，"如果真像你所说的，那晚十渡出现的时候，师兄不就打算用不思珉交换月姐姐了吗？那月姐姐为什么还要阻止他呢？何况，和月姐姐长得一模一样的女子？我不信世上还有任何女子的风华可以和月姐姐相提并论。"

"怎么没有？我们宫主就比她美多了！"阿筝鼓着腮帮子，十二分地不服气。

"我没见过冷折鸢,虽常听人道她是怎样怎样的美貌,却终究不好作评的。不过,阿筝,我怎么没想到你呢?你的美貌倒是和月姐姐各有千秋啊。"

"算你有眼光!"阿筝喜不自禁,一把抱住汐回,"汐回,你说,除了脸还有那个月亮形的疤痕,离雎还有什么东西是特有的?就是,能证明她真的是离雎的?"

"其实月姐姐现在的疤痕跟从前也有些不同,我记得从前她那道疤是发着光的,可美了……不过,你想做什么?"汐回十分警觉地打量了阿筝一番。

"我没想做什么呀,我能做什么……"阿筝正想磨她让她多说一些有用的,却听见震耳欲聋的一声"汐姑娘",夜明生跌跌撞撞地跑了进来,一头栽到了桌面上……

"死阿夜,你又发什么疯?"阿筝揪着夜明生的耳朵,毫不手软地把他拎了起来。

夜明生一边喊疼,一边道:"我不是说过吗,我只许云楂这样叫的!"

"呸,昨天岳泠澜和离雎不也这么叫你了?我看你当时挺乐呵的啊!"

"公子难得这么高兴,他们爱怎么叫就怎么叫!你谁啊?我干吗给你叫?"

"你不用知道我有什么惊人的身份,"阿筝诡异地一笑,恶狠狠地拧了下夜明生的耳朵,"你只要知道,我现在就可以让你从白天鸟叫一直号到晚上鬼叫!"

"好了好了,"汐回实在看不下去了,她拨开阿筝的手道,"夜兄弟,你怎么了?是之前烫伤的地方又疼了吗?"

"汐姑娘,"夜明生噙着泪,挪到汐回跟前,一脸的委屈状,"不但伤口疼,我还发烧了呢!你摸摸……"他说着便想去抓汐回的手,

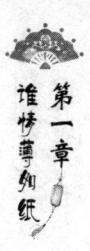

幸好阿筝眼疾手快,瞅准了他的爪子就是一掌,逼得他立刻缩了回去。

"发烧?真不巧,退烧药之前都给师兄用了,我手上没有现成的草药……要不这样,我现在出去买一些药材,你先在家睡会儿。"汐回正欲起身,夜明生却向前一拦,秀气的眉眼堆满了笑,他指指自己道:"汐姑娘,你不介意带个替你拿药的吧?"

汐回笑着摇摇头,正要出门却不忘回头提醒阿筝道:"千万不要做出格的事啊!"

阿筝背对着二人,拿起酒杯做了个点头状,待她转过身时,殷勤的夜明生早就推着汐回走远了。望着二人远去的背影,阿筝狡黠一笑:"出格?这格子有多大,我说了算。"

她转着短箫,想到了一个算不上多好但应该比较管用的主意。岳泠澜一大早就出门了,难得他没和离睢在一起,现在可是千载难逢的好机会。

阿筝溜到院中,远远地就看见离睢蹲在莲池边喂鱼,她忙摆好表情,十分和善温柔地唤了声离睢。

离睢有些茫然,她们虽在幻境中也算共患难过,但并不很相熟,阿筝因为岳泠澜的关系,一直对她吹胡子瞪眼睛的,几时这样和颜悦色过?

事反必妖。

果不其然,阿筝行至离睢身前,很快便切入主题道:"你怎么又回来了?你这次回来,到底有什么目的?"

"目的?"离睢更茫然了,她回来,自然是想和岳泠澜在一起,这算不算得上是目的?

"老实说吧,你是不是想帮十渡那个老贼婆抢不思珉?"阿筝紧盯着离睢的眼睛。

"她怎么说也是我的师父,请你说话放尊重些。"离睢退开一步,

每每和阿筝在一处,便总免不了剑拔弩张的,她很不喜欢这种感觉。

阿筝却逼近道:"岳泠澜因为她伤了这么些天,你还当她是师父?要我说,你们怕是早就狼狈为奸,设了局来害我们吧?你想以此彻底获取岳泠澜的信任,对不对?"

离睢本就不是委曲求全逆来顺受的性子,眼看阿筝如此无理取闹,她也不想再摆上一副好脸色,平白折了自己的风骨。她轻轻一笑,反唇相讥:"他从来都只信任我,何来'彻底获取'一说?信不信,即便你说真话,我说假话,他也只会信我?"

阿筝瞬时气白了脸,她忌讳听到什么,离睢偏说什么,摆明是和她作对。

离睢不想与她多做纠缠,正想离开,却被她扯了过来。

"离睢,一段记忆就是一段人生,你是个没有过去的人,你连个完整的人都算不上,你凭什么拥有他?你现在知道的你的名字、你们的过去,都是他告诉你的,你自己根本就一无所有,你是个穷光蛋,你知道吗?你跩什么?你凭什么跟我争?"阿筝厉声说着,手上的短箫顶端竟旋出了一丛薄薄的刀片,"你这道疤说不定是假的,连你这张脸我都很怀疑!你敢不敢,让我验验货?"

离睢本想甩开她,但见她咄咄逼人,心中着实生了股闷气,非得让她长点儿记性不可。想到此处,离睢淡淡道:"我再给你最后一次机会,放开我,否则,你可莫要后悔。"

阿筝嗤笑:"让我后悔,你算老几啊?"

离睢不再与阿筝废话,她轻弯唇角,忽然惊叫一声,跌下了莲池。

阿筝尚未意识到发生了什么,已被谁狠狠推了一把,她一时不着力,重重地摔在地上。

岳泠澜……

他什么时候回来的?

阿筝满脸煞白,活像个钉在地上的纸人,她看着岳泠澜跃入水中,

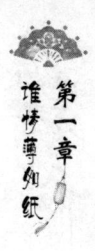

不一会儿就托了离睢上来,然后,那个她一直以为很好欺负的女子,贴在岳泠澜耳边道:"是她推我下去的!"

"我没有!"阿筝喊了一声,却见离睢蓦然一颤,随即将头埋于膝间,全身止不住地战栗起来……

她从来不知,离睢的戏演得这样好。

而岳泠澜呢?他早就心疼得不知如何是好,极尽温柔地拂去离睢面上的水珠,将她搂在怀里连声抚慰。

"我真的没有!"阿筝急得只能单调地重复着。

岳泠澜猛然回头,一双紫眸里的光芒凌厉得刺心入骨……阿筝吓得噤了声……世上怎会有这样一双眼睛?疼惜与愤怒,温柔与怨怼,天衣无缝地溶在里面。而她清楚地知道,哪种是对着离睢,哪种是对着自己……

他的唇角轻轻牵动,已流露出了十二万分的森冷:"我看见了。"

见阿筝的神色难看得要命,离睢觉得自己有些玩过火,她拉拉岳泠澜的衣袖道:"好了……带我去换件衣服吧,这水挺冷的……"

岳泠澜转头看她,顿时变了脸色,连眼中都有了温润的笑意,他抚着她的湿发,温声称"好"。

阿筝呆呆地看着岳泠澜,想着第一次自己刻意接近他时,只眯缝了眼,便觉得如同行走在玉山上一般光彩照人。她习惯了他的清朗冷清,习惯了他的疏离淡漠,她和慕颜洲的所有女子一样,渴慕着他的笑容,哪怕是冷淡的、嘲讽的、轻蔑的、不屑一顾的,只要是对着自己的,就是最珍贵的。

可是他呢?这么轻易、这么理所当然地颠覆了他的习惯,他变得那么容易笑,温柔的、缱绻的、盈盈暖暖的,却只是对着离睢一个人的。原来世上,竟有这样的不公平。

阿筝看得脑袋发涨,咬牙跑开了。

见她已跑远,岳泠澜敛了笑,偏头对离睢道:"如你所愿,把她气

跑了,满意了吧?"

离雎吐吐舌头:"你都看到啦?"

岳泠澜一敲她的脑袋:"你看见我过来才摔下去的,还问我看没看到?"

离雎自知理亏,缩着脑袋想从他怀里跳下来,却被他按了回去:"下次不许这样了。"

她轻哼一声:"你生气了?气我冤枉她?"

"我当然生气了,"岳泠澜应得十分诚恳,看着离雎的眼里如他所料地生了醋意,便满意地继续替她擦拭起水珠来,"演戏就算了,地上哪儿不能摔,干吗这么实诚地往水里跳,大冷天的冻坏了怎么办?"

离雎憋不住笑出了声:"要不是她太过分,动手动脚还动刀的,我也不会反过来摆她一道,没办法,我只是个小女子,什么都吃,就不吃亏。人待我五分好,我还十分,待我五分坏,我也还她十分!"

"你这性子啊……"岳泠澜叹了口气。

"怎么了?"离雎伸出拳头,一副你敢说我就敢揍你的表情。

岳泠澜只能握住她的小拳头,摸着良心道:"挺好的。"

他本准备再逗她几句,但想到她现在全身湿透,便先抱了她回房,好让她换件干衣裳。

离雎换装的间隙,岳泠澜也一刻都没闲着,一会儿搬暖炉,一会儿端姜汤,她听着声音,躲在屏风后面笑得花枝乱颤:"小山,我此刻才敢肯定,你是真的喜欢我。"

岳泠澜的声音隔着屏风显得有些低沉:"你换好了没有?"

"好了啊。"离雎摸不着头脑,甫一答完,那扇屏风不知怎的已飞速移开,腰上一暖,她霎时从床上滚到了谁的怀里。

"什么叫'才敢肯定'?我先前待你还不够好?"岳泠澜这语气,离雎听着,竟觉得有些幽怨。

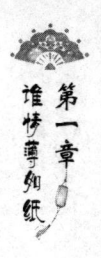

她抬起头,认真道:"先前,你的确已待我十分好,可那些好,总在方寸之内。今天,你明知我冤枉了阿筝,做的也是件坏事,你却不顾自己的原则来纵容我……我第一次真真切切地感受到,你对我的喜欢,已在方寸之外。"

"那我这样纵着你,你可喜欢?"岳泠澜微低了头,呼吸笼在她的鼻尖。

她朝他得意地笑:"我喜欢,我喜欢溺死在这种方寸之外的爱里,没有原则,没有底线,听来疯狂,直教人一路堕到地狱里去,可这就是爱!"

她的胆子越发大,攀住他的肩,脑袋靠在他的颈窝处,软软道:"小山,你爱我,对吗?"

他不回答,却轻轻咬住她的耳朵,许久,才低低道:"明知故问。"

离睢笑得更停不下来,好半天,她才收了笑,把他的脸扳过来对着自己的,郑重地许诺:"我知道,你是因为相信我不会真的做什么恶事,所以才由着我这一时的任性。你对我这样好,我也答应你,无论将来遇到什么波折,我绝不会生邪念、做坏事,让你为难。"

她说着,拉过他的手,碰碰他的小手指:"拉钩好不好?"

拉钩……真是小孩子的把戏。岳泠澜一脸嫌弃地……和离睢拉了钩。

她心满意足,趴在他的膝上打盹儿,可没过一会儿,她便想到了什么可怖的事似的睁开眼,喃喃道:"小山,我有的只是你的喜欢,若有一日,你倦了……"

岳泠澜摩挲她发顶的手微微一顿,在她看不见的地方,他紫眸幽深:"对小玉钩,小山永远都不会倦的。"

汐回和夜明生回来时,大堂里的气氛好像有点儿奇怪。阿筝独自跷着二郎腿坐在门边剪手指甲,时不时地从鼻孔里"哼"个一两声,而其他人都围着岳泠澜和离睢,像是在看什么新鲜的玩意儿。

　　暮雨见了汐回他们，起身来迎，难得活泼地道："汐姑娘快过来，公子说要变个戏法呢！"

　　一旁的涧花也接道："离雎姑娘觉得自己脸上的疤痕难看，公子说能给她变个月亮出来！"

　　经她二人这么一提醒，汐回大概知道岳冷澜是要做什么了。虽自她认识离雎以来，离雎的脸上便一直都有一道月牙状的疤痕，但那道疤却和现在她所见到的不大一样。

　　离雎现在的疤痕，只是再普通不过的一道隆起，可曾经的那道疤，却是光华熠熠，与其说是伤疤，不如说是一个精致的点缀，说句讨打的话，汐回一直都很羡慕，只是不知它究竟是怎么长的。

　　如今看来，那竟是岳冷澜的杰作。只见他提了霜吟过来，一只手漫不经心地揉着它的脑袋，另一只手指尖却在它足底极速一划，眼看血珠就要落地，暮雨忙端了茶碗来接，霜吟叫唤了几声后便十分懂事地由着岳冷澜放血，血水很快就聚起了薄薄的一层。

　　接着，他蘸了蘸霜吟的血，往离雎右颊的疤痕上一抹。

　　离雎觉得右颊一阵发热，好像有什么东西正在化开，她往镜中一瞥，不由得轻轻"啊"了一声……只见她的疤痕像镀上了一层月光，气度清华，不但不再是她容颜的妨碍，反而平添了不少灵气。阿筝此时也忍不住凑了过来，离雎的这道疤痕灼伤了她的眉眼，引得她心里一阵突突地跳。

　　离雎瞧着镜中有了几分娇媚之感的自己，不知怎的，竟觉得十分熟悉，好像在很久之前，她一直都该是这个模样的。她突然冒出了强烈的念头——原本，她以为过去不重要，忘记了也好，被刻意抹去或者封住了也罢，终归人是该向前走的，可现在，她觉得过去也是那么重要，她很想知道，真正的自己究竟是怎样的。

　　这种感觉实在奇妙极了。离雎触了触自己的"月光妆"，笑道："霜吟和雪语是同一种鸟儿，既然霜吟的血有这样神奇的功效，雪语的也一

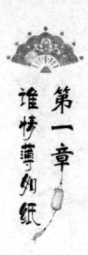

定可以，你为什么就欺负我们霜吟呀？"

岳泠澜用衣袖极轻极柔地拭去留在离睢脸上的霜吟的血迹，想起最开始，霜吟便是跟着他，由他教养的，而离睢管教的是雪语。有一年，离睢说她更喜欢霜吟，因为它个头大，能带着她飞。他心知她不过是贪一时新鲜，可还是顺了她的意，和她换了雪语养了一段时间。没想到她对霜吟那样好，它倒也算知恩图报。

离睢出事之后，雪语总要岳泠澜催着、赶着才肯听话去找人，霜吟却是和她一块儿不见的，还陪了她这么久。这些年，权当它替了他。

可无论如何，雪语都是离睢的鸟儿，他怎么舍得如此待它？

想到这儿，岳泠澜微低了头："舍不得雪语。"

离睢一愣，"噗"地笑开，她还不至于跟只鸟儿吃醋，便没多想，又照着镜子道："古人有梅花妆，覆其额，掩其瑕，我比她们还厉害，有月光做点缀呢！"

"能为你做点缀，已是它顶大的福气。"岳泠澜冷冷的声音如置弦上，他俯身于她耳畔，毫不吝啬地赞道，"无论有没有它，我的小玉钩，都是美质无瑕。"

前方传来一阵女子的清脆笑声，却不是离睢的。

众人这才发现，唐似漪不知何时已不请自来，她手上卷了本旧书，还是袅袅婷婷的模样，说话也温声软语的，十分动听："果然还是月姑娘本事大，一回来，公子都会笑了。"

"唐姑娘这话说的，倒好像曾在我身边多年一般。"岳泠澜接过暮雨递上来的清茶，撇开茶盖吹了吹，又递给离睢。

离睢轻轻呷了一口，睫毛一跳："我跟唐姑娘是第一次见面吧？"

唐似漪不知离睢的用意，只能应道："是呢，之前未曾有幸认识姑娘。"

"可你第一次见到我却没有任何惊讶的表情，还唤我'月姑娘'。"

离雎微微歪头看她。

唐似漪面上一紧,和不知所措的涧花对视了一眼,笑道:"姑娘真细心,是之前涧花特地告诉我姑娘的雅称的,希望姑娘不要见怪。"

涧花将袖子里差点儿掉出来的岳泠澜画的那幅《破阵图》推了回去,又忙帮衬着唐似漪解释了几句,离雎专心地对付着眼前的茶水,不再说话。

说什么涧花告知的昵称,可涧花自己喊她都是喊的"离雎姑娘",这个唐似漪,分明比涧花对她更为熟稔,要不是她现在想不起从前在慕颜洲的事儿,此刻早就当面揭穿这个女人了。

不过,点到即止,离雎相信岳泠澜要比自己聪明得多,连她都觉出不对味儿的人,他可能早早地就把底子都给摸透了。

见离雎没有作声,唐似漪想起自己此番前来的正题,便将手中的古书置于桌上,柔声道:"这本《四海拾遗》是我家传之物,里面记载了自古以来这世间与藏宝、索宝有关的诸多异闻,其中有很大的篇幅描画了一种专门用来藏宝的木化石,按这书上画的来看,它的作用类似于装宝物的盒子,只是要开启甚为困难。之前听涧花说,公子找到了您一直想要的东西,可那宝贝被困在一块木化石里,难以取出,所以今日冒昧前来,献上此书,希望能为公子解惑。"

涧花闻言愣了半晌,她和唐似漪之间是有些不可说的秘密,就在昨夜,她还因为给唐似漪送信的事儿被暮雨抓了个正着……可她传递的消息,根本就跟不思珉无关啊!

在岳泠澜伤重、阿筝跟汐回说话的间隙,她和暮雨的确在无意间听到过关于不思珉的事儿,但她几时多嘴告诉过唐似漪?这女人倒好,不请自来,真不知她葫芦里卖的什么药。

"这么神?你确定和不思珉有关?"一旁的阿筝冒了一句。

"原来这宝物是叫'不思珉'吗?"唐似漪看着阿筝,盈盈笑道,

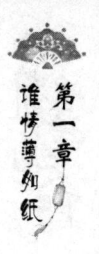

"我并不清楚此书所载的木化石是不是你们找到的那种,但书上记录的能用来藏宝的木化石,有且仅有一种。"

她翻开《四海拾遗》,指着一页道:"这本书我只看得懂图示,它所用的文字我却从未见过,公子见多识广,或许可以读懂。"

离雎瞥了一眼,只见那页纸上画了个宝盒模样的木化石,宽窄得宜,很是方正光滑,那木化石中央,有一个小小的凹槽,形状像极了一把钥匙。

这画上的木化石大概已经过了雕琢,暗藏了某些不为人知的精密关窍,可岳泠澜怀中揣着的那块,稚拙古朴,看上去并不相似啊。

除非……他们找到的、认为藏着不思珉的那块木化石现在的模样,是藏宝之人特意使出的障眼法,并不是它真正的面貌。

她下意识地看了岳泠澜一眼,他目光清亮,对她微微点头。

看来,他和她想的一样,这世上的木化石何其多,能用来藏宝的却被唐似漪言中,有且只有那么一种,无论他们手上现有的这块木化石表面看是多么粗陋,只要找对了路子,它一定会蜕变成画上那个精心设计过后的模样。

待离雎看完,岳泠澜伸出手遮住唐似漪指的那一页,无视阿筝不满的目光,冷冷出声:"唐姑娘,你想要什么?"

唐似漪眼中神彩陡现,面上却只浅浅莞尔道:"我什么都不要,若能帮上公子,我便已知足了。"

她这个答案,倒是有些出乎岳泠澜的意料,他不动声色,余光自阿筝、暮雨、涧花等人身上一一巡过,落回唐似漪身上,淡声道:"唐姑娘如此盛情,却之不恭。若姑娘愿意,可留下小住几日,涧花暮雨自会好好招待。"

唐似漪一怔,极力掩饰心中窃喜,目光却仍控制不住地和涧花有了交汇。

岳泠澜看在眼里,也不点破,只移开手,翻起书来:"书上说,这

种木化石是千岁阴沉木所化,极具灵性,之所以能用来藏宝,是因为它认主。"

唐似漪不自觉地跟着点头,他果真博学,能看懂这种令她一筹莫展的文字,阿筝让她把这本书交给岳泠澜,看样子是交对了,若滞留在她的手中,这本书何时才能为她换得那剩下的一半解药呢?

"认主?"阿筝却不免担心起来,"你的意思是它只认把宝贝藏进去的那个人?那我们不就白忙活了?"

"它认的主不是藏宝者,而是开启者。"岳泠澜将书翻开一页,推至众人面前,只见新页所绘的是木化石凹槽的细节图,这样一看,那凹槽明显就是个放钥匙的所在了,"这种盒子应该是有钥匙的,只要我们找到钥匙和合适的方法,这块木化石会起变化,找到有资格开启它的主人。"

"能不能说得具体一点儿?木化石会起什么变化?它又怎么找主人?它是个死物啊,还能自己选人?"阿筝听得云里雾里。

"首先,我们得找到钥匙,它的作用类似于药引。"岳泠澜并没有直接回答阿筝。

一直默默咬着指甲的夜明生突然开口道:"我觉得这个钥匙的形状有点儿眼熟。"

云岁成也觉得那凹槽的样子很特别,虽是细长的钥匙形状,可末端是由好几个圆形交叠组成的,类似于这种图案的钥匙,连他都觉得好像在哪里见过。

"这钥匙我不但眼熟,好像还和谁一起拿到过……"夜明生一拍脑门儿,众人的目光齐刷刷地射了过来。

激动人心的时刻到来了,夜明生终于也能为他们这个小团体献一份力了,他望向云岁成,两个人异口同声道:"棠!"

在夜明生的幼年记忆里,夜家在萱城的老宅里曾经有过一件特别的摆设,因为时间久远,他已忘了它的由来,却因为这件摆设带给他

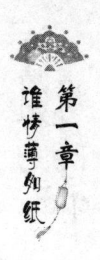

的一记耳光一直耿耿于怀。那是一对铜铸小人儿,一男一女撅着屁股,鼓着腮帮子对吹,两者唯一的联结是一块看上去和整体格格不入的长形木块。

那木块除了材质和铜铸小人儿完全不同以外,样子还很奇怪,它的末端被雕成一小簇的球形,不知道到底有什么用处。现在,夜明生知道了,原来那是一把钥匙。

更蹊跷的是,那把钥匙并没有和其中任何一个小人儿严丝合缝地黏在一起,它只是两端接触着两个小人的肚皮,乍一看,任何人都可以轻而易举地把它从中抽出,那俩小人儿也该随即分开。可是,夜明生记得,那钥匙和两个小人儿之间仿佛存在着一种神秘的吸力,没有任何人有办法抽出钥匙,分开那两个小人儿。而这,正是令他的父亲、前丞相夜玉对这件摆设爱不释手的原因。

小小年纪已被教养得十分骄傲的夜小少爷不服气,他想尽办法,敲打摇挠全用上了,依然无法抽出那把钥匙。后来的某一天,云岁成和顾言棠约好似的一齐来找他玩,他因连日来窝在家里拿个死物毫无办法的缘故,生了一肚子的闷气,耷拉着脑袋开门,气成猪肝色的脸唬得顾言棠差点儿喊出声。

她和云岁成说尽了好话也没能把夜明生哄好,无措间,她见夜明生紧紧捏着那个男小铜人儿的胳膊,便也好奇地捏住了女小铜人儿,轻轻一拉,那把钥匙竟直接掉了出来。

夜明生的脸色顿时更红了,他激动地和棠试了好多次,发现每次都能不费吹灰之力地拔出钥匙。他把这一切都归功于自己的聪明和幸运。赶走棠和云岁成后,他匆匆把钥匙摆回原状,跑到他爹那里献宝,想当场演示一番他是如何易如反掌地解决大人们搜肠刮肚都无法解开的难题的,可无论他再怎么用力,那钥匙都稳如泰山。

怎么会这样?明明刚才还好好的啊!夜明生对着他老子解释得口干舌燥,可他老子当时怎么说来着?哦,他说:"孩子,你本事不够不要

紧,为什么要说谎呢?"

"没本事",和"骗老子",这两件事,夜明生分不出哪件对他的伤害更大。他只记得,血液当即冲上了他的脑子,他气昏了头,抱着那对小人儿疯了一样地跑到老宅后山的林子里,想都没想就把它们丢进了林中的池塘。

他觉得自己真是绝顶聪明,那片林子一直都是夜家的禁地,它遮天蔽日,阴森得可怖不说,除了巨大却不知名的黑色树木,寸草不生,更没有鸟兽之类的活物。没有人敢在那里久留,即便是充满智慧又胆大的他,也很快头也不回地跑了出来。既然他老子不信他,那他何必再留着这对妖异的小人儿生气?丢了省事儿。

然后,他换来了夜玉的一记耳光。

夜明生捂住了脸,"嘶"了一声,离睢好奇地问道:"阿夜,你怎么了?"

这儿没人打他啊。

夜明生回过神来,对上离睢云烟蒙蒙的一双眼,头一热就想去抓她的手,还装可怜道:"还是你关心我,你最好了离睢……"

岳泠澜咳了一声,掸了掸根本没什么灰的衣服,眼里似有剑锋千重。

夜明生忙缩回手,改口道:"月姑娘……"

岳泠澜对夜明生的表现勉强还算满意,他又扫了一眼《四海拾遗》,眉峰一蹙:"你说的那位顾姑娘,跟你可是青梅竹马?"

夜明生不知岳泠澜为何突然问了这么一个风马牛不相及的问题,他刚点了头,阿筝已嗤道:"别说这些有的没的了,既然有了线索,按图索骥便是。阿夜,你这就带我们去你家老宅那儿找呗,先把那玩意儿捞上来再说!"

岳泠澜敛了眸中星光,看向一直闷不作声的涧花,淡淡道:"这几日想必你也憋闷坏了,这次便和我们一块儿去吧,带上楚公子一道,权当去散散心。你毕竟是我的侍女,我放心。"

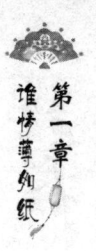

"我放心"三个字,他咬得有些重,听得涧花悚然一惊。

她稍稍抬了眼,不知怎的,一看到微微笑着的唐似漪,她便像小鹿看见猛虎般迅速地垂下眼睫,也不说话,只知死命地点头。

岳泠澜对涧花的勉强视若无睹,虽说他下达的是命令,本就不容涧花推辞,可离雎单凭冷眼瞧着便觉不太对劲:他对这丫头分明格外上心,为何语气又如此冷淡,好像她做错了什么事一般?这丫头既然已经跟了他多年,为何到了今日还这么生疏?

唐似漪上前握住涧花的手,她的余光落在涧花袖中的《破阵图》上,嘴里恳切道:"许姑娘,你瞧岳公子想得多周到,你这几天只顾重叙主仆之情,一定冷落了楚公子,现在有机会同他一道出游,有什么不好呢?"

她安慰完涧花,转而对岳泠澜道:"不思珉是公子要找的宝物,我便不掺和了。既受邀在此做客,我留在这儿等诸位如愿而归就好。"

这嫌,避得甚妙。

岳泠澜一手撑着桌面,轻轻环了离雎道:"唐姑娘思虑周全,若不是小玉钩从早上就开始跟我喊想睡觉、想休息,我倒真想今日就去,现在看来,只能等明日了。"

离雎眼皮一跳,她几时喊过累?从她回来开始,不是吃就是睡,再休息都快成猪了!她不禁对着岳泠澜怒目而视,却见他眉眼弯弯,不知又在打什么主意,只得舔舔唇,无奈道:"对……我特别困,现在就能睡着,我们明天再去吧……"

岳泠澜抚抚她的脑袋,以示鼓励,他的小姑娘,说起瞎话来越来越像那么回事儿了,真是孺子可教,一点就通。

明天再去……唐似漪不自觉地捏住了自己的发带。

既然大佬发了话,众人也乐得多空闲一天,陆陆续续地都散了。等人都走光了,岳泠澜环着离雎的手却依然纹丝不动,离雎狠狠拍了他一下:"谁喊累了?谁刚睡醒不久又想睡觉了?"

岳泠澜满脸都是无辜:"难道是我吗?"

离雎气得又想打他,他却揽了她的腰,把她往膝上一放,还主动把脸送了过来:"看来我得抽时间把腹语重新教给你,以前在慕颜洲,我们总这样玩。"

"玩什么?"离雎终究舍不得打他,只象征性地捏了他的脸颊一下,没想到他看上去如琢如磨,无一丝赘余的一张脸,捏上去手感还不错。

那就再捏一下。

"串供啊,再碰上刚才那种情况,腹语一用,串供多方便。"他见她捏上了瘾,不由得嘟囔道,"你捏轻点儿……"

离雎憋着笑,生怕隔墙有耳,可又忍不住现在就问他,便压低了声音道:"你到底打的什么鬼主意?为什么主动让那个唐似漪住下?她心计颇深,何况明眼人都看得出她对你有意思,估计正巴不得找个由头能留下来呢!"

"所以我才直接遂了她的愿啊!"岳泠澜也学着离雎的模样放轻了声音,见她板起了小脸,他才肯老实道,"把她扣在眼皮子底下,一举一动都了如指掌,这叫知己知彼,百战不殆。"

离雎觉得有理,刚从他腿上爬下来,又很快想起了什么:"那你明天才肯去找那把钥匙,又是为了什么呢?"

岳泠澜摇摇头表示她离他太远了,他听不清她说的什么。

离雎无法,只得重新爬回他的膝上,又重复了一遍。

他这才肯玩着她的发,悠悠道:"总得给她,也给我们自己留点儿时间做事。"

离雎正琢磨着,岳泠澜已靠在她的肩上,竖起一根手指头道:"现在开始回答,第一个问题,唐似漪想做的事跟什么有关?"

离雎的脑中快速闪过刚才大家的神态举动:"《破阵图》,她的余光一直锁在涧花的衣袖上……难道她就是暗中怂恿涧花找你要《破阵图》的那个人?"

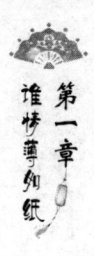

岳泠澜不置可否，只又竖起一根手指："第二，如果她真有算盘要打，会选在什么时间去做？"

"当然是我们不在的时间了……"话音未落，离睢已想通了，"所以她才故意避嫌？等我们去找钥匙了，她就会去偷偷安排跟《破阵图》有关的事？"

"还不算太笨。"岳泠澜已在离睢不经意间单手给她编了根小辫子。

"可我还是不明白，如此一来，今天去找那钥匙和明天去找到底有什么分别？反正我们一走，唐似漪就会趁机离开啊！"

"好吧，我收回刚才对你的评价。"岳泠澜嘴欠得让离睢忍不住又捏了他一下。

他由她捏着："第三，想想我刚才跟你说了什么。"

离睢一怔，他说，得给唐似漪，也给我们自己留点儿时间。所以，今天不能去找钥匙，是因为今天岳泠澜已有了安排，而他的安排，必须要赶在唐似漪进行和《破阵图》有关的计划之前完成。

也就是说，今天，唐似漪因为大家都在的原因，不好找借口离开，等明天，大家都去找钥匙了，唐似漪才有机会暗中进行她的计划。

"你想利用这一天的时间差，阻止唐似漪可能有的计划？"离睢蓦地抬头，由于小辫子在岳泠澜手里的原因，头皮实实在在地吃痛了一下。

岳泠澜忙替她揉了揉，道："何必阻止？由她折腾便是。我要做的事，和她的计划无关。"

离睢一下子泄了气："你就不能一次性说明白吗？"

岳泠澜也很委屈，他觉得自己已经说得很明白了："其实很简单，从我回到崖上，到今晨出门，我一直都在进行我的计划，而我的计划，有一部分需要在唐似漪家中进行，完成之后才能进行下一步。我向来没什么耐心，前期已耗了太久，今明两天就要完成全部计划，所以今天唐似漪不能在她家里，只能在这儿，到了明天，她在何处，

都已无妨碍了。"

离睢更好奇了:"到底是什么计划?连顺序都如此重要,不能颠倒?"

"傻话,看戏的时候场次能颠倒吗?"岳泠澜刮了一下离睢的鼻子,又敲了敲桌面,只见夜明生和云岁成勾肩搭背地蹿了进来。

离睢的脸"唰"地红了大半,搞什么?他们什么时候来的?在外面待了多久?她和岳泠澜这样亲昵嬉闹,敢情都被旁人看了?

真是羞死人了。离睢低头不敢看来人,一心想跳下岳泠澜的腿,他却从从容容地按着她不让她动弹,这人……太坏。

夜明生一摸鼻子,装作没有瞧见离睢通红的脸,对着岳泠澜咧嘴笑道:"公子,你放心,你交代的事,我和云楂之前已进行了大半,过会儿我们再去唐府一趟,把最关键的事儿给办了。那个唐似漪不在,我俩潜进去不难。"

离睢被他们几个闹得实在心痒:"你们究竟有什么计划?这样吊人胃口,未免太不厚道。"

夜明生连连摆手道:"公子说了,权当是给月姑娘安排一出好戏,这要是先知道演得什么,那还有什么意思吗?"

云岁成也狗腿地附和道:"阿夜说得没错,不敢扫姑娘的兴。"

离睢眼见剧透无望,也不勉强他们,她乖巧地坐在岳泠澜的腿上,目光掠过桌案上的那本《四海拾遗》,停了停。

"怎么?"岳泠澜敏锐地觉出了她心中的犹疑。

离睢拧了秀眉看他,又瞥了眼夜云二人,欲言又止。

岳泠澜顿时了然,握了她的手:"疑人勿用,用人勿疑,阿夜和云楂都是自己人。"

夜明生和云岁成立时十分感动,离睢立时十分抱愧,她歉疚地对他二人点头致意,指了《四海拾遗》道:"我是在想,那个唐似漪可有说谎,故意使计下套?小山,你就那么肯定她不认识书上的那些字吗?这

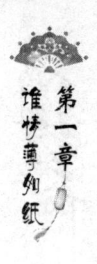

本书既是她家传之物，她没道理读不懂啊？"

"我肯定。"岳泠澜紫眸璀璨，"如果她读得懂，就不敢把这本书示于旁人了。"

他翻开《四海拾遗》第一页，指着底下一行较细的文字道："这句话说的是，北堂遇批阅于谨和十七年。"

北堂遇！离睢双瞳微张，那个在幻境中，除了展锦端，她唯一能清楚忆起姓名和模样的人！北堂氏和紫氏的恩怨纠缠了数百载，北堂遇便是这大极叛臣之后，那唐似漪呢，她的真实身份，难道是……

"北堂似漪，"岳泠澜肯定了离睢的猜测，"我想，这才应该是她原本的名字。"

他又翻了几页书："书上的文字，是北堂家族特有的文字，按理只有北堂氏能看懂。阿夜先前已查过唐似漪的底细，唐家是二十多年前到的萱城，而唐似漪成为唐家主事人不过短短六载，想来是北堂氏倒霉，这个后代子孙发迹太慢，根基太弱，又或许并非从小由北堂氏的亲随教养长大，连祖宗的文字都认不得。更倒霉的是，我偏偏看得懂。"

姑姑教得好啊，从小他什么稀奇古怪的文字没学过，北堂氏的文字不过是冰山一隅。

"紫氏复辟后，北堂氏不是早就被灭了吗？为什么你就断定唐似漪一定是北堂氏的后人呢？"离睢依然有些不解，"她读不懂，也有可能她根本就不是北堂家的人啊……"

"她说这是她家传之物。"岳泠澜提醒她，"再者，即便她说了谎，小玉钩，你可还记得，那日在崖下我曾和你说起，唐似漪的身上，也有千步香吗？"

离睢恍然，岳泠澜微眯起眼："千步香，本就是日南郡独独献给北堂氏的礼物，放眼天下，绝无旁人可争。见到唐似漪的第一眼，我就怀疑她是北堂家的人。"

所以，他才特意询问了她的姓氏，若非是因着这份怀疑，他才懒得

多看她一眼。

这下子，离睢以外，夜明生和云岁成也傻了眼。夜明生简直想抱住岳泠澜的大腿嗷嗷哭，公子英明，公子智虑超群，公子天下无双……可离睢正占着岳泠澜的腿呢，还是算了吧！他还想多活几年，便迅速打消了这个念头。

岳泠澜却并不觉得这个发现值得高兴。先不说北堂氏一直野心勃勃，争夺皇位之心不死，唐似漪最终的目的若也是如此，不知会殃及多少无辜，就单看这千步香……他从前就想，为何观音会有那么多北堂氏独有的千步香？他本以为观音向来喜爱搜集海内奇珍，千步香只是其中一例。可自他在幻境中见到了北堂遇，他的脑海中便不可抑止地涌现出另一种猜度。

幻境里，那个面貌模糊，但身形很眼熟的女子，会不会就是观音？慕颜洲内深藏的千步香，还有北堂氏的文字，会不会是北堂遇对观音的某种示好？

脸上忽然一痒，岳泠澜偏头，原来是离睢，她一门心思地想要端正坐姿，墨发在他脸上荡来荡去。嗯，今日春光甚好，岳泠澜心想。

离睢虽埋怨岳泠澜推她出来背锅，但到了晚上，却也真的困得头重脚轻。白天还嘟囔着岳泠澜把她当猪呢，现在看看她这嗜睡劲儿，说她是猪也没冤枉她嘛。

当然，这些话岳公子只能在心里想想，断然不敢说出口的。

啊，幸亏她现在还没学会腹语。

离睢却不肯服输，她软趴趴地靠在床头，死撑着眼皮不让它们合上，岳泠澜瞧着她这副模样，真是又好笑又可怜。

没办法，他只能低头咬住她的耳垂："好了，是我总是喊累，是我刚睡醒不久就又想睡，行了不？快睡吧。"

她这才肯哼哼唧唧地挪进他怀里，转眼就睡得雷打不醒了。

毕竟在山中，夜里总比别处要凉上许多。想到这里，岳泠澜便一手

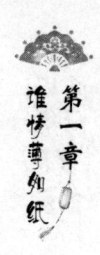

替离睢掖了被角，另一手微勾了指，屋内另一侧的窗户瞬间闭合。他正要以同样的方式熄灭烛火，暮雨却轻轻叩了叩门。

是了，从前在慕颜洲的时候，暮雨每晚都会来帮着他照顾离睢，送些吃食什么的，难为她还记得。

暮雨忙活了一阵后，岳泠澜正想打发她回去，却隐隐听见了一些细碎的声音。他虽到不了"千里眼、顺风耳"的地步，要听清一院之中的声响，却是轻而易举。他不需要出门，便可辨认出这声音的来源方向，那个位置，应该是唐似漪的房间。

"你放心，对你，我向来说话算话。"娇柔妩媚又不怒自威，很有几分观音的味道。岳泠澜轻锁了眉，众人之中，从未有过这样的声音……是谁？

那人似乎还在说话。他正想去探个究竟，暮雨却在此时发出一声低唤："月姑娘！"

岳泠澜下意识地看向离睢，贴贴她的额，她睡得正沉，面色红润，并无病象。

与此同时，那陌生的声音已无踪迹。

他不作声，只盯住暮雨。

"方才月姑娘于梦中喃喃自语，像是魇着了。"暮雨结结巴巴地不敢抬头。

明明不会撒谎，偏要一条路走到黑。

他没空拆穿她拙劣的谎言，只轻柔地放下离睢，便欲出门查探，暮雨却不知怎的突然大胆起来，她急急追上前，拉住岳泠澜的衣袖，一张脸涨得通红，像是快要哭出来了。

岳泠澜冷眼看她，也不收回袖子，只微提起手，免得被她碰到。

她终于要告诉他了吗？关于她和涧花，关于观音的那件羽衣，关于尊严和屈辱、信任和背叛。

可暮雨除了渐渐蓄起泪，依旧什么话都没有说。

岳泠澜轻笑一声,他带着些微失望的眼神简直让暮雨抬不起头。

他正要抽回衣袖,暮雨吸了口气,像是怕吵到离睢似的压低了哽咽,道:"公子,一个人若因为不曾养过自己一日的父母赔上一生快乐,因为不曾亲身经历过却冤鬼索命般纠缠不休的家仇,夜夜不得安睡,梦中哭号,梦醒咯血,是不是很可怜?"

岳泠澜没有答她,他的眸子一如既往地冷。他不看她,目光只在自己的袖口停了停。暮雨哆嗦了一下,松开手,眼睁睁地看着他离开。

岳泠澜知道,被暮雨这一缠一拖,那个发出陌生声音的女子想必早就跑远了,他不可能再追得上她。

但他依然选择撇开暮雨,哪怕在这夜色茫茫的别苑中漫无目的地走一会儿都好,他想透透气。

因为顾念主仆之间的情谊,他给过暮雨许多次机会,希望她能告诉他,六年前她和涧花究竟发生了什么事。可她始终瑟缩着,胆怯着,压抑着,自作聪明地以为他除了小玉钩的事什么都不关心,躲在自己的角落里,拒绝他的帮助。

他其实很想救她,她服侍了他十余年,从来都是真心实意,他不想看着她越来越沉默忧郁,连最后一点儿生气都耗干净。

刚才瞥见她的泪眼,他突然没理由地觉得,她快要死了。

岳泠澜的脸上是永远不会出现烦躁的情绪的。他走到后院,被冷风激了一激,心里便舒服了许多。他正想回去看看离睢,却忽地意识到,这后院里,不只有他一个人。

后院和精致的前院不同,没有筑起什么高墙,倒是围了圈矮矮的竹篱,也不知道是出自谁奇怪的审美。而此时,阿筝正闭目倚着竹篱,双手温柔地搭在篱边,似乎已经睡着了。她和竹篱同着绿衣,倒确实像是在互相怜惜。

岳泠澜收回目光,正要离开,却听阿筝的声音轻轻响起:"我就这样惹你讨厌,让你避如蛇蝎?"

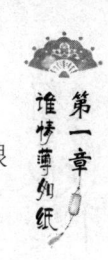

第一章 谁惜薄如纸

如她所愿,他终于回身向她走来,停在她身旁。她知道自己生得很美,是离睢没有的那种令人炫目的美丽,可他只是居高临下地看着她,眼底没有一丝情欲。

她突然很想哭,她喜欢他,她甚至爱他,她都快要发疯了,可是她现在却因为种种不能明说的顾虑,没法把自己所有的心思都敞开来告诉他。

她知道在他眼里,她自私、刻毒、为所欲为,他厌恶她,甚至憎恨她,都是理所当然的。归根结底,她不是离睢,他们不是一对儿,所以她被离睢冤枉,他也可以视而不见,她的委屈,她的情绪,他都可以置之不理。

他凭什么要在意这些呢?没有沟通的必要啊。

一切的一切,归结于同一个原因,不过就是"阿筝不是离睢"。

可是岳泠澜,背负着沉重的包袱数年来如履薄冰的不是离睢,把仅有的无私和感情给予你的也不是离睢啊,你可以等她那么多年,为什么就连一个机会都不肯给我?

"三更半夜的在这里喝冷风,想修仙?"他微侧过身,替她挡住了风。

阿筝扬着眉看他,心里已泛起了甜,嘴上却仍强硬着:"你戳在这儿做什么?我不过是喝了酒,出来散散热!就跟你当初大晚上在枕菡榭水上躺尸一样!管天管地管你的小玉钩去,管我干吗?"

岳泠澜真没见过这般记仇的女子,她这样子哪像喝了酒?吃错了药还差不多。

"是你让我过来的,"他认真纠正道,"那好,我回去了,你随意。"

阿筝气得简直要喷火:"早上你明知道她在冤枉我是不是?你为了讨她欢心,不惜伤害我这样一个弱柳扶风、楚楚可怜、手无寸铁、天真无辜的女子,你简直自甘堕落、道德沦丧、人性扭曲、良心泯灭!"

岳泠澜忍不住打量她,瞧这张牙舞爪恨不得把他生吞活剥的架势,

亏她说得出这些口水话来。

对于她的指控,他显然没有解释的打算。

谁叫那是小玉钩呢,小玉钩想怎么样就怎么样。

阿筝等得不耐烦了,终于憋不住开口道:"你说话!"

"你想听什么?"岳泠澜的指尖有韵律地敲击着竹篱,清清脆脆,很好听,"若是在慕颜洲,我倒是可以弹上一曲。不过在这里也无妨,竹音未必不如琴音。"

"你何必敷衍我?我心里明白,我想听的,你一辈子都不可能说与我听。"阿筝懒懒地坐着,她的声音显出一种难得的柔媚来。

岳泠澜迎风而立,轻声道:"我不是木头,我有感觉。可世上,本无人能与小玉钩相较。"

阿筝握紧了拳,她觉得自己有时候真的挺犯贱的,明知道实话伤人,还要一次次地听他给别的女人表忠心。

"我视你为友,除此之外,给不了你别的。"岳泠澜的声音一如既往地冷冽直白,"你何必在我身上耗费心力?"

"喜欢就是喜欢!"阿筝起身看他,半眯的眼中倒像是真的有了几分醉意,"当年你三招就打败了阿血他们,我喜欢!你那样近地看我,唤我'小玉钩',我喜欢!你穿白衣的样子、蹙眉的样子、咳嗽的样子、提扇对着我的样子,我都喜欢!难道非要我把你大卸八块,再指着告诉你,我喜欢哪一块吗?"

见岳泠澜没有什么明显的反应,阿筝索性走上前,逼视他道:"岳泠澜,你有没有想过,或许你对离睢,其实就像你对汐回一般,也不过是兄妹之情,只是你们在一起久了,感情深得让你无法分辨?"

其实,她有一瞬间想直接问他,有人告诉我,离睢早就已经死了,是你亲手埋的她,那现在的离睢又是谁?你到底在隐瞒什么?可不知道为什么,她却没有问,好像是想把这个问题留得更久更深一些,在更适当的时候,才能对谁一招毙命似的。

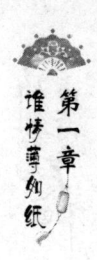

岳泠澜迎上她的眼睛："不一样。从头至尾，不仅是对小玉钩，对任何人，我都分得很清楚。"

"可你怎么就能确定，你对她的，是男女之爱呢？你们从小一处长大，或许很多东西都混在一起了，你不觉得，你对她这种宠法，很奇怪、很过分吗？"阿筝依然在做着努力，像她这样没有任何前缘加持，对他一见倾心，不自觉地为他改变，这样才叫爱，不是吗？

可他却望着她，目光柔和，又带了些潋滟："有分别吗？世上有一千种宠法，我完完全全给她；只有一种，我也只给她。"

岳泠澜说着，静默了片刻，又道："阿筝，必定也会有人如此待你的，你又何必执着？"

"这是你第一次这么温和地和我说话，"阿筝直直盯着他，眸中璀璨，似玉壶光转，想要把他看穿似的，"却是告诉我，你根本不可能属于我，无论我做出怎样的努力……你真好！"

岳泠澜不再说话，转身欲走，阿筝的手臂却已经迅速缠上他的脖颈。她浅浅一笑，媚态天成，眼看就要吻上他……下一刻，她已被狠狠掼倒在地。

贝齿间萦绕着挥之不去的甜腥。阿筝凄然一笑，抬眼朝岳泠澜看去，他的袖子正在极速收回，隐约仍可闻猎猎风声。刚才那一推，他丝毫没有留力。

"只此一次。"他的语气仍是淡淡的，却不复方才淡而温暖的柔和，相反地，掺上了一丝忍无可忍的狠厉。

"岳泠澜！"阿筝低喊一声，眸色染血，"我不是什么默默付出的蠢女人，既然付出，就要有回报！我告诉你，为了'桃花雪'，我付出了很多，你难道不应该回报我吗？"

所以他就该以身相许？岳泠澜实在参不透阿筝的逻辑，所幸这一幕没有被离睢看到，否则还不知要洒出多少盆狗血。

"回报？可你刚才的要求，不在此列。"他好心提醒，"起来。"

他叫她起来,可他却吝啬到连手都不肯伸出去。

他这样绝情,那她偏不起来。

阿筝挪到竹篱的另一侧,挺直了背:"我只想你听我说一个故事……我自己的故事。"

岳泠澜没有出声,却也没有走,他就这么站着,静静地俯视着她。这一刻,绵长悠远,仿佛永远不会有尽头。

"我好像跟你说过,我的真名,叫卿愿,所以你也就该知道了,很久以前,我不是只有自己一个人的。我有爹娘,还有个比我小三岁的妹妹,从小就病歪歪傻乎乎的。家里是怎么出事的,爹娘是怎么死的,我通通不记得了。只记得,那是个很冷的冬天,屋外除了雪就是血。外面很吵,吵得我脑袋很疼,不多久,我就听不见爹的声音了。"

阿筝微蜷着双腿,额发细细碎碎地覆住了眼,说道:"娘跑进屋,只对我说了一句话,她说:'记住,妹妹在后院,如果娘没有回来,你一定要带她走,保护好她。'这是我记忆中,她和我说的最后一句话。她好像没受什么伤,还是那么漂亮,衣服上的血大概是别人的,更可能是我爹的……但那一刻,我多么希望那些血都是她的!我就这么直勾勾地盯着她,一眨不眨地,看着她出门,从头至尾,她都没有回头看我,哪怕是一眼!

"那应该是我第一次流眼泪,有害怕,但更多的是恨,对我爹娘,对我妹妹的恨!从我记事起,家里但凡有些好的东西,从来都没有我的份!什么好吃的、好玩的,他们会通通捧到我妹妹面前去,她不要的才轮得上我!我什么都不能跟她争,我有的全都是她剩下的,包括爹娘的爱!"

她的语气很激烈,声音却低沉得不似平时:"他们总这样对我说,'阿愿,你应该要对你妹妹好,你一定要对她好……'可是没有人告诉我凭什么。我是姐姐怎么样,足够机灵又怎么样?凭什么家里出了事,我娘连把我藏起来都没有想过,妹妹就被保护得万无一失?我才五岁呀,

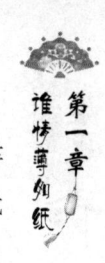

我也是个孩子,我有什么能力自保?我也是他们的女儿,为什么被丢弃的是我?临了我娘对我连一点儿安慰都没有,唯一的叮嘱竟然还是要我照顾妹妹?"

阿筝说着,像是想起了什么,冷静了下来:"那天,我遇见了师父。我不知道师父和我爹娘的死有没有关系,我也不想知道!他们是怎么死的,是不是师父做的我通通不想管!我也从来都没有问过!我只知道,是师父救了我,是师父养育了我,比起我所谓的爹娘,师父给我的才是实实在在的东西!他带我走前问我:'你可还有兄弟姐妹?别怕,虽然我只会挑一个孩子做徒弟,但一定会让你衣食无忧。'

"几乎是毫不犹豫的,我脱口而出:'没有,都死绝了。'遇见师父的是我!这原本就是属于我的机会,是我一个人的机会,我当然要牢牢抓住!当时师父只是看着我笑了一下,什么也没说。他待我很好,教了我很多,在我十五岁生辰的时候,送了我一件很大很大的礼物。"

阿筝低低笑了起来,明明说着狠话,笑容却清透干净:"我长大后,师父告诉我,他一早就知道我爹娘有两个孩子,但当我那样回答的时候,他就已经想好了要收下我,因为,我够心狠。再后来,当我有足够能力的时候,我想到了我生死未卜的妹妹。我费尽周折地去找她……但我知道,这并不是因为愧疚。"

她顿了顿,又目光缱绻地凝着岳泠澜,像是希望他能应一声,但他还是不发一言,只自顾自地站着,她甚至不知道,他有没有在听她说话。

"我找到了她,这些年相处下来,姐妹之间感情很好。我甚至可以这样说,现在,我愿意为她而死。但我永远都不会后悔当初弃她不顾的决定,即便再给我千千万万次选择,我还是会那样做,在那个大雪天,丢掉她。"

说到这儿,阿筝的吐字变得艰难起来,她微抬了头看他,却见到了难以置信的一幕——岳泠澜,他站在她身侧,却并没有看她,他不知正看向何处,脸上竟挂着淡淡的笑容。

她如此凄楚地诉说着自己悲哀的往事,他竟然在笑?

他难道是在嘲笑她?他一定是觉得,她的行径卑劣可耻,令他发笑吧……

想到这儿,阿筝的头越发低了,似是在拼命压抑着痛苦:"你一定很厌恶我,可这就是真实的我,谁伤过我,我会记一辈子,而只要是我认定了的,谁也没法改变。你其实不用知道为什么,你只要知道,我,认定了你!"

臂上一凉,阿筝惊愕地抬起头,只见岳泠澜正握上她的臂,他依然没有说话,她却已经获得了极大的满足。

阿筝就着他的手慢慢站起,第一次触到他的手,为什么虽然触感细腻,却这样冰凉?离睢……他握住她的手时,手心也是这样凉的吗……

"阿筝,我从来都没有厌恶过你。"他坦荡地看着她,"但我也认定了她,你该明白这种认定意味着什么。"

阿筝忽然觉得身上有些发冷,他语声温和,却意带警告。都是聪明人,她怎么会不知道他的意思?

他认定了离睢,所以有些事,他不允许再发生。比如她对离睢的伤害,比如她对他的越线。

她突兀地张口问道:"月生君,你能不能告诉我,你为什么就认定了她?"

他偏了头,若有所思,含着浅浅紫色的眸子里,笼着一种有无之间的美,那甚至可以称得上是一种艳色。

他想着离睢的时候,就是这种神情吗?好看得连夜风都不敢吹他,雨见了他也要拐着弯下。

他终于回答,笑意清浅:"大概是因为,我欠了她吧。"

阿筝会不会理解他的回答,他并不在意,有些事,他没必要多做解释。

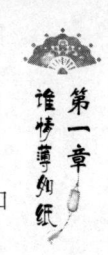

就像他不会告诉她,她哀伤地回忆过去的时候,他为什么会笑。

因为当阿筝说起漫天大雪和凛凛寒冬的时候,他想起了离睢。他和观音一起第一次遇见离睢的时候,也是在一个雪天。

岳泠澜不讨厌阿筝,因为他自己清楚,他和阿筝是同一种人,偏执、自私、凉薄、心狠。

你瞧,阿筝在诉说着她有多不幸的时候,他却在想,他有多幸运。

第二章 青梅能解语

　　岳泠澜绕过回廊拐角时，汐回正推开房门，似乎也是要往离睢那里去。他叫住汐回，却见她神色焦急，直觉不是太妙。

　　汐回忙把他迎进屋，如同见到了救星："师兄，我正要去找你！"

　　她匆匆挥开桌上密密麻麻的药方，只捏出一张勾画了许多条支线的，郑重地递到岳泠澜面前。

　　岳泠澜脸上依然淡定，心里却想：给我看有什么用？我又不懂医。也不知道为什么，他是奇才，更是全才，精通世间几乎全部技艺，就是对医术兴致缺缺。这么些年过去，我们的岳公子总结出来的原因是，老天爷实在看不过眼他太完美，可往他身上拿走什么又都舍不得，纠结来纠结去，最后就只能马马虎虎地收走他学医的天赋了事。

　　汐回见他面不改色，以为他正陷入沉思，便也不敢出声，直到岳泠澜出声道："嗯？"她才提了支笔指着那张纸道："师兄，傍晚的时候我给月姐姐诊过脉，结合这两天的发现，我觉得她的病真的很蹊跷！"

　　岳泠澜这才认真起来，他坐了下来，示意她说下去。

　　"以前，我们就总结过月姐姐的病，其因有三。第一，先天不足，气血两亏；第二，师父早年往她身上试的那许多毒；第三……"她突然顿住了，瞥了岳泠澜一眼，不敢再说下去。

　　岳泠澜的眼中闪过一丝转瞬即逝的痛色，他看着那张纸："是她的病发生了异变？"

　　"正是！"汐回呼出口气，"现在她的病，最大的成因是一种连我都不知道的毒素，我甚至不知道那究竟是毒还是别的什么，只知道这东

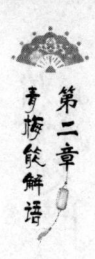

西的作用比她之前的几项病因都来得凶猛,我一时之间真的不知该怎么办才好。"

"所以,'梨约'也不管用了?"他皱起了眉。

"那倒不是!"汐回忙道,"根据师兄你、月姐姐自己,还有阿筝之前的描述,她发病时还是老样子,而且虽然成因有变,但大体上她的病对她身体的影响还是和从前差不多的,所以,我之前研制的药都还有用。"

见岳泠澜的神色终于轻松了一些,她又道:"师兄,先前我们聊过,要想治月姐姐的病,除了我配的'梨约',还要寻一味叫'睨天'的药,这你可还记得?"

岳泠澜微微点了点头,有关离雎的事,他怎么可能会忘记?

"这两种药都依然有用,并且都是必需的,只是除此之外,现在又多了一味新的解药,我却暂时想不到那是什么。"汐回有些懊恼地低下头,"我真笨。"

岳泠澜见她垂头丧气,突然想起了什么:"有没有一种病症,会夜夜梦见始作俑者想要她梦见的东西,睡不得醒不得,还会咯血?"

汐回想了想:"这像是'绝梦蛊',早年在长离宫很盛行。"

岳泠澜指尖微蜷:"能解?"

汐回不假思索:"当然能,这并不是什么多了不起的蛊,若要解药,我就能配。"

"那帮我配一份。"

"好!"她答得爽快。

他对她的反应很满意,温声道:"所以,你哪里笨呢?"

汐回有些惊愕,师兄……竟然会夸她!还费了些心思,故意抛了个新话题来夸她!她又惊又喜,冷静了一会儿,又觉得这功劳还是得算在离雎头上,她一回来,岳泠澜虽然对着别人还是不苟言笑,但周身上下却再也不是凛然不可犯的姿态了。

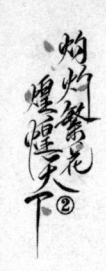

"'梨约'我继续备着,新的解药我也会继续研究,"她长了些信心,又戳戳那张纸上皱巴巴的"睨天"二字,"只是'睨天'这种药依旧是最为棘手的。传说只有天匿族有此药,但天匿族都消失近两百年了,谁也不知他们的行踪,该上哪儿去求药?更别提即便求到了药,还得再配合药引,偏偏'睨天'的药引又是……唉,真是难上加难。"

"这个不难。"岳泠澜瞟了眼那张纸,"天匿族并非无迹可寻。"

他粗略地说了说之前在崖下的经历,汐回开心地几乎要跳起来:"太好了,那月姐姐听了一定很高兴吧?"

"她不知道。"他淡淡道。

汐回疑惑了:"为什么要瞒着她?"

他没有回答,却遽然变了脸色,转身拉开房门——大概是因为汐回刚才心中着急,忘了关门,这门竟是虚掩着的。

离睢只披了件单衣,蹙眉望着他:"什么事不能告诉我?"

他不应声,只迅速伸出手,探到她脑后,轻轻一击。

眼见他击晕离睢,汐回惊得目瞪口呆:"师兄,这究竟为什么呀?"

"你要我告诉她'睨天'的药引是什么?她怎么受得了?"他冷冷道,将离睢抱起,又扫了汐回一眼,"你换件衣服,待在这儿。"

汐回呆呆地看着他们离开,心中依然很是不解。'睨天'的药引,确实难求,倒不是因为它有多珍稀,恰恰相反,若换作寻常人,根本不用为此苦恼。因为,'睨天'的药引,是与患病者血脉相连之人的鲜血,还得是活血。

根据书上记载,"睨天"这种药,并不是死物,而是有灵性,会吸食精气的"活药"。得到它后,需将它置于合格的鲜血之中,供它吸食,它满意了,才可停止,因此这其中唯一不可知的,便是它需要吸食的鲜血分量。此法虽然乍一看有些骇人,可是,离睢是孤儿,上哪儿找跟她血脉相连的人?现在就考虑她的心情,未免太早。

更何况,她自小便没和亲人在一起相处过,料想也没什么感情,告

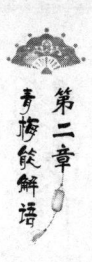

诉她"睨天"的药引是什么,她有什么好受不了的?师兄也太矫情了,真不知道他在想些什么。汐回摇摇头,还是乖乖地换了件衣服。

此时最不好过的大概是暮雨。她见离睢睡得熟,便去端了盘茶点,想等岳泠澜回来后赔罪,谁知她不过走了一刻钟,离睢便不见了踪影。她害怕极了,要是岳泠澜回来以后发现离睢不见了,她还要命不要?可她又不好离开,万一离睢一会儿就回来了呢?于是她走也不是留也不是,就只能来来回回地在房里打转,等到岳泠澜抱着离睢进来,她才如蒙大赦般带着哭腔解释了起来。

她一面解释一面道歉,岳泠澜全不理睬,只快速地将离睢抱上床,盖好被子,这才回身给了暮雨一个眼神。

暮雨自觉地噤了声,退了出去。

岳泠澜瞥一眼她合上的房门,又瞥一眼离睢床头的镜子,镜子里的他,清俊无匹,面容端肃。他突然觉得,面瘫还是有好处的,尤其是在需要说谎的时候。

离睢不久之后便清醒过来,四周黑黢黢的,她脑中迷迷糊糊,先前在汐回屋外见到的景象突兀地闪现了一下。她"噌"地坐了起来,却好像撞到了什么东西,只听头顶响起一声闷哼。

她忙点了灯,只见岳泠澜揉着下巴,睡眼惺忪地看着她。

她一时不知是梦是真,更不知自己之前所见的是虚是实,怔了怔,道:"我一直睡着?没起来过?"

岳泠澜很是诧异,摸了摸她的额:"大晚上的说什么胡话呢?"

她狐疑地看他一眼,他神色极为坦然,好奇道:"梦见什么了吗?"

"我梦见……"她张口便想接下去,但又很快摇头道,"不对,我明明记得,我中途有醒过,那时候屋子里很亮堂,你不在,我就出门找你,然后我在汐回那里听见你们在说话,说有个什么东西,不能让我知道……"

岳泠澜笑道:"这样荒唐,还说不是梦?我好端端地去找汐回做什么?"

"你真没离开过?"她紧盯着他。

"这么离不开我?"他满眼都是笑,"怕我走?"

他轻按她的肩,认真道:"我一直陪着你呢。"

她最受不了他这样温存的神情,这让她几乎无法理智思考。她环顾了一下屋内,只见桌上摆了盘精致的茶点,还没等她开口询问,他便指了那茶点道:"暮雨也来瞧过你,可喊了你好几声,你都只是哼哼唧唧地睡觉。"

他虽说得煞有其事,离雎仍有几分不信,"梦"中所见历历在目,连当时头皮发麻的感觉都是清晰的。她跳下床,一声不吭地跑去找汐回,岳泠澜捉了件外套跟在后头,好不容易才给她披上了。

离雎敲开汐回的房门,只见汐回一身水蓝长裙,正伏案翻着医书。在她记忆里,汐回穿的是件浅紫色的衣服,和岳泠澜的眸色相若,所以她印象很深刻。

看来,她确实只是做了一个梦。

可这一切,又未免太不着痕迹了些。

"瞧你,吵着汐回了不是?"他在身后轻轻揽过她。

她回身握住岳泠澜的手,轻声道:"你真的没有瞒我什么?我之前就说过,无论发生什么事,好的坏的,我都能承受,我对你只有一个要求,就是别骗我。"

岳泠澜的手温软细腻,他摩挲着她的掌心,低头道:"我对天发誓好不好?"

她故意鼓了腮帮子:"不够。"

他抵住她的额,不顾近处汐回那"你们当我是死的啊"的幽怨目光,举起三根手指:"对月发誓。"

离雎这才笑了起来,戳戳他的下巴:"疼不疼啊?刚才被我撞的。"

他也笑:"疼,谁叫我是纸糊的。"

汐回头忙忍不住了,她站起身,"砰"的一声关上了房门。

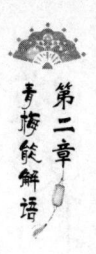

大晚上的不让她睡觉,让她又换衣服又装茫然地配合着演戏就算了,还在她面前秀恩爱,真当她没脾气啊?

如果温婉如水的汐回姑娘能预知未来,那她一定会分外珍惜这个夜晚,因为这是她人生中有且仅有的一回,敢大着胆子在她师兄面前表达不满,还没有被全盘压制。

夜家老宅距离现在众人居住的别苑不远,第二天还没到正午,大部队就成功地围到了这老宅附近。

除去留下看家的暮雨,他们一行八人便都挤在后山,大眼小眼眯眯眼都齐齐望向那座宏大富丽的宅子。真气派,真雄伟,怪不得夜家要被抄,简直是理所当然,不抄才怪。

离夜、云两家的谋逆案都过了快两个月了,这宅子封条贴得满墙都是,竟然还有一队队兵士围着宅子转悠。

"真是瘦死的骆驼比马大,烂船也有三斤钉啊!"夜明生自豪地说。

"阿夜……"云岁成十分无言,"有这么说自己家的吗?"

"哦,"夜明生觉得他的话十分在理,于是忙改口道,"真是百足之虫,死而不僵啊!"

云岁成恨不得堵住他的嘴,没文化不丢人,偏偏没文化还要瞎卖弄!

岳泠澜可没这个闲工夫理会这两个小子的吵闹,早带着大家往后山去了。

越靠近夜明生描述的那片林子,众人就越能理解,为什么区区一片林子都能被引为禁地。

世上本无人愿意相信那是片林子。与其说那些团团簇簇望不到头的黑色是它的枝枝丫丫,不如直接说,这是一个占地不小的地上洞。阳光和它无缘,一切生机也和它无缘,它只是自顾自地扎着根,而黑色在其中不停歇地绵延游动着。

为了减少因为视物不清而摔倒的可能,众人自觉地两两分组,互相扶持着在伸手不见五指的黑暗中艰难行走。岳泠澜自然是和离睢一起,

涧花和楚玄堇一起,夜明生本以为逮着了个好机会可以碰碰汐回的手,谁知云岁成这个没脑子的竟然抢先一步挽住了她的胳膊!那可是汐回的胳膊!他做梦都想摸一摸!

更可气的是,他最终只能沦落到和阿筝这个泼妇组队!不知道是因为生着气的缘故,还是因为时间过去太久,他早已记不清那个林中池塘的具体所在,总之,本该是带路人的他,反倒和阿筝一起落在了最后。

阿筝习惯了在长离宫生活,因此对这种程度的黑暗还能够勉强忍受,她一面埋怨着拖累她的夜明生,一面恨恨地盯着岳泠澜的方向。

夜明生早已瞧出她对岳泠澜的心思,故意打趣她道:"阿筝,你还没吃够钉子啊?我看公子你是高攀不上了,要是实在不行,大不了我吃点儿亏,让你攀一攀?"

阿筝毫不客气地啐了一口:"死阿夜,你当我饥不择食?对着你这张脸,就算灭了灯,本姑娘都下不去嘴!"

他俩斗得热火朝天,岳泠澜在前头无意中听到了一两声,不自觉地微扬了唇角。

离睢看在眼里,有些不快,忽又听阿筝在后面拉长了声音喊道:"月生君!"

岳泠澜不疾不徐地"嗯"了一声,算是回答。

阿筝又娇声道:"你说阿夜家这宅子怎么样?阔气吧?"

"俗不可耐。"他点评完毕,又补充道,"你一定喜欢。"

阿筝气得又骂了起来,离睢心里却更不舒服。

若是换了旁人,汐回、涧花,甚至暮雨,她都不会像介意阿筝一样,介意岳泠澜对她们表露出的态度。或许是因为阿筝从不掩饰她对岳泠澜的爱慕,或许是她和阿筝天然的不对盘,她无法忍受岳泠澜对阿筝的调笑。

她知道岳泠澜对阿筝从来都没有男女之情,但是,即便是他仅仅同阿筝开玩笑,就像现在这样,她都无法忍受。

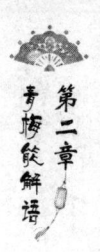

他怎么可以特殊对待除了她以外的女子？说她小心眼也好，小题大做也罢，总之，她就是不喜欢。

于是她很有骨气地甩开了岳泠澜的手，径自摸黑往前走去。

岳泠澜愣了愣，边去捞她的手，边道："怎么就生气了？"

她轻嗤一声，继续往前瞎蹿，还故意把地踩得梆梆响。

岳泠澜到底是个聪明人："气我跟阿筝说话？你在吃醋？"说到"吃醋"，他的尾音还轻快地上挑了一下，怎么听怎么得意。

离睢更生气了，他既然这么容易地就猜到她为什么不高兴，那他为什么还要跟阿筝说笑？他明知道她会不高兴！还有，说她吃醋，他这话什么意思，是不是变相地说她心比针小？

一定是这样！太过分了！她可以说自己心眼小，那是谦虚！他怎么可以说？

她越想越气，立志不靠他，自己也能走！走得坦荡，走得安全！

然后，她脚下一空，往前栽去。

打脸来得太快了。

紧接着，她就被他提小鸡似的捉回怀里。

离睢被岳泠澜按在胸前动弹不得，她气鼓鼓地想象了一下逞能的后果，还是选择不挣扎了，由他牵着走算了。

不过，她狠狠地掐了一下他的手心，以示不满。

可怜的岳公子只能忍着痛，暗暗对自己说：岳泠澜，你活该的，谁叫你作死，当着小玉钩的面跟别人说笑？

不知离睢是否听见了他的心声，她扯扯他的袖子，主动开口："我的鞋子好像湿了……"岳泠澜俯下身，握住她的鞋子，然后，他触到了一片水泽。

他们找到了那个池塘。

比起这林中的树木，这个池塘还算能反映出一些亮光。它看起来并不大，离睢丢了颗石子进去，只听回声传得很快，料想水深也应该比较浅。

那把至关重要的钥匙,此刻就正静静地躺在水底的某个角落,等待着他们的拾取吗?

众人都没有想到,最先开口的竟然是岳泠澜。

"既然钥匙在水底……"他往前走了一步。

不得不说,大家确实一瞬间产生了一种他要下水的错觉。

可他却远远地看着站在最边上的涧花道:"涧花,靠你了。"

涧花瞪大了眼睛。

他一副理所当然的样子:"你自小水性就好,不靠你靠谁?"

涧花那头实实地默了默,好半天才喏喏地应了。她双腿打着战朝水中走去,两只手也不知道该放在哪里,只好紧紧地交叉握着。

岳泠澜的唇渐渐抿成一线,他盯着涧花的步伐,眼中又恢复了一贯的孤冷。

眼见涧花就要步入水中,楚玄堇却拦住了她:"小七,女孩子家弄得湿漉漉的,总不成样子。岳公子,此番便由楚某代劳,你不会不放心吧?"说罢,他便开始撸袖子。

这才像个要下水的样子嘛!涧花哪里像会游泳?不知道的还以为她要沉塘!离睢心想。

岳泠澜对楚玄堇的建议不置可否,只顺手夹了片树叶细看,然后,天地间,缓缓扬起一阵清泠的旋律。

楚玄堇止住了脚步,饱含热泪地注视着从天而降解救他的人。

哦,不对,不是人,是一条蛟龙。

九曲肥硕的身体撑开了遮天的树木,周围稍稍亮了一些,它的鼻孔呵出两股冷气,不情不愿地跳入这个和它的身体极不相配的小池塘里。

离睢很无奈,一大清早她就看见岳泠澜摸着九曲的脑袋嘀咕,现在倒是知道他这是为什么了。他既然早有安排,干吗还要吓唬人家小姑娘?又吹曲子又驱使蛟龙的卖弄,也不知道是在表演给谁看。

想到这儿,她偷偷瞄了岳泠澜一眼,不出所料,他正朝她挤眼睛,

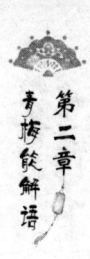

像是在说,不就是卖弄给你看吗?

风又渐渐密了起来,九曲从水中钻出,蛟尾上粘了个黑乎乎的小东西。它哼哼着把那玩意儿甩到地上,又迅速飞走了。

这什么破池塘?比别苑里那个莲池还要寒酸,更别提跟弹指湖比了!主人的审美,真是一日不如一日!

岳泠澜再厉害,也是听不懂九曲的腹语的,于是他并没有惩治九曲的脾气,只往地上看去。

虽然缠满了水草和淤泥,加上年代久远色泽黯淡,他们还是可以确定,这玩意儿就是夜明生回忆里的那对铜铸小人儿。

阿筝拨开人群,抢先一步把它攥在手里,夜明生虽然平日里没个正经,对它的描述倒是分毫不差。这两个小人儿口中的确衔着把长形钥匙,可无论她怎么用力,都拔不出来。

她没有气馁,抓着一个小人儿的脑袋就往地上撞。离睢忙阻止道:"你这样用蛮力,磕破了怎么办?"

意外地,阿筝竟然没有和以往一样同她争锋相对,反倒听话地停下动作,嘟囔道:"那你说该怎么办?"

离睢见她难得温和,眼神还有些躲闪,哪里知道这是昨晚岳泠澜的警告起的作用,只以为阿筝是转了性,脾气见好,便也不再恼她,将声音放得更柔和些,道:"先前阿夜不是说,他把钥匙拔出的那一次,是和另一位姑娘一起的吗?不如便让阿夜再演示看看,找找关窍?"

阿筝点点头,招了夜明生过来,两个人一齐用力,那钥匙还是纹丝不动。

从阿筝到离睢、云岁成再到汐回,夜明生对面的人一茬茬地换,除了把那俩小人儿头上的水草捋干净了,什么奇迹都没有发生。夜明生抹了把冷汗,眯着眼睛往岳泠澜的方向瞧了一眼,只见岳公子一言不发,眸光淡淡,和他相接。

岳泠澜的眼神……混合着"你在逗我吗""都把主意打到本公子头

上了""有病就去治"和"不知道本公子的洁癖有多严重吗"等情绪,那是一种看傻子一般的眼神。

夜傻子霎时又惊出了一身新的冷汗。他忙缩回脑袋,只听离睢和阿筝异口同声道:"勇气可嘉。"

她们什么时候这么和谐了……夜明生十分受挫,要是岳泠澜肯帮忙,或许他还能拔出这钥匙,毕竟这里就数他本事最大,可现在怎么办呢……欸?不对啊,要找不思珉的不是岳泠澜吗?那他一个跟班的这么积极干吗啊?谁爱拔谁拔!老子不伺候了!

夜明生的少爷脾气一上来,便什么都不顾了,他"哼"了一声,丢了那对小人儿,抱了臂表示不干了。

岳泠澜好像对他的不满情绪有了反应,竟向他走了过来。夜明生顿时害怕起来,他正想躲,岳泠澜却直接越过他,捉起离睢的手,一脸嫌弃地帮她洗起来。

夜明生松了口气,又听岳泠澜道:"涧花,你和楚公子试试。"

离睢已对常规办法不抱希望,她百无聊赖地看着岳泠澜擦拭她的手心手背,却听到身后响起一阵欢呼。

夜明生的声音简直震天响:"成功了!公子!涧花他们把钥匙弄出来了!"

离睢觉得有些不可思议,岳泠澜的注意力依然在她的手上,眸中却掠过一丝喜怒难辨的笑意。

钥匙已经到手了,这里黑灯瞎火的,什么事儿都做不成,不如打道回府。

或许是因为此行的目的已经达到,回去的这一路上,大家都比来时轻松了许多。

涧花和楚玄堇却很例外,他们跟在最后,脸上的神情比来时更为凝重。

"小七,"楚玄堇率先打破他二人之间的沉默,"怎么脚步这样沉?"

"六哥,我不想回去。"涧花低声道。

"真的?"楚玄堇心头一喜,顾不得许多,便揽了涧花的柔软腰肢,神情和语气分明都是小心的,"那不如我们离开这里,回我们自己家……"

"不。"即便楚玄堇的柔声温言让人安心,涧花还是没有放任自己顺着他的意思走,她并没有从他怀中抽离,反而很快转过身,紧紧地反抱住他,"有太多事是我不愿意做的,可我再怎么不愿意,也要去做……因为,我还分得清楚,什么更重要。"

楚玄堇的身子僵了僵:"是吗?你真的分得清楚,什么更重要?锦诺?"

涧花没有抬头看他,只把他抱得更紧了些,像是怕一个不留神他就会消失一样:"我只是想给你一个完整的自己,我有什么错?我只有这样一个愿望而已,可它现在被掏空了……"

楚玄堇尝试了很久,依然无法触及涧花的眼睛,只能慢慢地将她的脸旋过来:"你看着我!我说过多少次了?我不在乎!你为什么总是不明白?"

"你怎么敢说你不在乎?"涧花轻轻一噗,仍低着头,慢慢放开他,"当日,我和唐似漪一起满脸鲜血地出现在你面前,你几乎是扑过来抱住她的,你的神情是那样急切,我一辈子都忘不掉!当时,你可没有看我一眼……"

"小七!"楚玄堇根本没想到她还会提起这件事,心中又恼又痛,他一把强拉住她的手,极力解释道,"在那种情况下,我的反应不是再正常不过了吗?就好像当岳泠澜站在你面前的时候,你也根本没有办法把眼光挪开一样,这几乎是一种本能!我有误会过你和他吗?何况从那以后,我再也没有犯过这样愚蠢的错误!"

"如果你真的爱我至深,看到这样的我,再看到唐似漪那张脸,难道就不会难受吗?"涧花终于抬起头,定定地看着楚玄堇,似乎是要把自己的样子嵌到他的眼睛里,又似乎是想从他眼里剜出些什么。

楚玄堇毫不避忌地迎着她的目光,坦然道:"即便我会难受,那也是因为心疼你!小七,唐似漪不是什么善茬,慕颜洲更是碰都碰不得的地方!那些人和事都和我们没有关系,我们为什么要搅和进去?看看他们那个少主,除了那位离雎姑娘,谁入得了他的眼?他又何曾在乎过旁人?更别说你我了。他不会考虑我们的!他又是极聪明精细的人,你就真以为他什么都不知道?再这样下去,一旦被他连根知晓,我们会失去更多!"

"我顾不得了,顾不得他有多厉害多聪明,顾不得他是不是已经猜出了什么,顾不得他会怎样处理。你永远都不会知道,对于一个女子而言,我失去的有多么重要!要是你觉得累了,不要我了……"涧花的声音越来越轻,直到被抽噎声完全掩住。

"不会的!"楚玄堇再也忍不下去,他大力拥住涧花,抚摸着她的脑袋,"小七,你放心!即便你分不清什么更重要,我分得清就够了。既然你还是要回去,我陪着你就是了。管他岳泠澜在乎不在乎旁人,至少在我心里,没有什么比你更重要!"

涧花把脸埋在他的臂弯里,不再说话,楚玄堇也没有再说一个字。他扶着她,紧紧跟上前面的人。

当众人回到别苑时,已是日暮时分。暮雨和唐似漪迎上前来,离雎只碰巧对上了唐似漪的视线,就发现她神色轻快,像是了却了一桩心事似的。离雎没有和她搭话,心中却想,她定是已经得到了《破阵图》,并做好了某些部署,所以才会如此自得。

阿筝把那把钥匙牢牢抓在自己手里,又向岳泠澜讨要木化石,岳泠澜很爽快地把木化石给了她,拉着离雎坐到了大堂中的僻静处。

离雎这一整天都是怏怏的,之前岳泠澜对阿筝极其自然的调笑本就让她不快,现在又见他如此轻易地将木化石拱手相让,更是生了股闷气。

像是看穿了她的心思,岳泠澜点点她的鼻子:"还没嫁过来呢,就替我担心起不思珉来了?"

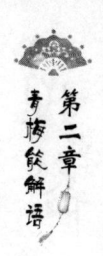

她才不想被他占便宜,轻哼着转过头去。

他好脾气地把椅子挪到正对着她的方向:"小玉钩,那个阿筝很笨的,木化石在她手里,不过是个废物。"

"就你聪明!"离睢刚怼完他,就看见阿筝不情不愿地走了过来,在岳泠澜面前摊了手心道:"喏,给你。"

岳泠澜瞥了一眼阿筝手中的木化石和钥匙,唇角轻扬:"这是何意?"

"岳泠澜,你不要得寸进尺啊!"阿筝把手里的物件扔到桌子上,愤愤道,"我认输行了吧?我参不透这烂钥匙和烂木头有什么关系行了吧?你自己看看,这钥匙的形状虽然能和木化石的凹槽对上,可足足大了好大一圈,怎么放得进去啊!真是的,我不就是先拿来研究研究吗?谁知道这东西这么折腾人!现在还你,由你折腾,这还不行?"

"得寸进尺?阿筝姑娘,你颠倒黑白的功力真是日益精进!"暮雨立在一旁冷冷开口,"东西是九曲取出来的,不思珉是我们慕颜洲的至宝,原本就和姑娘没什么干系。争抢由着姑娘,折腾也由着姑娘,现在自己没头绪,竟然怪到我们公子头上,这是什么道理?"

暮雨素来温柔宽和,谁想到也会有这样厉害的反唇相讥,阿筝听得发愣,竟一时难以招架。

"如何让它们严丝合缝,我确实不知。"岳泠澜的模样十分无辜,他略一抬头,语气里竟带了几分狡黠,"否则,你当真以为能抢得去?"

阿筝顿时气结,刚想呲上几句,离睢却起身接过木化石和钥匙,白了岳泠澜一眼:"别闹她了,我来便是。"

刚才阿筝的一番抱怨,她已知晓症结何在。

岳泠澜不由得笑出声来:"小玉钩,刚才我没来得及回答,我不聪明,你最聪明。"

他又瞟了眼阿筝:"原先你说你在长离宫地位卑下,我还不信,现在看来,倒有几分可信。"

阿筝被他一笑睐了眼,好半天才回过神来:"什么意思?"

"连当今江湖各门各派的本事都没说透便让你来取不思珉，看来冷折鸢对此事也不是很上心。"

阿筝终于恍然："十渡向来标榜天人合一，一粟海自立派以来又对自然界很有研究，我记得主要是三大方向，其一山水，其二鸟兽，其三……草木！"

岳泠澜没有再说什么，只凝神看着离睢，只见她闭目做了个十分曼妙的起手式，指尖似有飞花染着云雾上下翻飞，那把钥匙竟瞬间燃了起来，片刻便化成胶状，丝丝缕缕地渗进木化石的肌理之中。

云破月来，碧海潮生，已悬浮在半空的木化石光芒大耀，表面木屑层层脱落，显出《四海拾遗》中光滑的盒状，而钥匙的凹槽已在同时被新生的木质填满。

那光芒忽而清正明亮，忽而邪魅阴鸷，闪烁不定。离睢正要接住木化石，却听得岳泠澜急急扬声道"小玉钩快放下"，随即便已被他揽着避到了一边。

只听"呲"的一声，身侧空气突然一热，却带了股似香非香的气味，那掉落的数块木屑竟迸溅出炽热的火花，岳泠澜没有刻意避开，手背上便瞬时被扯出了几道细长的口子。

离睢心上一痛，还未开口，岳泠澜已压下火花，轻声安慰道："没事。"几乎是同时，他抬眼冷声喝道："你也不许碰！"阿筝身子一抖，缩回了已伸出一半的手。那块木化石就直直地跌在桌子上，半响才渐渐暗了下来。

众人都有些慌乱，汐回挽起岳泠澜的袖子，一面撒药一面埋怨道："这么脏的东西，你也硬接？师兄，千岁阴沉木的木屑若入了骨，你这只手就废了！"

"岳……岳泠澜，"阿筝心有余悸，少见地轻声细语，"它……它已经不亮了，为什么还是不能碰？"

"千岁阴沉木，字主人浮沉。一字主一人，不死不得脱。"岳泠澜

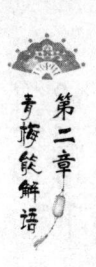

第二章 字椟终解语

和云岁成竟意外地同时吟道。

"行啊云楂！"夜明生捶了云岁成一拳，见他顿时红了脸道："也没什么，就是以前跟着你四处鬼混，听一个术士提起过。"

岳泠澜表示这个术士很靠谱："这几句话是《四海拾遗》中写的，现在这块阴沉木已经有了钥匙，具备了开启的条件，第一个碰到它的人，就会成为它认的主人。"

若是放在平时，听到这话，阿筝一定第一个跳起来去抢不思珉了，可是，听过岳泠澜和云岁成的那几句话，谁又敢去碰它？

种种迹象表明，这是块字石。所有具有灵气的石头里，"字石"是最阴毒的一种。别看它所谓"认主"这么好听，其实它哪里甘心为人仆役？分明是要诱人为它驱使，不死不休。

离雎替余下几个依旧茫然的人介绍了一下字石："字石的底部会有几条汇聚成一点的通道，就像袖珍的水渠，那是用来汇聚血液的。以第一个接触到它的人的血液为标杆，接下来字石需要的都是能和第一个人的血相融的血液。字石有几条通道，就需要集齐几个人。"

"可是说到这儿，还是没有出现字啊？字石字石，顾名思义，难道不是应该有很多字吗？"夜明生插嘴道。

离雎咬了一下唇："这就是字石最阴毒的地方。它有几条通道，需要几个人，就会有几个字，但这些字，我们一开始是不会知道的。这些字，类似于'生''死''病''痛'，每一个字，都代表了我们人生中的一个阶段，或者一件事。只有当施血者经历了这些事，字石上，才会逐字显现。这叫'血契'。从前有人在结契之后，整个命运都发生了逆转，所以一粟海有前辈猜测，字石甚至能在冥冥之中影响结契者的命运。"

"也就是说，一旦我们和这块诡异的破石头结契，我们的命运很可能就会照着它的字去走？一个人，经历一个字？然后呢？每经历一个，这些字就亮一个是吗？等到这几个字全亮了，是不是就能打开它了？"阿筝瞠目结舌，她虽对字石有过粗浅的了解，却是第一次对它的狠辣知

道得如此具体。

眼见离睢默认了自己的猜测,阿筝又惊又怒,破口大骂道:"什么臭石头,敢这样算计本姑娘?我们又不知道它会给我们安排什么字!万一是'丑'呢?我长得这么美,难不成要为了它去毁容?不思珉又不能吃!我不要了!"

她嘴上说着不要,眼睛却一刻都没有离开过木化石。岳泠澜看着觉得好笑,又见离睢恢复了郁色,便轻挠了一下她的手心:"怎样才能高兴起来?"

离睢吐吐舌头,她之所以不高兴,还不是在为他发愁?这块木化石如此难缠,他又该怎样做才能得到不思珉?

她见大家都在叽叽喳喳地抱怨,便趁机拉了岳泠澜出来。跑到院中最远的角落后,她才问道:"你有打算吗?人人都想得到不思珉,但人人都不敢碰它。"

岳泠澜见她愁得垂下了眼角,一面替她往上抹去,一面道:"谁说人人都想要它?是姑姑要它,我才不要。"

他说着,一双紫眸光华灿烂:"没有不思珉,我一样可以留住我心爱的人。"

离睢笑道:"不害臊,哪里是你留住我的?那日在崖上,分明是因为我没有走,才被你撞上的!"

话还没说完,她意识到了什么,登时脸红了起来。

岳泠澜却得逗地笑了:"上赶着要做我心爱的人,是谁不害臊?"

他并没有指名道姓,她却直接往自己身上套,确实是她更不害臊才对。离睢不知说什么才好,他握住她的肩:"好啦,不用担心,那块木化石会找到它的主人的,顺其自然就好。"

他都这样说了,她便放心起来,想了想,又俏皮道:"刚才你不是问我怎样才会高兴吗?我想看戏,你故弄玄虚地藏了很久的那出戏,我现在就想看。"

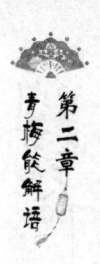

第二章 声梦从解语

他松开她的肩,朝她作了个揖:"遵命。"

眼见她总算有了些笑意,他略略安心,正想拉了她去看戏,身后却传来阿筝的声音。一声声的"月生君",喊得离雎眉头紧蹙。

念及之前在那林子里的事,未免引起离雎的误会,岳泠澜本不想理会阿筝,谁料离雎却停了脚步,站在原地不走了。

她倒要看看阿筝究竟想做什么。

阿筝哪里知道他们各自的盘算,她只是习惯性地和岳泠澜打招呼,说她自作多情也好,不知羞耻也好,见到自己深深恋慕的人,哪怕被他泼过再多的冷水,她依然舍不得不和他说话。不过,她也已经打算至少表面上和离雎和平相处,这一次倒真不是故意惹离雎不痛快的。

她原本打了招呼就要走的,见离雎和岳泠澜先后停了下来,还以为他们想跟她说话,便走了过去。在他俩身旁站定后,阿筝才后知后觉地发现,这周围的空气好像有点儿冷啊。

离雎和岳泠澜你看我我看你,丝毫没有匀出目光给她的意思。阿筝讪讪道:"月生君,不至于吧,昨晚虽然我是说了些昏话,你也没说连朋友都不做啊!"

她声音不大,可已经足够离雎听清了。她微愣,看了眼阿筝,又盯紧岳泠澜,眼中浮起一层薄薄的失望。

阿筝的话令岳泠澜猝不及防,他来不及拦下她,她已露了馅。他沉着眸色想去握住离雎的手,却被她毫不客气地挥开。眼看苗头不对,阿筝再蛮横也不敢跟岳泠澜的怒气顶撞,忙寻了个由头便溜走了。

岳泠澜哪还有心思去搭理阿筝,只急急对离雎解释道:"昨晚我和她什么都没有……"

"昨晚!"她冷冷打断他,"这才是重点。昨晚,你出去过,并非像你所说的,从未离开。"

她突然觉得十分烦躁,烦躁里还带了点儿连她自己都说不清缘由的

委屈。她深吸口气，扭头就走。岳泠澜哪里肯放她走，一面跟一面试图去跟她说些什么。

离睢终于停了下来，他还没来得及高兴，她已连声道："那个所谓的'梦'也是你设计好了来骗我的吧？你确实有事在瞒我是吧？你为什么要骗我？你究竟在瞒我些什么？"

她越说越气，语气一句比一句激动，到最后已经收不住势头："既然已经骗了，为什么不继续骗下去？你解释啊？或者……你再骗骗我啊！"

岳泠澜心中微疼。他不是爱解释的人，离睢也不是满脑子只有情情爱爱的傻姑娘。但现在，她竟然宁愿被他欺骗，哪怕心里明知道他说的是真是假，她依然选择相信他。

她是……真的喜欢他，哪怕记忆瘠薄，姿态笨拙，也依旧真切地喜欢着他。

那他呢？他从不惧说谎，于他而言，说谎在很多时候，是工具、是手段、捷径，甚至是必需品。他当然可以继续欺骗她，说得煞有其事天花乱坠，由不得她不信，可是，他这么个伶俐的人，在她面前，总是会变得笨起来。

他舍不得在她面前卖弄他的聪明，更不愿意在她眼中再次看见失望。他的十指扣住她的手："小玉钩，我向你保证，你会知道的，只是不是现在。"

他爱她，胜过天上和人间的一切。可是时机不对，他真的不能告诉她。

离睢沉默了一会儿，注视着他微颤的指："你真的会告诉我？"

"我保证。"他低下头。

她点点头，不再说话，却也没有离开。

她在心里为他寻了千百个理由，她极力遏制着想要立时知道一切的冲动，一遍遍地告诉自己，他这样说了，必定有他的苦衷，应该相信他，不可以太任性。可是，为什么眼里还是又酸又刺呢？

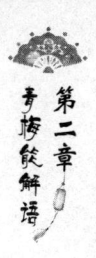

他叹了口气,把她拥进怀里,捂上了她的眼睛:"怎么还难过呢?"

为了这一点点的端倪,她就已经难过成这样,他又怎么敢把全部的秘密都告诉她?

遮眼的手被她缓缓拉下:"看戏,别被你赖掉了。"

他失笑,揉揉她的发:"好,这就去。"

第三章 我一心何你

离睢多少能猜到,岳泠澜说的戏应该和唐似漪有关,或者说和北堂家有些关系。她本以为他会直接带她到唐家去,说不定唐家戒备森严,他们还得躲藏一阵。她心里早就做好了准备,谁料他却把她拖到了街上,优哉游哉地带她逛了许多好吃的、好玩的店铺。

她嘴里不一会儿便被他塞满了海棠糕,只能鼓着腮帮子含糊道:"够了够了……"

他等她咽下了,又往她嘴里塞了块银鱼春卷:"不够,慢慢补,六年呢。"

她一怔,原来他是为了这个。他总觉得和她之间缺失了六年,想方设法地想补上,怪不得怎么补他都嫌不够。等等,这不是该感动的时候,以他这个补法,别说六年份的糕点,就算补个一年的,她都得胖死!

离睢怎么就不知道从前的自己这么爱吃甜呢?

离睢想想就后怕,忙止住他的下一块云片糕,转移话题道:"咱们还是别在这路边摊上停留太久了,你看,多少人都在看你呢!"

"是在看我们。"他纠正道,脸色好像不是很爽快。

就凭他俩这神仙似的仪态相貌,走到哪儿都会引起围观的。

单看他无所谓,反正他也习惯了,可是他的小玉钩凭什么给这些凡人看?

看样子是该走了。

想到这儿,岳泠澜便拉了离睢走人,还有意微侧了身子,遮住她的大半张脸,仿佛这样才比较划算似的。

其实，倘若站在以女性为主的广大围观群众的角度，比起看到离睢的整张脸，能欣赏到岳公子的美色，的确比较划算。

离睢眺了眼四面少女少妇饥渴的目光，感慨道："我应该往你身上挂块牌子，观者收费，明码标价，这样一天下来想必就能赚足银子。"

岳泠澜觉得她很没出息，捏捏她的脸："脸上这么多肉，沿街乞讨没人信的。"

她噘着嘴，拍掉他的手："岳公子哪晓得民间疾苦？身上光是穿的就每天变着花样，今天这件是晕染了泼墨山水的，明天那件又是藏了双面绣的，难为你的小丫头，出门办个事儿都得给你备个百八十件各式各样的白衣服。不像我，连多带几条不同颜色的发带都吃力。"

"看来是在埋怨我亏待你了。"他低笑，"月姑娘，一粟海抠门儿，再也别回去了。今后好好跟着我，我养你。"

见他眼中光彩莹润，满是认真，她便伸出手道："那便请岳公子赏口饭吃吧！"

岳泠澜微勾起一抹玩味的笑："现在？"

离睢莫名地觉得他笑得有些不怀好意："怎么了？"

他飞快地捉了她的手，轻轻吻了一下，抬头道："好吃吗？"

离睢目瞪口呆地看着他蜻蜓点水："什么？"

他目露喜色："公粮。"

经此一役，直到晕晕乎乎地被他带到唐家门口，离睢的脸上还是一片通红。

岳泠澜拍拍她的脸："醒醒，看戏了。"

离睢捂住脸："岳公子，美色误人，我被你弄晕乎了不说，你留心路上那些女子的眼神没有？又是如狼似虎如饥似渴，又要强自镇定故作矜持。"

他挑眉："所以？"

061

"所以,我总结了一下,与其好色,不如好声。你想,若一个人生得极美,你多看他几眼,自己就会先不好意思,更怕被他看轻。可若一个人的声音极其好听,你就可以肆无忌惮地听,想和他说多久的话都行。"

"谁的声音比我更好听?"他敏锐地察觉到了危机。

离睢傻了:"暂时没发现。"

"那你还想和谁肆无忌惮地说话?"他的重点抓得牢牢的。

离睢不敢再说,腹诽了一番他的霸道,又指指唐家大门道:"我们怎么进去?"

他摆出一副看傻孩子似的神情:"走进去。"

就这样进去?时间被他一路挥霍,现在天都黑了,他们两个不但没有夜行衣,还都穿着白衣服,要多惹眼就有多惹眼!可看他这架势,非但不着急,还想大摇大摆地进去?

"有我在,要什么夜行衣?"他看穿她的心思,折扇打开,一手已揽上她的腰,脚尖轻点。

她瞬间如置云端。她自己就有武功,功夫还不赖,但每每和他在一起,便总会放任自己变成一个懒散的孩童。她知道,岳泠澜这样的人,对任何人来说,都有着致命的吸引力,可对她来说,她最恋恋不舍的,是他带给她的安心,恰如此刻。

唐家确如离睢先前想象的一般,戒备森严,大晚上的依然不断有人进出行走。这些人,虽是普通家丁打扮,但每一个都虎背熊腰,行动迅捷,倒像是训练有素的行军之人。

岳泠澜带着她穿梭在屋檐间,他总是巧妙地跟着月亮走,身形和月光融在一起,即便他一袭白衣,在这夜间也教人难以认出。

怪不得阿筝唤他"月生君"。想到这里,离睢心中一阵落寞。岳泠澜这一次并没有留意到身边人的神情变化,因为他的注意力已经凝聚在脚下的这一方屋顶之上。

第三章 我一心何你

透过揭开的瓦片向下窥去，只见一片灯火通明。但，屋里一个人都没有。他们这一路过来，已经查探了唐家大部分的房屋，空置的房间有很多，但每一间都和这一间一样，尽管空无一人，依然亮如白昼。

"都这么晚了，他们都不睡觉的吗？"离雎实在难以理解。

"心思太重，城府太深，怎么睡得着！"他淡声道，眉头微锁，引离雎向一个方向看去。

离雎惊愕地发现，这间屋子，和以往的屋子大不相同，除一整面墙上密密麻麻地画了什么以外，墙边还立着个衣架子，上面悬挂着的，是一件紫色牡丹花龙纹服。

紫色牡丹，那是大极的国花，龙纹……这是一件龙袍！

离雎再定睛细看那墙上，原来那些纵横的沟壑，是大极的城池版图，箭头所指处，是一座座天然险要，还有粮草供给指示、地势分析、水利情况……即便不懂行军打仗，离雎也已经看出，这是攻陷大极的作战地图。

"他们想做什么？"离雎发现她的牙齿在激烈地打架。

"仙羡元年，他们做了什么？"岳泠澜轻轻反问道。

离雎绷直了背。北堂氏，还想着做皇帝？仙羡元年，就是他们犯上作乱，将紫氏的嫡亲血脉消灭殆尽，引出百余年的天下动荡。财匮力尽，民不聊生，百姓的苦日子难道还没有过够吗？

今时今日的大极，早已不是宁帝在位时的大极。虽然她并非生于那个时代，却也能感受到故国遗民的深切痛楚，对于他们而言，现在的紫氏只是一缕旁支，本就不能完全安慰他们的悲哀，更遑论北堂氏了。

"二十余年前，紫氏和北堂氏的博弈进入胶着状态，"岳泠澜在一旁道，"姑姑帮了紫氏，紫氏登基后，慕颜洲有了朝廷的扶持，更为壮大。尽管我不清楚当时的情形，也不知姑姑为何要帮紫氏，但当时的情况，和现在大不相同。"

他握上离雎的手:"当时,选谁都可以,选谁都一样,但现在,别无选择。"

离雎点点头。当年兵戈四起,对于平民百姓来说,重要的是尽快结束动乱,而不是决定天下谁主。所以,无论是北堂氏还是紫氏,谁做皇帝又有什么分别?而如今,紫氏重掌帝位已经二十多年,老百姓好不容易才得以休养生息,怎经得起新一番的折腾?

周围渐渐响起一阵骚乱,一群人乌泱泱地挤进屋来,有人身上不合身的家丁服被挤破,露出锃亮的铠甲。

离雎突然按住岳泠澜的手:"我脚麻了,怕站不稳,弄出声响让他们听见。"

他当机立断将她抱起,飞身向另一个方向遁去。

离雎靠在他胸口,见他笑得清清泠泠,又温温柔柔:"若喜欢,便弄出声响,又有何妨?"

"你总是这样自负。"她假意责备他,心里早已乐开了花。

岳泠澜对唐家看起来很是熟悉,也不知他做了多少先头准备,才能这样干脆利落地抱着她如入无人之境。

她的双脚终于落了地,却很快倒吸了口凉气——他们置身的,是一个庞大的兵器库!偌大的空间里,堆满了刀枪剑戟和盔甲马具,更令她觉得毛骨悚然的是,满地都是拖曳过的痕迹,而兵器库的第二层,竟然空空如也!这意味着,在今日之前,这里曾有过更多的军需,那么现在,这些兵器又到哪里去了?

她还来不及细想,唇已被岳泠澜的手指堵住,他们俯下身,躲在一处盾堆后,屏气凝神,听着身后由远及近,扬起"啪嗒啪嗒"的脚步声。

这大半夜的,是谁来了?

离雎忍不住好奇,偏了头往盾牌的缝隙中探去,在看清来人的脸的同时,她看见那人脚边的盔甲丛中,夹杂了一根细长的引线。

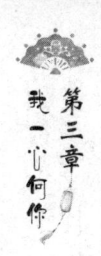

她下意识地低头，果然，盾堆中也暗藏了引线。

她忽然明白，岳泠澜带她看的这场戏是什么了。

这些天，他一直在安排计划，就是将整个唐家连带着这个兵器库夷为平地。夜明生和云岁成负责挖地道埋火药，而他之所以拖延一天时间，到今天才去找那把钥匙，正是因为要留出时间，让夜、云二人在唐府地上藏线。

所以，昨天唐似漪必须留在别苑，否则，如果她人在唐府，阿夜他们本就废柴两根，做起事来会难上加难。

至于岳泠澜为什么要选在今天才动手，离睢也猜到了几分。唐似漪和涧花究竟是什么关系先不提，她利用涧花得到《破阵图》，为的是什么？若站在北堂氏的立场，一切都十分明了。

唐似漪是想要报复慕颜洲，报复让北堂氏的百年基业毁于一旦的观音。可岳泠澜是怎么做的呢？他没有直接将唐似漪了结，而是将计就计，故意让唐似漪有充分的时间部署一切，调动人马，取走兵器，带着他画的那张《破阵图》，踏上他早已设计好的那条死路。

他的目标，是整个北堂氏。

事到如今，那张《破阵图》是真是假，不是已经很明白了吗？他真狠，他一定是一早就猜到北堂氏的精锐部队很多，不可能集中到唐府由他一网打尽，所以就直接让他们跟着那张《破阵图》去找死。而唐府剩下的人，都会在今晚，被炸成烟花。

离睢不由得打了个哆嗦。这就是他给她看的戏？人渣烟花？

正在此时，一片沉寂的兵器库中突然响起了凄哀的哭声。

是来人，也就是唐似漪，她在哭。

她抽噎着，断断续续地溢出"对不起"之类的话，哭得肝肠寸断。

对不起谁？你倒是说清楚点儿啊！离睢的好奇心得不到满足，很是焦躁，她看向岳泠澜，见他面无表情地注视着唐似漪，眉头却锁得更紧了。

唐似漪的手中,捏了个细小的东西,离睢辨认了许久,才敢确定,那是一只竹编的小蚱蜢。

她又看了岳泠澜一眼,他垂了眸,月光从天窗透过,笼在他脸上,很是凄清。不知唐似漪哭了多久,可直到她离开,岳泠澜都没有任何动作。

不对,他唯一的动作是,一言不发地拉起离睢,趁着夜色带着她一口气奔出唐府。直到跑进远处的林中,他才松开她的手,道:"小玉钩,今天先不看戏了,好不好?"

离睢不明所以,又有些不快:"你不都已经决定了吗?还问我做什么?"

见他不说话,她按捺下心中不快,开始替他找借口:"为什么不动手?是觉得唐府毕竟也有许多无关人士,不想伤及无辜吗?"

他轻嗤:"我从来都不是善男信女。"

他不下台阶,她便也开始恼了:"那又是为什么?难道是因为唐似漪,你不想她死?"

她克制了许久,才没有说出"你舍不得她死"之类的话来。若他动手炸了兵器库,唐似漪必死无疑,除了这一点,离睢实在想不到其他理由。

岳泠澜微讶:"你想她死?"

离睢觉得莫名其妙:"不是你自己说你不是善男信女的吗?我和她素不相识,说到底北堂氏也只是和你们慕颜洲有仇,跟我有什么关系?我怎会盼着她去死?"

"你也曾是慕颜洲的人。"他重皱起眉来,"你没看见那只蚱蜢吗?那是……"

他突然停住了。

"不能说?"她苦笑,他总是这样。

她掉头想走,他立刻大步追上,她觉得心烦,狠狠甩开他,却听他

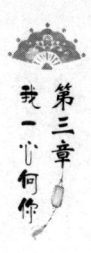

低哼一声。

离睢顿时心里发紧,捋起他的衣袖,只见他右臂中间,一片殷红。

"怎么弄的?"她声音发颤。

"不小心碰的。"

"碰的?"她火了,虽然夜色深沉,可她也能隐隐看出,那片殷红很是诡异,掺了点儿黑色,像是被什么东西腐蚀过,中间还有两排类似齿印的痕迹,"碰的能伤成这样?"

他不语。

她忍不住了:"又是不能说?"

积聚多时的不快终于爆发,离睢望着月亮,低声道:"那我就问些能说的吧。小山,你为什么叫我小玉钩?"

岳泠澜有些蒙了:"小时候你总嫌脸上的疤痕难看,我说那分明是一个月牙,就像一道小玉钩。"

她点点头:"听上去挺有意思的,可是你没提起过,所以我一直都不知道。"

他也沉默了,他理所当然地以为她知道,忽略了她的记忆和他是不一样的。

她又问:"阿筝为什么叫你'月生君'呢?"

他忙纠正:"'伴月而生',你是月,这是多年前你给我取的称呼,碰巧被她知道了而已。"

他以为她会高兴,因为这是她对他的称呼,意味着他伴她一生的承诺,可她的脸色却越来越白。

因为,他习惯性地跟了句:"你忘了吗?"

他说得轻描淡写,她心里却重重砸开一个大口。

四周忽地寂静下来,二人都意识到了什么,谁都不愿先开口,仿佛谁先开了口,什么东西就一定会被打碎一样。

但离睢还是率先打破了沉默:"你不觉得我们之间存在了太多问题

吗?你究竟瞒了我多少事?总是这也不能说那也不能说,在你眼中,我就这样脆弱,什么事都经受不起?"

"我说过,等时机成熟了就会告诉你,我保证。"他的声音有些疲惫。

她被他的疲惫刺痛了:"好,那就先不提这些。我觉得,我们发展得太快了,在崖下一睁眼,你就说我是离雎,说我是你的未婚妻……"

他急急道:"这是事实。"

"可我真的一点儿印象都没有。"她声音干涩,"除了'小山',我什么都没有想起来。阿筝说得不错,我没有过去,我连个完整的人都算不上,我对过去的全部了解都只来自你,除此之外,我一无所有。"

"你怎会一无所有?"他上前一步,"你有我。"

她却连连退后:"不,你对我的好,全是因为过去的那个小玉钩,不是因为现在的我。你总是忘记,我已经没有那部分记忆了,连我自己都不清楚,什么时候会想起来,还会不会想起来。如果,我永远都不会想起来呢?我永远都不会想起,那个小玉钩和你经历过的事,那你打算怎么办呢?"

他大力箍住她,哑声道:"不要紧,想不起来也没关系,我可以说给你听。"

她艰难道:"可是我不喜欢啊,我不喜欢一直都这样。那些是好听的故事,但我没有记忆,总觉得那是别人的故事。小山,我爱你,我爱你你知道吗?所以我希望你爱的是现在的我,而不是无休止地回忆过去……"

她说她爱他,这话让他又欣喜又心疼,他紧紧抱着她,一时之间竟不知道该如何安慰她,她却挣开他道:"你说'月生君'是我对你的称呼,那为什么阿筝可以随意使用?"

"我今后绝不会让她再唤。"

"关键不在于让谁或者不让谁这样叫你,关键在于,你对阿筝的态度。"她仰起脸,眼里泛起水光,"你和汐回相识多年,相处起来却远不如和阿筝熟稔。你现在对我这样好,之前又经历了多少年的朝夕相处?为什么你和阿筝认识没多久,就能这样亲近?有时候我甚至会觉得,你们更像是一对。"

她的声音越来越轻,说到最后,他已经听不大清了。

离睢鼻尖聚起的酸意越来越浓,她不想因为这些事流泪,但和岳泠澜有关的事,对她来说又怎么会是小事?

她又退了一步,转身离去。

他看着她的背影,想起那些青稚的、欢愉的、沉痛的、孤寂的往事,想起小小的坟茔,想起黄土鲜血,腐朽的凄艳的他极力想要留住的容颜,想起映破碧海青天的熊熊火光……他泅渡了六年没有她陪伴的时光,怎能容许她再一次离开他的视线?

他绝不允许。

身后响起急切到凌乱的脚步声,她双肩一热,他贴着她的脸,低低道:"你要到哪里去?"

她望向四面苍凉,野树低垂,寒鸦飞渡,是啊,她要到哪里去,她又能到哪里去呢?

一粟海吗?她和十渡已经决裂。慕颜洲吗?她真的没有任何印象。天地旷大,竟没有一个地方,能接纳一个没有过去的人。

但无论如何,她已做出了一个决定。

她没有就此离开,她和岳泠澜回了别苑,径自进了汐回的房间。

当晚,离睢和汐回睡在一起。灯熄了没多久,汐回就已经睡去,她周身萦绕着淡淡的药香,离睢浸在她的药香里,越发清醒。

第二天天蒙蒙亮,离睢终于从失眠中解脱出来。她跳下床,静静地看汐回拣了好一会儿的药材。

其实,有什么好看的呢?药材再多再杂,也总会被整理完的,任何

事情,都会有尽头。

她打开门,映入眼帘的先是一角白衣,然后,是岳泠澜蕴着淡淡倦色的一双眼。

谁说老天总是妒忌天才和绝色?岳泠澜既是天才,又是绝色,瞧瞧他,一夜不睡,老天都舍不得让他眼底浮点儿青。

她不知他在此处等了她多久,她只知道,此刻她绝不能心软。不然,她什么事都办不成了。

可她看见他笼在袖中的右臂,还是心软了:"让汐回看看你的伤,我知道我在的话不方便,那就不打扰你们。"

汐回闻言早已跑了出来,不知所措地看着他俩,急着想知道岳泠澜受了什么伤,岳泠澜却一动不动,只凝视着离睢。

离睢轻叹一声:"你放心,我如果要走,绝不会不辞而别。我会让你知道的。"

他还是不动。

她勉强扯出一个笑来:"岳公子不会连出门走走的自由都不肯给我吧?"

他一震,这才挪了挪步子,听话地进了屋。

离睢关上门,走进院子。

昨夜,他问她,要到哪里去,这个问题,她到了现在,终于有了答案。至少,在她找回属于她的记忆,确定她究竟是谁之前,她不想再回来。

屋内,汐回哆嗦着替岳泠澜处理伤口,这伤口很诡异,虽然凝着大块的血迹,但只是看上去骇人,并没有伤及内里。乍一看,这伤口被他搁了好几天,但未见恶化,反倒在自行愈合,只是……

"这些细小的痕迹,是齿印吗?可就算是齿印,也不会这么密,这么小啊……"就连汐回也从未见过类似的伤痕。

"那天晚上,如果不是被小玉钩撞见,我正要跟你说这件事。"岳泠澜瞥了眼伤口,"汐回,你见过有牙齿的骨头吗?"

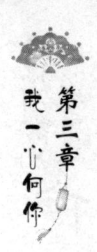

"啊?"汐回十分惊愕。

他收回手:"我想,我知道'睨天'是什么了。"

汐回端正了坐姿,正想听他说下去,他却眯了眼,声音渐渐冷了:"那是怎么回事?"

汐回顺着他的目光看去,床头有个抽屉半开着,那里原本是专门用来放"梨约"的,现在却空了大半。

"月姐姐昨晚要了许多'梨约',"她解释道,忐忑地瞄了岳泠澜一眼,"师兄,我还以为你知道。"

岳泠澜从喉咙里沁出一声冷笑,他站起身,目光冰凉,望向汐回:"谁准你自作主张?"

他不知道!他知道什么?离雎要那么多"梨约"做什么?"梨约"除了在她病发时能暂时克制住她的病势,还能有什么用?她一定是想走!他怎么就没想到?

该死!

汐回吓得噤了声,还没弄清楚状况就开始道歉。岳泠澜止住了她的声音,推开房门,一张信纸飘了进来。

现在,你知道了。那是离雎的字迹。

岳泠澜紧紧捏着她的信,怒极反笑。她说如果她要走,会让他知道,她倒是守诺!

"她昨晚跟你说了什么?"他转头看向汐回,语声冷厉。

"她问我,怎样才能恢复她的记忆……"汐回煞白了脸,都快哭出来了。

"那你是怎么回答她的?"

"我说……我暂时也想不出什么办法,因为看样子,月姐姐的记忆是被十渡封住又篡改的……"她语无伦次起来,"我好像是说了句,解铃还须系铃人……"

岳泠澜的指节被他压得发白,他知道这不能怪汐回,但只要一想到

她的无心之语坚定了离睢离开的心,他就恨不得掐死她。

什么"解铃还须系铃人"?她这不摆明了让离睢去找十渡?

他拼命抑制住自己的怒气,还没有开口指责汐回,耳边就悠悠飘来了阿筝的声音。

她起了个大早,伸着懒腰对岳泠澜打招呼:"早啊,月生君。"

她自问自己容颜姣好,声音妩媚,谁料他却攥紧了手中的信纸,冷冷吐出两个字:"闭嘴!"

离睢走在街头,除了"梨约",她什么行李都没有带。如果她收拾行李,被任何一个人看见,她都走不了。

她其实并不知道自己要到哪里去,虽说按照汐回的意见,她应该直接去找十渡,要回自己的记忆,但如果真的找到了十渡,她还能有回到岳泠澜身边的福气吗?

她还没有走远,就已经开始想念他了。

路过一家木雕铺子时,离睢顿住了。她走了进去,逗留了一会儿,出来时,手中多了一只狭长的布包。

现在就去找十渡吗?可她是路痴,之前好不容易才逃出那个民居,根本没想过会回去,更别提记路了,再说,她都跑了,十渡还会留在那里吗……她正想着,街上突然一阵人潮涌动,似乎是有什么热闹看。离睢对凑热闹向来不感兴趣,正想绕开,却被谁撞了一下,脖上一热,她下意识地一摸,眼神一凛。

她的青山玉坠不见了!是谁偷的?她虽不知这枚玉坠的来历,但它一直陪着她,像是个忠诚又无言的守护者,她一直很珍惜。

目光追着人流而去,那些人无一例外拥入了一座高大的酒楼,离睢没有多想便跟了上去。

酒楼里人声喧闹,各种味道混在一起,显得十分油腻。离睢随着看客们到了二楼,只见大堂里摆了数张长桌,桌上堆着各种丸药,瓶瓶罐罐挤在一起。一个药师打扮的人高居台上,摇头晃脑,身边一列

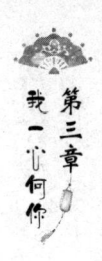

长柜,塞满了银钱,而他身前则排着长队,求药之人有的面黄肌瘦,有的虚浮胖肿,但每一个人都眼巴巴地盯着药师和他的药,神情专注又虔诚。

离睢环顾四周,偷她玉坠的人就在其中,可她一时半会儿难以辨认,谁教那小偷下手的时候她正在想事儿!眼前这场景,以她的经验,正经的行医之人哪有这样的?此人上浮下肿,目露贪色,横看竖看都不像是药师,多半是个骗子。

她本不想多管闲事,但身后的队伍里有人不知怎的起了争执,人群一乱,她被挤着向前冲去。

今天是怎么回事?走到哪儿都有人挤她!

离睢被推搡到那些长桌边,手指触上一瓶已倒下的开口丸药,在一粟海多年的习惯让她不由得挑起一颗,闻了闻。

她所学甚杂,可什么都不精,医术更是不能和汐回相比,但掂量这种民间丸药的虚实还是小菜一碟。

不过一瞬,她就觉出这丸药只是由药渣混着草根胡乱搅和而成的,制药的黑心人甚至掺上了泥土和糨糊,非但不能治病,连基本的保健作用都没有,吃下去怕还会让人上吐下泻,没病也给吃出病来。

医者父母心,此人如此用心,坑害了无知百姓不算,还亵渎了真正的医者。想到这儿,作为小半个医者的离睢姑娘,一脚踹翻了桌子。

世界顿时安静了。

离睢拍拍手上的灰,心想,早知道这么容易就能让这些人闭嘴,她刚来就该踹了这些桌子。

可惜,这样的安静氛围并没有持续多久,因为那些前一刻还病病歪歪站都站不稳的求医之人一个个抖擞了精神朝她围拢过来,他们病得连离睢的美貌都感知不到了,对着她怒目而视,口中骂骂咧咧,恨不得把她撕碎。

甚至有一个头上只有三根毛的老大爷扑到了那堆七零八落的假药

前,一边咧着没牙的嘴号啕大哭,一边声嘶力竭地控诉道:"哪里来的黄毛丫头?我的药啊!我的头发怎么办啊!我的心肝啊!"

他到底是想治他的秃顶还是他的心肝?

离雎很无奈,想去扶他,又怕他一个激动把那些假药往自己身上丢,要知道那些药有许多是液体,弄脏了衣服可不好洗啊!

她只得做了个手势,让大家静一静:"你们都被骗了,这些都是假药!"

她在假药堆前蹲下身,捡一个丢一个:"这剂麻黄是假的,这不是芒硝,是硝石……"

捡到最后一个时,她不再丢了,反倒抓了递给围观群众:"这不是代赭石,是红信石,加工之后是砒霜,你们要吃砒霜吗?"

人群顿时又安静了,连包围圈都大了一些。

离雎拍拍灰站起身,刚想继续找她的玉坠,忽听一声"大胆!"

那个药师模样的人从台上跳了下来,发现自己还没离雎个子高,慌忙又爬回台上,叉腰指着她道:"大家莫听她血口喷人!死丫头,你再胡说八道,我就带你到官府去,告你诽谤!"

离雎觉得好笑:"原来你还知道官府,知道律法?那你知不知道,按照《大极律》,你制造假药,坑骗百姓,已经犯了伪造条法,将依法惩处,重者处死?"

那药师一时无法反驳,他身边倒有一粗眉大汉嚷道:"贾药师在咱们萱城那可是有头有脸的人,怎么会骗我们?我儿子就是贾药师治好的!"

他正叽呱乱叫,一个村妇打扮的女子便抱了个婴孩过来,附和道:"就是就是!我家娃儿总是哭个不停,多少天了都不见好,刚才贾药师喂了一粒药,瞧,现在睡得多香!"

离雎伸了细长的指,在那孩子唇上一抹,又闻了闻,怒意陡生:"小孩子啼哭不止,那是内热火旺所致,你们不去找正经的大夫,拖了这许

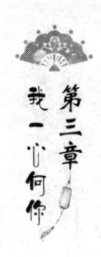

多天,可知若病情恶化,会引起惊厥?这庸医直接用朱砂入药,还控制不好分量,你的孩子已经中毒了!"

人群里又是一片唏嘘。

那妇人和大汉却眼神闪烁起来,并不像十分担心孩子。离雎心中起疑,迅速伸出手往那婴儿的襁褓中一探,惊道:"这是个女孩子!你们不是她的父母!"

那二人见事情败露,拔腿要逃,离雎一手一个拽了回来,又顺便踢了把椅子撞倒那撅着屁股想逃跑的庸医,冷笑道:"卖假药的和人贩子串通一气,我竟不知大极的律法形如摆设,民风混乱至此!萱城堂堂陪都,难道为官者和为民者都这般不知羞耻吗?"

她这几句话说得酒楼里有些身份的人都羞惭起来,几个看上去比较热血不怕惹事的年轻人冲了过来,抓起这几个骗子吵吵闹闹地要往官府去。

那大汉眼看就要被缚,暴跳如雷地朝离雎扑去,似乎想在被抓之前挠上离雎一爪子,离雎摇摇头,捉了他的手腕,轻轻一拧。

"咔嚓"一声,那大汉垂了手,杀猪般号叫道:"你知道我们是谁吗?你知道我们上头……"

他痛得说不下去,离雎却没有理他。

地上躺着她的青山玉坠,正是方才从这大汉垂落的衣袖中掉出来的。

敢情坑蒙拐骗外带偷,这个团伙还是一条龙服务的?

她丢开那大汉的肥手,小心翼翼地捡起她的玉坠,重新戴好,再瞧那大汉时,竟有了几分刮目相看。

别看他长得跟个豆腐桶似的,做起坏事来还真是样样精通啊!

骗子们被带远了,人群却还没有散,他们的目光从假药转到离雎,再转到那些撒了一地的银钱上。

随他们去吧,抢钱还是分赃,都跟她无关。离雎这样想着,便往人少的角落走去。人群一拥而上,带起的风吹开了高台两侧的帷幕,离雎

不禁止住了脚步。

她看见，帷幕后面，隐隐绑了个人。

按这酒楼的格局，帷幕之后的屋子，照理该是那庸医包下的，他在前台骗人，身后那屋子里一定做足了准备，说不定大批量的假药就是藏在那里，古往今来，有头有脸的骗子都是这么干的。

可那儿为什么会藏了个人呢？

还是个女人，嘴里隐约被塞了团什么，所以无法出声。

虽然隔得远了，离睢看不真切那女子的容貌，但那女子分明也已注意到了她，求救似的朝她点着头。

既然那没用的庸医都能把这女子绑起来，那她多半不会武，总不至于会伤到谁。去看看也无妨，万一她真的需要帮助呢。离睢这样想着，便向那帷幕之后走去。

还未走近，离睢就发现，这是个美得很奇怪的女子。

她一身红衣，虽然被塞了条汗巾，遮住了大半张脸，可她的高颧骨和深眼窝依然十分惹眼。她半躺在地上，双腿需要蜷缩着才不至于触到墙面，可见她骨架修长，身形高挑。在离睢的印象里，这样的女子大多英气勃发，可她的五官无论是拆开单看还是合拢欣赏，都秀丽清雅得如同浅溪兰芷，这分明是一种入了化境的碧玉之美。

这女子甚美，又美得很独特，离睢不由得多看了一会儿，直到这女子瞪大了眼睛，她才意识到自己是来救人的。

离睢有些不好意思，忙抽出那条汗巾。那女子长舒一口气，连声道谢，央离睢解开缚住她的绳索。

离睢没有急着动手。她是涉世未深，可她又不傻，你一个姑娘家，怎么好端端地就被绑在这里，谁知道你是不是好人？

那女子看出离睢的犹疑，忙道："这位姐姐，我不是坏人，我是来寻人的，结果被个大汉骗到了这里，抢了我的钱不算，还说要卖我到青楼去……你往我胸口探探，我有路引，可以证明！"

离雎依言探去,果然发现了一封路引,她摊开它,默念道:若清人氏,顾言棠……

这个名字,怎么好像在哪里听过?

她一时想不起来,只觉得既然这位顾姑娘有路引,说话也很合逻辑,眼神又真挚,应该没有骗人,便松开了她的绳索。

此时,离雎注意到,她手上戴了对极好看的金丝玉镯,中间嵌着几枚小铃铛,一动就脆脆地响,十分悦耳。

顾言棠千恩万谢了一番,又道:"姐姐贵姓?"

离雎知她不过是客套一问,还很有分寸的只问了姓氏,但这恰恰是自己不知道的,便笑道:"你叫我离雎就好。"

顾言棠却以为离雎对她坦诚如此,还如此爽快地直接报了全名,便羞愧起来:"那姐姐叫我棠就好啦!"

棠……

离雎终于抓住了什么。她又看了眼那封路引,试探道:"棠,你从若清千里迢迢到萱城来,是想寻谁?说出名字,我或许可以帮你。"

棠低了头,半晌,红了脸道:"我不能说。"

如果能说,她早就找到他了,不会一路坎坷,受尽委屈。

"是因为他犯过事,甚至是曾经有罪吗?"离雎一语道破。

棠惊呆了,怔怔地说不出话来。离雎肯定了几分自己的猜测,又道:"你要找的人是夜明生,对不对?"

棠的眼眶瞬间红了,这么多天,她为了他的安全,不敢和任何人说起他,这还是她第一次从别人口中听到他的名字呢。

当日他托人送来扳指和玉镯,她满心悲恸,以为他必死无疑,她想,不如她也盘算好时辰,他人头落地的那一刻,她马上就追上他,黄泉路上有人相陪,他也不至于太寂寞。

她父亲趁她不备偷了她的扳指,又想来夺她的镯子,她死死按住那对玉镯,用尽全力反抗,说除非他砍掉她的双手,否则她绝不会把夜明

077

生的东西给他,他这才肯罢休。

行刑那天,她被钉死了门窗锁在家中,她揣了瓶鹤顶红等着行刑的时辰,等着犯人死后,从刑场涌过来的欢呼。然后,她等到了她父亲铁青着的一张脸,和一个她此生听过的最好的消息。

虽然朝廷对外宣称犯人已死,可他并没有死!他会去哪里呢?听说他被一个神秘门派所救,又听说他近日在萱城出现过⋯⋯

她知道他家老宅的所在,却并不知那个夜、云两家共同置办的别苑。她虽然生来就不是特别聪慧的女子,可也能猜到,夜家老宅,一定仍被精兵看守着,他绝不可能回去,可是,听说他回了萱城了啊!

只要有一线希望,她怎么可以放弃,她怎么可能放弃?她有勇气陪他死,难道还没有勇气离家来找他吗?

她没有任何线索,也不敢说出他的名字。虽说明面上他已被"处死",可谁知道朝廷是不是真的已经放过了他?这一路过来,她什么苦没吃过?什么白眼没受过?好不容易遇到个看上去有门路的汉子,却又是个人贩子⋯⋯

好在,她终于遇见了一个好心的姑娘。原来只要被绑了三天,不过是三天三夜不合眼不吃饭,就能知道他的下落,原来这么容易!

老天真是厚待她。

离雎听棠说完来龙去脉,早就怜惜不已,她把那处别苑的地址告诉棠,末了,又补充道:"你去找他们便是,别提起我。"

棠不明所以,但见离雎垂着眼睫,语声同她脖间的那枚玉坠一般凄清,便也不敢问她原因。

离雎挽了棠起来,又帮她在这屋里寻了些银两充作盘缠,两个人走到门口,正想再聊上几句,离雎却瞬间敛了笑容。

她上前一步,掩住棠的身形,低声道:"先进去,我走了你再出来。"

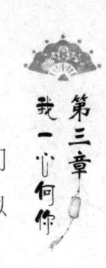

第三章 我一心何你

棠忙收住脚，往屋内退了退，只见离睢抚了一下手中的布包，往门外走去。就在门对面的楼梯上，站着一男一女，男的黑衣黑脸，女的似乎上了年纪，但手握拂尘，仪态甚雅。

离睢在那二人面前站定，躬身一拜："师父，师兄，别来无恙。"

想来爱看热闹是人的天性，连十渡这样的"得道之人"也不能免俗。本来离睢还以为要费好大一番功夫才能找到他俩，这样也好，省得她再瞎找。

十渡满脸都是慈祥："舒儿，你让师父好找。"

那日她回到民居，离睢已不在，墨争凡捂着受伤的手掌，神色飘忽不定。她知他爱慕离睢已久，现下神情又这样不自然，说不定就是他帮着离睢逃跑的，但想到自己身边暂时只有这一个可用的徒儿，便没有说破。

这些天，他们几乎把整个萱城都翻了过来，可没有找到离睢的一丝踪迹，十渡甚至猜想她已被岳泠澜带回慕颜洲去了。

那处民居本来就是用来软禁离睢的，现在离睢不见了，十渡自然也就不再干等在那里。江湖上人人都道一粟海掌门不喜浮华，做人和立派一样清静有格调，可谁又知道，十渡最欣赏的，是一种低调的排场，哪怕还在找离睢呢，她的衣食住行依然是十分有讲究的，半点儿马虎不得。

就比如这座酒楼，比起一般的客栈来要气派也要风雅得多，十渡觉得这地方才衬得上她的身份，这几日就和墨争凡住在这里。这酒楼平日里十分热闹，可今天却很不寻常，一阵人声一阵安静的，她觉得有些奇怪，下楼一看，没想到就遇上了她这不肖的徒儿。

真是得来全不费工夫。

"为师还以为你早就躲到了天涯海角。"十渡依旧温和道。

"师父说的哪里话？"离睢低眉顺眼，"弟子怎会躲着师父？弟子正四处找您才是。"

十渡笑了,朝离睢招手示意。离睢乖巧地跟上十渡和墨争凡,远远看去,好一对师徒情深,可如果近看,就不难发现,她和十渡一样,唇角挂着笑,眼里却没有一丝笑意。

十渡的房间在酒楼的最高层,客少清静,离睢进了屋,自觉地带上房门。

十渡开门见山:"岳泠澜在哪里?"

离睢浅浅地笑:"您找他做什么呢?是想直接找上门去,夺取不思珉?还是想集一粟海之力,趁他势单力孤偷袭暗算?无论是哪一种,我都不会告诉您。"

抢夺、偷袭、暗算……她就这样不留余地地讽刺自己的师父,她就这样高看那个邪派妖人?墨争凡恨得牙痒痒,但见十渡都没有动怒,他也就只得忍下了。

十渡叹道:"想不到我在江湖上行走数十年,到头来却被自己的徒儿这样误会。慕颜洲门人一贯独来独往,行事乖张,虽然暂时没有做出什么为祸武林的事,但到底和我们正派不是同路人。为什么岳泠澜的话你就信,师父养育你这么多年,你却不信师父?"

说到这里,她似乎有些激动,从桌边站了起来:"什么不思珉?那是无忧珏!"

离睢一愣,无忧珏,这件东西,十渡的确曾和她提起过,一粟海的典籍中也有记载,这是属于一粟海的宝物,据说拥有它就可以百愁尽消,万事无忧,可是……

"无忧珏不是已经遗失很久了吗?何况不思珉是慕颜洲的东西,天下皆知。无忧珏可以令人无忧,可不思珉……"离睢顿了顿,不自觉地笑了起来。她一心想帮岳泠澜找到不思珉,却从未问过他不思珉的作用,她是这样信任他。

见离睢说不下去,十渡以为她已动摇:"你看,不思珉的用处,你根本就说不上来!因为不思珉根本就不存在,它只是慕颜洲用来霸占无忧珏的一个幌子！无忧珏素来由一粟海历代掌门保管，藏所机密，我也是在二十余年前受任掌门之时才从师父口中得知它的下落的。师父说，他派了专人保管无忧珏，而这人就住在萱城，可当我赶到那人的居所，却发现那里空无一人，只留一片狼藉！没过多久，莫青璃大肆庆祝她的十八岁生辰，江湖上无人不晓她得了件叫什么'不思珉'的宝贝，你说，哪有这么凑巧的事？都是玉石，都是宝物，还都那样神秘？"

离睢自然没有相信。十渡所言未免太过牵强，照她这样的说法，难道无忧珏丢了，旁人就不能再有玉了？不过，有件事，她倒的确很感兴趣。

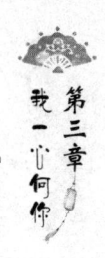

"师父，不思珉到底有什么用？"她摆出一副深信不疑的面孔，"如果它就是无忧珏，能令人无忧，弟子倒真是很好奇，它怎样令人无忧？"

十渡语塞了一会儿，脸上神色晦暗不清。

没等她回答，离睢已柔柔一笑，替她解了围："弟子僭越了，师父说了，无忧珏是传给未来掌门的，弟子没必要知道。"

她解下布包："您不必去找岳泠澜，不思珉，我给您带来了。"

十渡的瞳孔突然睁大，她眼见离睢打开布包，推到自己面前，然后，她听见这丫头无比真诚地道："弟子说过，正四处寻找师父呢，现下，师父可信了？"

她当然不会就这样轻易相信，可是，离睢推过来的东西，极为特别，不似有假。

那是一只光洁的长形盒子，材质似木又似石，中央隐约可以看出一点儿痕迹，就好像这里原本该有个凹槽似的。

十渡刚要去碰，那盒子已被离睢迅速抽回。

"师父小心，这是块字石。"离睢重新把那盒子包起，"您比我更清楚，如果直接触碰它，会发生什么。"

十渡重新回到座位上，目光紧紧攥住那布包。

不思珉就在里面吗?字石,能想出这样阴毒的办法,藏物之人又是何方神圣?莫青璃虽然狠毒,但并不阴毒。

不管怎样,先把不思珉拿到手再说。

"舒儿,先把它交给师父吧,大不了暂时我们都不打开这布包,等回了一粟海,再商讨解决之法。"

离雎抚着那布包:"原来我在师父眼中竟是这样傻吗?倘若就这样直接地把不思珉交给师父,一个违逆师父的弟子对您而言还有什么价值?一物易一物,天经地义。"

十渡把背往椅上一靠,也不再说废话:"你想要什么?"

离雎抬起眼:"我的记忆。"

"你竟真信了岳泠澜?"

"是,我信。"

"你连师父对你说的话都不信了?"

"是,我不信。"离雎答得很快,"这世上谁都可能伤我负我欺我骗我,包括师父您,唯独他,绝不可能。"

"放肆!"十渡气得拍了桌子,"你和他相处才多久?竟为了一个陌生男子的几句花言巧语,这样怀疑师尊?"

"师父,记忆可以忘记,感觉不会。我没有怀疑您。我根本就不相信您。"离雎火上浇油。

十渡深吸口气,厉声道:"我只问你,信与不信,你凭什么?"

一旁的墨争凡抖了抖,他知道,那日他放走离雎,说的那句"不过三年,何足挂齿"令离雎加倍确定自己记忆的虚假,若让十渡知晓,他必定难逃责罚。

离雎早就注意到了墨争凡的神情,她没有再看他,只温声应着十渡:"岳泠澜……不,我不喜欢这样叫他……小山,他待我的好,点点滴滴,自然而然,这种感觉,我很熟悉,并且习惯。我记不起过去的几乎所有事,却依然能想起我当初是怎么喊他的,所以我信他,不信您。"

"你信他？你又并非初入江湖，放眼天下，谁人不晓你是我的得意弟子？他若是真心寻你，怎么可能这么久了都没找到？"

"那是望舒，不是离雎。他根本就不会去找望舒，因为他不在乎。"离雎的声音轻而坚定。

"他是天纵奇才，我那一掌又只用了三分力，未必真伤得了他，更不至于让他迟迟不愈，他分明是在诳你！"十渡皱眉道。

离雎指指脖间的玉坠："您曾说这枚玉坠是一粟海收徒授业的信物，那墨师兄为何没有？"

年岁已久，十渡哪里还记得什么玉坠？又怕迟疑惹她怀疑，只能含糊道："或许是争凡没有带来。"

墨争凡制止十渡不及，离雎已接道："您从不曾说过这玉坠是什么信物，您从前的说法是，这是我襁褓中所带，您也不知来历。您看，若说诳，恐怕也是您诳我更多吧？"

十渡被套了话，一时微怔。这些年，她竟不知，离雎原是这个性子。

也不知她又想到了什么，站起身俯视着离雎，神情略有激荡："舒儿，你是我一粟海的希望。你可知，我派诸多妙法绝学，需心无旁骛才可练成，我羁绊甚多，修炼一直未臻化境，而我师姐，她素来聪颖，又不问世事，她本是一粟海最好的继承人，可她……舒儿，自我见到你的第一眼起，我便知道，你和我师姐是同一种人，只要你肯潜心修行，必定能将一粟海发扬光大。"

"所以，师父就封住我的记忆，还编织了许多假的，好让我全心全意修炼本门术法？"

她问得轻柔，十渡却连连捶桌："你执念太重！师父是为了你好！"

是为了她好，还是为了自己好？内中缘由，是否真的如十渡所言，仅仅是为了让她安心修习？

算了，这一切并不重要，至少，十渡的表现等于已经承认，的确是

她操纵了离雎的记忆。

离雎淡淡道:"如果您还想要不思珉,就请您为弟子解封。"

十渡没有想到离雎会这样干脆利落地要挟自己,面上神情十分复杂:"若我不愿呢?"

"我不是在和您商量。弟子武功不济,但先于您捏碎这盒子,玩一把玉石俱焚还是绰绰有余的。"她笑着威胁,手指按在布包上。

十渡气结:"解封之后呢?你就离开一粟海?再和岳冷澜在一起?你就是被慕颜洲赶出来的,难道他们还会容得下你?"

"那是我的事。"离雎的指按得更重了,"我可以是望舒,可以是离雎,可以是您予以厚望的徒儿,也可以是他的小玉钩。但首先,我是我自己,我要拿回属于我自己的记忆。"

她话音未落,指尖已扬起一层刀光,十渡惊得直喊:"我答应你!"

刀光瞬间黯淡下去,十渡掐住离雎的手腕开始施咒,离雎只觉脑中似乎同时打开了千百扇小门,无数光影飞旋穿梭在其中,重重叠叠的声音聚起又破碎,然后,所有的光和声音都被抽走了,她的周身力气也被抽走了。

她不受控制地瘫倒在地,全身软绵绵的,稍一动,钻心地疼。

疼痛和脱力使她寸步难行,她只能趴在地上,大脑却已经迫不及待地开始回想……她的记忆已经被解开了吗?十渡成功了对不对?

可是,为什么,脑子里一片空白?她拼命回想,想得头痛欲裂,可是,还是什么都想不起来。

为什么会这样……难道十渡骗了她?可是她那些虚假的记忆确实已经没有了啊!假的记忆已经消失,真的过去却没有在同时重现,她脑中除了醒来后的记忆,只剩虚无。

等等……醒来?她一阵狂喜,她现有的记忆,自她在一粟海的第一次醒来开始,至少,她想起来她初入一粟海的情景了!

三年前,她在一张狭长的木板床上醒来,十渡的双眼弯起:"望舒,你的名字。"

她记得,那张床冰凉刺骨,她身下铺的、身上盖的,都是薄薄的白布。周围缭绕着各种药雾,气味呛人,她身体虚弱,十渡无比慈祥地凝视着她,又亲自将她扶起,可她莫名地觉得,十渡看她的眼神,像是在看着某种物件。

可以供人把玩、任人宰割的物件。

离睢躺在地上,微微喘着气,她现在只有三年多的记忆,可她是那样幸福,因为她终于可以肯定,她现有的记忆,都是真实的!

只是,这样看来,墨争凡说的和她相处了三年也是真的,那为什么其他所有人,包括岳泠澜,都说她失踪了六年?

她究竟为什么会失踪?又为什么流落到一粟海?只要能想起过去的事,这一切就都会明白了,可为什么她就是想不起来呢?

她正想爬起来问十渡,肩胛骨却传来一阵剧痛,十渡死死掐着她的肩,面容扭曲:"你敢骗我?"

离睢满脸是汗,吃力地用余光看去,原来十渡早已夺去了她的布包,自然也就发现,所谓的"不思瑉",不过是她之前在那个木雕铺子里专门定做的赝品。

堂堂一派掌门,被自己的徒弟用如此儿戏的方式欺骗,怪不得十渡要跳脚。

"还是想不起来是不是?"十渡恨得又加了几分力,"你以为这就完了?我编织的记忆的确已被洗去,可要解开你真正的记忆,还需要最后一步!"

离睢闷哼一声,身体弓起,她知道,自己的肩膀一定已经鲜血淋漓,就像她知道,十渡绝对不会把这最后一步告诉她。

"我再问你一遍,岳泠澜在哪里?"十渡拽起她,一把将她推到墙边。

墨争凡心中一痛,可看见离睢那副惹人厌的倔强模样,他又觉得十

渡的动作令他十分痛快。

喉咙被狠狠掐住，离睢艰难地挤着字："我不会告诉您的！"

她绝不会让自己成为十渡要挟岳泠澜的筹码。谁都不能逼迫岳泠澜交出不思珉，哪怕是她的授业恩师，也不可以。

脖子上的那只手掐得更紧了，离睢几乎就要背过气去，耳边忽地响起"啪"的一声。

那只假木盒连同布包，都被十渡丢到了窗外。

顾言棠正走出酒楼门口，脚边就摔落了一只七零八碎的木盒子。

她蹲下身，盯着那块布。

她见过这个布包，就在不久前，它在离睢身上。

她下意识地抬头望去，只见酒楼的最高层，一扇窗摇摇欲坠。

十渡的怒气已经到了顶点，墨争凡怕她一不小心真的掐死离睢，不停地在她耳边低声提醒："师父，不思珉还没到手……师妹已经透不过气了……"

十渡一手扼着离睢的脖子，一手拍拍她的脸："好徒儿，为师这就带你去个地方，让你看看你极力维护的究竟是个什么人！"

离睢没有想到，十渡说的那个地方，正是寒潭边上、她初遇岳泠澜的断崖。不，不对，那不是初遇，那是重逢。

不知是不是连下了几日雨的缘故，这断崖看上去陡得更厉害了。她还没有站稳，小腿肚就被十渡报复性地狠踢了一脚，她哪里还站得住？直接扑倒在地，大半个身子都探出了崖外，还顺带掀飞了地上的一块大石头。

那块石头颠颠地滚了下去，半晌都没有传来回声。离睢看得心惊胆战，十渡该不会这样沉不住气，想就地把她解决了吧？

这怎么行？别说她现在浑身无力，记忆没有恢复倒丢了半条命，哪怕她此刻刚吃饱了饭一身力气，肩上也没有受伤，她还是扛不住十渡的两脚。

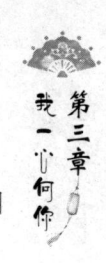

她又不是铁打的,现在从头到脚已经没有一处是舒服的了,眼下,她只有默默祈祷,千万别在关键时刻犯病,要知道,她的神志,是她目前唯一能自己掌控的东西了。

墨争凡黑着脸盯着离睢,见她一直低着头不知道又在打什么鬼主意,心中的恼怒早已盖过了爱怜。十渡"哼"了一声,墨争凡忙收回眼神,吹了个口哨。

随着口哨声的响起,离睢只觉得眼前一热,然后,她被谁的羽毛戳了一脸。

是霜吟!它飞了过来,张开翅膀抱住了她。它的身体很温暖,贴着她的胸膛时,她不由自主地想起了岳泠澜。

他曾说过,霜吟原是由他教养的鸟儿。

她红了眼,刚想抚摸霜吟,手却停在了半空——它的颈上、身上,到处都是斑驳的伤痕。

她下意识地望向十渡,对方也在同时含笑看着她,还漫不经心地捋了捋手中的拂尘:"不过一只鸟,也值得你用这种吃人的眼光看为师?当年它既然可以一路追随你到一粟海来,现在自然也就能找到岳泠澜的去向,可它死活不肯听话,你说,它该不该打?"

离睢微嗤,避开霜吟的伤口,一声不吭地轻抚着它。

都是她不好,只顾着去找岳泠澜,把霜吟丢下,连累它受尽折磨。

霜吟不愿出卖岳泠澜的行踪,所以不肯带十渡去找他。它大可逃走了事,却宁愿被十渡惩罚也不离开。它一定是猜到了,一旦它离开去找岳泠澜和离睢,万一十渡偷偷跟随,一样会对岳泠澜他们造成威胁。

是啊,霜吟不过是一只鸟儿,可它的聪慧和气节,胜过多少所谓的正派名流!

"叙完旧了?"十渡走了过来,"霜吟,你还在等什么呢?还不快带我们下去?"

下去？十渡总不至于让霜吟带他们下地狱去吧……难道，是要去崖底下？

正在离睢思考的当口，霜吟看着离它越来越近的十渡，害怕地嘶声尖叫起来，它一面叫，一面用翅膀大力地扇着风，拒绝着十渡的靠近。

十渡被它掀起的风吹得东倒西歪，气得挥起了拂尘，离睢忙护住霜吟，连声道："师父别跟只鸟儿计较，我们这就下去！"

霜吟的背足够宽阔，师徒三人终于在崖下落了地。十渡和墨争凡走在前头，离睢本就没力气，又受了伤，脚步虚浮，走得十分艰难，她缓慢地跟着前头的两个人，又看看紧贴着她蹦跳的霜吟，心里有了个主意。

十渡他们终于停了下来，离睢吃力地辨认着自己所处的位置，还没有看清四周那一片黑黢黢的是什么东西，鼻尖已经飘来一阵浓郁的焦味。

她直觉不好，再往周围仔细看去时，臂上已经起了一层细细的鸡皮疙瘩。那些横七竖八躺在地上的，分明都是人！分明……都是已经被烧焦了的尸体……

是怎样的心肠，才会用如此残忍的手段杀害这么多人？又是怎样的一场屠戮，时至今日还能留下令人毛骨悚然的气味？

还有，当日在崖下，除了她和岳泠澜，大片的活人就只有秦家庄的那一群，难道这些尸体就是秦家庄的人？

离睢想看得更清楚些，于是作势摔倒在地。墨争凡想拉她起来，她却如惊弓之鸟一般大喊大叫，惹得墨争凡也不敢靠近。见离睢这样惧怕，十渡更觉得这个徒儿说到底也不过是个胆小的女孩子，并不值得她过多地费心，便示意墨争凡过来，不用管离睢。

离睢终于有了喘息的机会，她故意装成害怕得失了心神的样子，直往死人堆里钻。十渡在数步之外掩着鼻子，眼底满是嫌恶。她当然是不

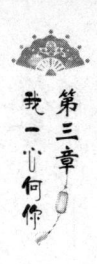

会靠近这些尸体的,死相这么难看,弄脏了她的衣裙怎么办?

离睢低着头,在死人堆里小心地观察着。她身边只有霜吟,它大概以为她真的害怕,于是飞过来陪她。阳光渐渐聚拢过来,离睢的身上却一阵阵地发冷。

她是真的害怕了。昔日万分尊敬的师父师兄已变得面目可憎,她被抛在这荒野中,身旁都是尸体。现在谁都不知道她在哪里,她甚至不知道自己的身体状况还能强撑多久。

她怕很多东西,怕突然发病,怕被十渡利用,怕岳泠澜也会赌气,不来找她,更怕他真的找来……她不想成为他的包袱、他的累赘,不愿他为了她交出不思珉,尽管她到现在也没弄清楚那到底是什么东西。

"啪嗒"。

她怔怔地看着地面,看着她滴下的那滴泪。她不该哭的,不该这样娇气,不该这样禁不住风雨,可是,她真的很想他。

霜吟跳了过来,轻轻贴住她的脸,她顺势搂住它,在它耳边低低道:"等待会儿回到崖上,我一喊你,你就跑,我还在这里,所以他们不会来追你,你就安全了。"

霜吟歪过头,双翅轻振,又把脑袋转了回去。离睢知道它听得懂,便又把它的头重新按回来:"你别不听话,你留在这儿,也帮不了我什么,反而会让我担心。你记着,你真正的主人是小山,你要为他着想,回去之后,千万别带他来找我。"

霜吟呜咽了一声,离睢笑着揉揉它的脑袋,神情却慢慢严肃起来。

她想起,在她逃离那个民居之前,墨争凡曾跟她提起过,他随十渡在崖下见到了一地焦尸,想必就是此处。

她看清了,越来越盛的阳光底下,那些尸体,如同他们活着的时候一般,没有影子。

好大一口锅啊,十渡一定把这笔账算到岳泠澜头上了。

真是冤枉,他那样爱洁的一个人,便是真要杀人,也不会用这样腥

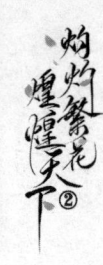

龊的方法。

十渡在稍远处痛心疾首地数落着岳泠澜的桩桩罪状，似乎十分期待离雎认识到他的"真面目"，帮着师门夺回所谓的无忧珥。

离雎左耳进右耳出，或许是因为她没有出声反驳，十渡以为她回心转意，对她的防备又卸了一层。

墨争凡跑过来想扶起离雎，不知是不是因为在地上趴久了的缘故，她站起一半就又跌了下去，手臂碰到了近处的一具焦尸。

她脸上突然有了震惊的表情。

因为，她感觉臂上像是被谁咬了一口，很快便现出红里带黑的伤痕来，中间两排细细密密的印迹，像极了齿印。

和昨晚在岳泠澜臂上见到的，一模一样。

那具尸体，烧得都只剩骨头了，难道是这骨头咬的她？

昨晚，他说他的伤是"不小心碰的"，这样看来，他并没有说谎。

离雎迅速地抹下袖子，对墨争凡笑道："不打紧的，师兄，只是碰了一下。"

墨争凡被她的一笑恍了神，心里越发喜悦。

她一定是看清了岳泠澜的品性！师妹，两相比较，你终于知道谁才是你真正的依靠了吧？

离雎脸上继续柔柔地笑，心中早就翻了无数个白眼。幸好，墨争凡他们没有发现更多。

刚才她还特意望了望远方，原本展锦端的住处就在秦家庄的另一侧，但现在只见尘土不见屋舍，想必是当日她和岳泠澜触发的机关又重新起了掩护作用，十渡这才没有发现。否则，以十渡高明的幻术，哪怕只是见到了悬魂镜的碎片，也会找到有关不思珉的线索。

十渡见他俩相处融洽，觉得自己的一番苦口婆心总算起了作用，便招了霜吟过来，想回到崖上去。毕竟这儿又脏又恐怖，不是久留之地，能让离雎警醒就够了，她才没这闲心管这一堆死人的身后事。

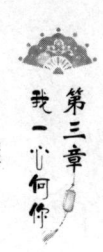

第三章 我一心何你

可令十渡感到意外的是，他们刚回到崖上站定，离雎就转过身，握住了她的双手。十渡自然以为离雎这是被彻底说服了，于是含笑不语，等着离雎先开口。

离雎姿态温顺，开口却道："霜吟，还不快走？"

十渡一惊，想要抽手，却被离雎死死按住。就在这眨眼的工夫，霜吟已远在天外，这变数之快，连十渡都没有反应过来，更别提傻站在一边的墨争凡了。

十渡气血上涌，大力甩开离雎，拂尘一挥，缠上了她的脖子："冥顽不灵！那些焦尸你也看见了，还要站在那妖人一边？"

离雎被勒得说不出话，只能费力地摇着头。

十渡心知，她并非后悔，而是在反驳自己的论断，便更愤怒了："你想说不是他杀的对不对？不是他还会有谁？"

眼见离雎只有出气的份了，墨争凡急得大喊："师父，您是真想让师妹死吗？"

十渡闻言一滞，拂尘软了下来，离雎摔在地上，大口喘着气，因为想念岳泠澜而积聚的泪水，此刻却因为十渡簌簌落下。

这三年多，十渡养育她、教导她，她对十渡，始终存着师徒的情分。在她的心里，十渡是庄严的，也是可亲的。作为一派掌门，十渡心存仁厚，慈悲度人，是值得她尊敬爱戴的长辈。

离雎真的不明白，不过一夜之间，为什么她就变成了现在这个样子，仅仅是为了一块不思珉吗？

一场师徒，竟走到了今日这般地步。

十渡也有些发愣，她难道真想杀了离雎？即便她当初教养离雎时，怀着并不纯粹的目的，但那时她的确未曾想过，离雎会关系到不思珉的得失。她收离雎为徒，和不思珉无关，如今，却要因为它杀了自己的徒儿吗？

这些年，多少总有几分真心。

十渡缓缓俯下身,伸手往离睢脖上的红痕探去,离睢攀住她的手,哑声道:"师父,您对弟子的恩情,弟子一日都不敢忘记。倘若那真的是我一粟海的无忧珏,弟子就算豁出命去,也会尽力帮您找回,可就连您自己心里也清楚,那是不思珉,是慕颜洲的东西,对吗?"

十渡闭了闭眼:"是无忧珏怎样,是不思珉又怎样,为人弟子,师父让你做什么,你就该做什么。"

"可不思珉本就不属于一粟海……"

"不管它属于谁,它都是我绝不能放弃的东西!"十渡猛地打断离睢,她从未用这样任性的口吻说过话,以至于离睢这才惊觉,十渡,她也曾是个少女。

那么,她是不是也曾和自己一样,为自己心上的男子,不顾一切过?

不思珉,十渡究竟要用它做什么?

离睢没有多余的力气去想这个问题了,因为她仅剩的力气,都要用来对抗从她身体深处急剧迸发出的那种令她熟悉到惧怕的变化。

经历了这一连串的变故,她怕是要发病了。

她不能让自己失去意识,不能这样不争气地放弃自己,任人摆布,她有自己要保护的东西。

岳泠澜……

十渡没有留意到离睢纸片一般的脸色,因为天色渐渐暗了,恐怕很快还会有场雨。

墨争凡也担心起来:"师父,霜吟不在,我们短时间内也走不远,该怎么办?"

十渡冷笑:"怕什么?那边不就是寒潭?"

如果离家出走的柳非暮知道,自己的老窝就这样被别人理直气壮地占了,远在千里之外的他一定会连打几个喷嚏,然后抱着琴、剑,怒气冲冲地杀回来。

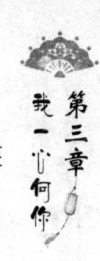

离雎就这样蜷在寒潭的一间小屋里，边想边笑。不过，她并没有笑多久。因为，她已经开始不能自控地打起了寒战。她不能让十渡看出来，于是勉力撑起身体，转向墙面。

之前，十渡为了消除自己编织的记忆，对离雎施了极重的咒术，因此她知道，离雎现在形同废人，半点儿武功都施展不出，没个两三天是恢复不了的。于是她就很自然地把离雎的动作当成小孩子的赌气，并没有放在心上。

她叮嘱了墨争凡几句，起身走出屋去。离雎这样不肖，教人越看越生气，何况谅她现在这个样子，也折腾不出什么来，有墨争凡盯着她就足够了。

寒潭这地方向来神秘，趁着柳非暮不在，得好好摸摸这儿的底细。

离雎背对着墨争凡，呼吸越来越重。她吃力地探出手，想偷偷把梨约服了，墨争凡却在这时走到她身后。

他扳过她的身体，劝道："师妹，你何苦为他如此？别跟师父犟了，让岳泠澜把不思珉交出来，咱们马上就回一粟海去……"

话说了一半，墨争凡愣住了，难道连他自己都认为，岳泠澜会为了离雎交出不思珉？那是不是说明，他心里也清楚，十渡所为并不光明，强取豪夺他人之物，还拿自己的徒弟做要挟？

不，师父怎么会错？再者，即便岳泠澜对离雎确是真心又怎样？对她真心的又不止他一个！何况……

"何况师妹你对我分明也有情意，不然你也不会在师父面前替我隐瞒了。"

见他自作多情，离雎若不是身上难受，简直想当场甩脸子，她没有出卖他，是想报答他的恩情，他倒好，脑补了这一出狗血剧情。

岳泠澜那天说得还真对，十个墨争凡都比不过他一根头发丝，她又不瞎，再说了，但凡被岳泠澜爱过，哪个女子还会去选别人？

她刚想开口说些什么，蹿出喉咙的却是一声压抑的痛呼，她甚至能

感觉到自己浑身的血液都在呼呼作响。

墨争凡也意识到她的样子不对:"你发病了?"

她咬紧牙关,装作没事人一般道:"师兄,你何时见过我发病了还能保持清醒?我没发病,我只是对你的一厢情愿觉得反胃!"

墨争凡又惊又恨,攥着她衣口的手青筋暴起,他和她对视了好一会儿,看她的脸色虽然差得像个死人,神情却始终倔强得很,终于放弃说服她。

他松开手,抹了一把脸,又呆呆地站了好一会儿,想勒死她的欲望才渐渐平息。

离睢闭着眼睛,省着力气。她知道,她确实已经发病了,说来也怪,发着病还能保持意识清醒,这还是唯一一次。她默默告诫自己,千万要撑住,绝不能表露出来,否则,她的病必定会被十渡利用,就像上一次那样。

上一次……岳泠澜就是因为她才受了伤,这一次,她一定要撑下去。这并不是笨办法,只要她熬过这段时间,十渡放弃从她嘴里套话,只要十渡找不到岳泠澜,拿不到不思珉,那他们自然只能打消这个念头,回一粟海去。

是啊,十渡总不至于杀了她,大不了回一粟海去,她找机会再偷溜出来就是了。

可是,这样坚持着不吃梨约,她还能熬多久?

她的指甲深深嵌进肉里,只有这样,她才能一直清醒。身边的空气骤然冷了下来,她睁开眼,墨争凡不知什么时候已经走出门去了。

他大概是想出去透透气吧,反正她现在这副模样,也翻不起什么浪来。

房里只剩她一个人了!离睢想趁这当口摸出梨约来吃,却悲哀地发现,她的手脚都已经麻痹,动不了了。

她躺在地上,想到之前的几次发病都是有惊无险,她还真的没试过,

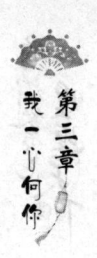

如果一直不服药,结果会怎么样。

会不会直接就死了呢?这样一想,死不过是她到目前为止不曾遇见的另一种结局,好像也没那么可怕。

忽然,屋内的光线暗了下来,一个细小的声音从头顶传来,仿佛是谁在叫她。

离睢强撑开眼,只见一个红色身影挡住了从天窗里射下来的光。

是顾言棠!

她怎么找到这儿来的?她一个弱女子,又不会武功,来送人头的?离睢不想拖累她,拼命朝她摇头,想让她离开,棠却径自从天窗中爬了下来。

她跑到离睢跟前蹲下,见离睢疼得满头是汗,肩上的血也干了,急得直搓手:"离睢姑娘,你究竟伤在哪儿?肩上的伤疼得这样厉害吗?我都不敢碰你!"

离睢咬牙道:"麻烦你……替我拿一下药,在我腰间的荷包里……"

棠忙掏了梨约喂她服下,见她逐渐缓了过来,才刚放下些心,却听离睢疾声道:"不过一面之缘,不值得你如此,快走!"

棠怔了怔:"你放心,方才我故意弄出些声响,你那个师兄出去察看了,一时半会儿回不来,我扶你,我们一块儿走!"

离睢也急了:"我现在根本使不上劲,打不过我师兄,更别提我师父了。寒潭就这么点儿大,他们一定就在附近,很快就会回来的,你赶紧走!"

棠连连摇头,她自从见到那只四分五裂的木盒子,就开始担心起离睢来,一路尾随他们到崖边,又跟着回了寒潭,好不容易才有机会报个恩,怎么可能一个人离开呢?

她刚想再劝上几句,不远处幽幽传来一声冷笑。

墨争凡站在门边,脸色无比阴沉。

棠被吓得说不出话,离睢把她护在身后:"师兄,她只是一个来寻

亲的小姑娘,与我萍水相逢,我们的事,别把她牵扯进来!你让她走,我随你和师父处置!"

若是在之前,墨争凡或许还会动摇几分,可离睢刚刚把他的自尊狠狠踩在脚底下,没给他半点儿余地,他让她反胃不是吗?那他凭什么放过她的朋友?

"放她走?让她去给岳泠澜通风报信?师妹真当我没脑子?"

离睢的确觉得他没脑子:"如果我想要小山来救我,早就告诉你们他的所在,或者带你们去找他了,何必多此一举?这位姑娘根本就不认识他!"

棠揪住离睢的衣带,打着哆嗦:"你们说的是谁?"

墨争凡盯住棠,她的心思很好看透,确实不像是在说谎。可这并不代表,他就会轻易放过她。当然了,他和棠素昧平生,更谈不上有过节,与其说他不愿放过棠,不如说,他不愿就这样放过离睢。

"师妹行走江湖也不是一天两天了,即便不懂那些大道理,也该知道,想要得到什么,总得付出代价。"他握上离睢的肩膀,眼神暧昧至极,手也顺势做了个游走的动作。

离睢自然清楚,他的意思是什么。她往后挪了挪,避开他的手,笑道:"你确定你想要什么?"

墨争凡恨恨道:"怎么,师妹可以和那妖人搂搂抱抱,被我碰一下都不行?"

"怎么不行?"离睢笑容更深,尾音挑到最高处时,她手中已多了把匕首。她毫不犹豫,连眼睛都没有眨一下,就往臂上扎了一刀。

鲜血迸出,有几滴溅到了她的唇上,她无所谓地舔了舔,无比美丽,无比……妖冶。

棠失声尖叫起来,墨争凡只觉得连自己的牙根都在疼。那是他送给离睢的匕首,她却用它来伤害自己?她就这样恨他,这样诛他的心?

"不够?"离睢挑眉,又往身上划了一道,"你明知道,但凡我活

着,就不会让你得逞,那你要的不就是我的尸体吗?我成全你!"

她仿佛没有痛感似的,一刀刀地划在腿上、腰侧、小腹上,当她转了刀把,往自己的心口刺去时,墨争凡终于按住了她的手,大吼道:"和我在一起就让你这么难以接受?岳泠澜他有什么好?值得你这样对自己?"

离睢额上都是冷汗,她手腕脱力,那把匕首轻轻掉落下来。

她听着墨争凡怒不可遏的声音,眼睛直直地看着那把匕首:"我拒绝了你那么多次,你不还是一样舍不得杀我?感情这东西,从来没有道理可言。"

其实,直到墨争凡那样露骨地表现出轻薄之意之前,她依然感念这几年师兄妹之间的情谊,那把匕首,虽然私下里岳泠澜嘲讽了很多次,她也从未想过丢掉它。可现在……掉了也好,她已经不想再要它了。

墨争凡被噎得只能干瞪眼,离睢疲惫地道:"还不够?你需要几刀,才肯让她走?"

墨争凡从心肺里呕出口气,他看向棠:"滚!"

棠这回没有再多说什么,她再天真,也知道自己留下只会给离睢添乱。她擦干眼泪,撕下衣角掩住离睢的伤口,对墨争凡道:"请你为她止血,如果你不想她死的话。"

说罢,她便站起身,头也不回地跑了出去。

棠不懂武功,体力本就比不上习武之人,虽然寒潭离沐阳郊的那处别苑并不太远,可对她而言依旧是一段陌生又坎坷的路程。她一刻不歇地赶了一夜路,腿都感觉不是自己的了,还是不肯停下休息一会儿。

她怎么敢休息呢?她在路上多耽搁一会儿,离睢就多一份危险,她得赶紧找到夜明生,但这一次,并不是为了她自己。

那个离睢想保护的人,她已经记住了他的名字!

次日清晨，家家户户都开始用早膳的时候，夜家别苑的大堂里，围坐了一堆人。除了岳冷澜，大家都聚在一起，只是，桌上没有饭菜，也没人开口说话。

谁也没有想到，率先打破这一片阴郁气氛的是一阵急促的叩门声。

是谁？这处宅子地址如此隐秘，谁会找到这里？

夜明生求救似的朝阿筝眨眨眼，这里数她功夫最好，他得抱紧她的大腿才行，阿筝十分慷慨地点点头：“放心地去吧，万一有什么不测，我会给你收尸的。”

夜明生没有法子，只得壮着胆子去开门，看见棠的那一刻，他发软的双腿登时直了。

他脸上瞬间变化出多种复杂的神色，棠却直接扑进他的怀里，又哭又笑：“阿珠！”

阿筝抬起胳膊支了支云岁成，小声道：“这女的谁啊？这什么情况？阿珠？她这又是在喊谁？”

云岁成张了张口，收回他看棠时微热的目光，好半天才憋出句话道：“她就是我们曾和大家提起过的发小儿，顾言棠。至于阿珠……我们毕竟是世家子弟，人人都有字的，明珠，就是阿夜的字。我也有字，是……”

"谁问你的字了啊！"阿筝不耐烦地打断他，"夜明生……夜明珠，哈哈，他爹还真会偷懒，换了我，也给他取个字叫'猪'，不过，是猪狗牛羊的猪！"

云岁成没有搭话，他知道，自己无论是相貌还是才智，无一比得上夜明生，有阿夜在的地方，没有人会注意到他的。没有人会在意他是什么字，什么心情，喜欢谁，厌恶谁。反正，他已经习惯做夜明生的陪衬了。

汐回这时也赶了过来，夜明生正犹豫着回抱棠，眼风刚扫见汐回，手臂便立刻垂了下来。

他微有些僵硬地推开棠,棠诧异地看看他,又看看汐回,没有说话。

阿筝继续没心没肺地打趣着云岁成:"既然这位顾姑娘和你俩都算得上是青梅竹马,那为什么她一进门就抱阿夜,正眼都不瞧你?"

棠闻言,有些不好意思地扭了头,对云岁成鞠了一躬:"云大哥,我给你赔礼啦!"

"无妨,无妨,"云岁成忙不迭地摆手,面上一如既往地温和如春,"别说棠妹和阿夜的关系,理应以阿夜为先;即便抛开这层关系不谈,棠妹无恙比什么都重要,能和棠妹重遇更是难得的喜事,棠妹搭不搭理我又有什么打紧。"

阿筝耳朵尖,这头听到了感兴趣的字眼,那头已经用更尖的声音喊出来道:"什么特别的关系?难不成……"

棠红着脸,双手重新搭上夜明生的双肩,紧了紧:"我将来是要嫁……"

"停!"夜明生有些心虚地瞄了汐回一眼,随即又扬了声音道,"她是说,她将来是要加入我们的……你们看,她显然是偷跑出来的,没事可做,没家可回,又闲得无聊……"

"阿珠,你在说什么?"棠如星的眼波瞬间黯了黯。

夜明生继续尴尬地笑着,又伸手箍住棠的小脸,压低了声音道:"不许说!听到没有!"

棠被箍得有些眼冒金星,却还是碰碰夜明生的手,十分乖巧地点了点头。

汐回看她灰头土脸,想是赶路辛苦,便体贴地问她舒不舒服,棠见汐回待她这样温柔,蓦地想起离睢来,忙问道:"你们这儿,可有一位岳泠澜岳公子?"

众人的表情立时变得凝重起来。

夜明生轻轻拍了她一脑瓜子:"你怎么会知道慕颜洲少主的名字?"

"三言两语说不清楚,我要见他!"棠难得这样执拗,倒把两个自小一起长大的唬了一跳。

见棠似乎有极重要的事,大家便领她到了岳泠澜房前,她也不含糊,上去就想推门,汐回想到自家师兄的臭脾气,好心拦道:"你究竟有什么事儿找我师兄?他正在屋里头看书呢!他性子古怪,最不喜人家扰他的。"

"看书?"棠气上心头,"你可认识一位离睢姑娘?她死也不肯说出这位岳公子的所在,弄得浑身都是伤,他却还有闲情逸致看书?"

"怎么跟汐姑娘说话呢!"夜明生斥道。

棠觉得委屈,刚想驳上两句,身后的门却"吱呀"开了。然后,她闻到了一种再好闻不过的清香。有的香气令人向往,这种香气却令人止步,直教人想拜倒。

她转过身,呆住了。从前,她觉得这天下左不过两种好看的男子,一种是云岁成,长着极温柔的一张脸,自然也就是极温柔的那种好看。她没出息些,偏偏喜欢夜明生那种玩世不恭的好看。本以为世上好看的男子都尽收眼底了,可当她看见岳泠澜,看见他周身朦胧的仙气,他带着淡淡的疏离感、冰雕玉琢的一双眼,才知道什么是极致的好看。

她忽地想起离睢的眉眼,一样清丽而藏锋。

她被岳泠澜的容颜震慑得说不出话,他倒是先开口了,冰冰凉凉的:"你方才说什么?"

她回过神,把遇到离睢的经过和之后发生的事都说了一遍,声音却越来越小。

因为,她发现岳泠澜的眸色紫得越发深了,风雨雷霆都蕴在他的眼底,仿佛只要她再多说一句、再多看他一眼,单单他的目光就能把她拦腰折断。

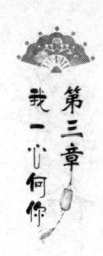

棠不敢再出声，一旁的阿筝捏着短箫一边敲背一边嘟囔道："是她自己跑出去的，结果弄出这样的烂摊子，还要我们来替她收拾？"

岳泠澜唇角微动，一字一顿："小玉钩的烂摊子，我会收拾。"

阿筝闭了嘴，越发狠地敲起背来。自离睢出走以来，除了那句"闭嘴"，这还是他跟她说的第一句话呢，没气死算她心大！

岳泠澜没理她，直接往外走去。

棠偷偷往敞开的屋里瞄了一眼，窗明几净的，哪有什么书呢？她正觉得奇怪，汐回轻声道："你误会他了，没人会比他更关心月姐姐的。自他们闹别扭开始，他已经两天没合眼了，一直在找她。昨天我们找到那家酒楼，听他们的描述，觉得像是月姐姐，可这样一来，谁都不知道十渡会把她带到哪里去。师兄说，十渡一定会主动来找他的，毕竟不思珉在我们这里，所以他才更需要有所准备。十渡最擅长的就是幻术，可惜我只懂医术，只能看着师兄把自己关在屋里，什么忙都帮不上。"

听汐回这样说了，棠也觉得有些愧疚，却听前厅传来一阵嘈杂，她们忙赶了过去，才知刚才岳泠澜路过前厅时，捏了个"隔空取物"的诀，包了那只装有不思珉的盒子就走了。

阿筝跺着脚直骂："他一定是想用不思珉去换离睢！真是昏了头了！长离慕颜两派互不相让的宝贝，到头来让一粟海抢了，还是被堂堂慕颜洲少主为了个一粟海的弟子，上赶着送去的，传出去简直笑死人！"

"那怎么办？关心则乱，公子就这样去寒潭，会不会有危险？"暮雨忐忑道。

"还能怎么办？"阿筝没好气地道，"反正你们也派不了什么用场，就留在这儿吧，我去帮他！"

阿筝的轻功向来让她得意，但即便如此，她追上同样步履生风的岳泠澜时，也已经累得够呛。她抹了把汗，发现他们已身处萱城闹市

之中，却见岳泠澜也停了下来，还关爱傻瓜似的瞥了她一眼。

她犹自不解，岳泠澜也不管她，走到路边，雇了两匹马。阿筝这才反应过来，对哦，就算寒潭不远，骑马总比走路快，何况现在事态紧急，傻子才自己走过去呢！

哎，那难道连她自己都承认，她脑筋不好使了？她愤愤不平地骑上马，跟着岳泠澜往寒潭赶去。

哼，他就是不肯和她同骑一匹马！小气！

他们在寒潭的入口停下，阿筝正要进去，岳泠澜却没有动，他环视四周，若有所思。

"怎么了？有什么不对吗？"阿筝走到他跟前。

他微皱起眉，走到另一边："你挡到我闻香味了。"

阿筝刚想发作，又很快意识到了他的意思。不错，今日的寒潭的确有些奇怪，她只要细细一闻，就不难觉出这周围弥漫着一股奇特的香味，似竹香，似枫香，又有些……像岳泠澜身上的香味。要知道，岳泠澜生来带的香清远冷逸，比他后天携带的千步香还要稀奇得多，这寒潭又怎么会有相似的香味？

她正兀自想着，岳泠澜已走了进去。真不知道他是怎么想的，都发现不对劲了还要进去，问他又什么都不说！

抱怨归抱怨，该跟还得跟，于是阿筝一面抱怨着，一面快步跟上他。

寒潭寂静，岳泠澜又素来惜字如金，于是偌大的空间里，除了他和阿筝的脚步声，只回荡着一扇扇屋门打开又合上的声音。

没有离雎，没有其他任何人。

难道，是十渡发现了顾言棠的痕迹，所以把离雎转移了？那岳泠澜不是得疯？阿筝有些害怕地瞟了他一眼，见他脚步一滞，一把推开了回廊尽头的一扇小门。

那屋子建得非常低矮，室内光线又暗，除了一扇开口不大的天窗，几乎就没有透气的地方。阿筝刚弯着腰跟着岳泠澜进屋，鼻尖就围拢过来大片浓烈的血腥味。

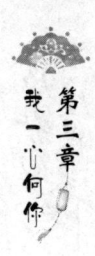

屋子里空荡荡的，除了一把静静躺在地上的匕首，只有一地鲜血。那是……离雎的血吗？阿筝不敢去看岳泠澜的表情，只见他在那摊血前面缓缓蹲下，安静得连呼吸声都听不到了。她试着碰了碰他的衣服："这匕首你认得？是离雎的？"

他依旧不习惯被她触碰，侧过身子，阿筝这才发现，他的脸色苍白得吓人。

他怎么会不认得这把匕首？那是墨争凡给离雎的，没有剑在身边的时候，她就是靠着它防身的！

他又盯着那些血看了会儿，突然站起身来，对阿筝道："我可以信任你吗？"

阿筝一怔，随即开心起来："当然可以啊！你要我做什么？只要能帮到你，呃……除了把不思珉让给你，我什么都愿意的！"

岳泠澜点头道："那你现在立刻出去。"

阿筝傻眼："去……去哪儿？"

"去找到十渡，控制住她。"

"你是不是傻了？离雎的血把你刺激成这样了？我上哪儿去找十渡？再说了，找到她也没用啊，我又打不过她！"

"你才傻，"他淡淡道，"连真假都瞧不出来。这里是一个幻境，并不是真正的寒潭。"

阿筝继续傻眼。

他揉揉眉心："谁的血过了一夜还没干的？一地的鲜血都是湿的，杀头猪都流不出来这许多。"

"对哦！"阿筝拨了拨那些流动的鲜血，"怪不得你这么镇定，原来你还懂幻术？"

"我不懂幻术，但我懂香。还记得这一路过来,那些奇怪的香气吗？"岳泠澜从脖间挑起他的红月坠子，默念了句什么，又向屋内一挥，阿筝

眼前顿时流光舞动,整个屋子顷刻间化成一本巨大的书,那些跳动着的光点依稀就是书上的文字。

岳泠澜指着其中一列奇怪的符号,翻译道:"行香境,这种幻境的名字。"

说罢,他便收起了一室光影,示意阿筝出去。

阿筝此时早已对岳泠澜崇拜得不行,看来他先前在屋子里看的就是这本"书"了,到底还有什么是他不会的啊?可是,崇拜是一码事,去送死是另一码事。

"岳泠澜,即便我们现在知道了这是个幻境,可这并不代表,我就能把十渡打趴下啊!"

"行香境的施术者须身处境外,以肉身护持,元神驰骋境内,你再笨,总不至于连一具动都不能动的躯体都打不过吧?"他指指前方,"一直往外,觉得闻不见那股香味了,就停下,往四处找找,她的肉身一定就在附近。"

阿筝信心满满地握拳:"好,那你呢?"

他的眉心舒展开了:"我自然得留在这里,小玉钩在里面。"

阿筝"哦"了一声,又道:"我劫持住十渡的肉身,再进来找你,同你里应外合,让十渡的元神主动破了这幻境,是吗?"

他点头,她转了转眼珠,笑道:"那如果我找到十渡的肉身之后,直接把它毁了,结果会怎么样?"

"幻境会被强制破除,里面的所有人都会死。"他说得轻巧,"包括我,到那时你就可以从一堆人的尸体里扒拉出不思珉了。"

阿筝鼻子一抽,险些当场哭给他看,他知不知道,他说"包括我"的时候,她心里有多难受。

她装作满不在乎:"那你就不怕我真就这样做了?我杀了十渡,马上就跑,以一己之力斩杀一粟海德高望重的掌门,这多给我们长离宫长脸啊!"

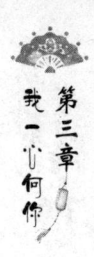

他把她微微颤动的短箫扶正了,轻轻道:"所以我才问,我能信任你吗?"

她咬紧唇,一眨不眨地瞧着他,低低"嗯"了一声。紧接着,她便往外跑去,没有……回头。

见阿筝跑远了,岳泠澜的神情顿时沉了下来。他重新看向地面的那一摊血,指关节因为用力已经毫无血色。

他刚才没有说谎,这里确实是个幻境,根据那阵奇异的香气,十渡在此施展的也的确就是当世十大顶尖幻术之一的行香境术。可是,再高明的幻术,也不会全无实境承载,虽然这些鲜血,很明显是十渡为了扰乱他的心神,故意幻化出来的,可那把匕首上的血却早就干涸了。

那把匕首是真实的,匕首上的血也是真的。

之前顾言棠说,离睢为了保护她,往自己身上划了许多刀。许多刀……究竟是多少刀?只要一想到离睢受了伤、流了血,他就无法冷静思考。

他闭上眼,缓了好一会儿,才走出屋子,往这幻境里的寒潭深处走去。

行香境里的人,除了施术者,也就是十渡以外,都是实体,所以,只要他找到了离睢,她就一定不是虚幻的。

岳泠澜拐过静吾亭和得心桥的时候,密林间响起一阵窸窸窣窣的声音,很快,一颗白白的小脑袋探了出来,朝他扑了过去。

霜吟?岳泠澜一掌挡住它的脸,把它塞回树叶里:"可以跟着我,但你得藏好了,我喊你再出来。"

霜吟眼巴巴地盼着自己主人能流露出哪怕一丁点儿重逢的欢喜,可他连一丝惊讶的表情都没有,就这样冷漠地走了!要知道,它因为挂念离睢,不敢跑远,这一天一夜就躲在十渡眼皮子底下,一口饭都没吃,多么聪明,多么坚强!

他夸都不夸它一句!没良心!

岳泠澜自然是没工夫理会霜吟的小情绪的,他一路走到寒潭的末端,突然跑了起来。

他看见了离睢!她大半个身子都被浸在水中,紧闭着眼,唇色发白,没有半点儿声息。岳泠澜几乎是飞奔过去,半抱着将她带离水面,他替她搓着手,揩去她脸上的水迹,发现她的伤口都已经止了血也包扎好了,这才松了口气。

他旁若无人地紧紧抱着她,等着那个心有鬼祟的人先开口。

一旁的十渡果然忍不住了:"岳公子,你来得也太迟了些,你就不怕吗?"

"我有什么好怕?是你有求于我,我人还没到,你敢对小玉钩下手吗?"他的声音依然是清凌凌的,十渡没有听出半点儿失控。

"岳公子,你这个态度,我很不满意。"

昨天,自她回来发现有第四个人的踪迹开始,她就一心扑在今天这个计划上。

行香境,这是多少幻术师梦寐以求却难以构造出的幻境,只因缺少"行香"这味至关重要的香料,而她偏偏如此幸运,在柳非暮的屋子里找到了这种香料。她煞费苦心营造出行香境,只为将岳泠澜一举困住,可他却这样不屑一顾!不过也难怪,他又怎么会知道,这里只是个幻境呢。

"我来这儿不是为了让你满意的。"岳泠澜抚上离睢的脸,"都说十渡掌门见素抱朴,少私寡欲,你这一番小人行径,让天下人满意了吗?你这样对我的小玉钩,让我满意了吗?"

"她不听话,我苦口婆心,她却屡屡违逆。处置自己的徒弟,难道为人师者心中就不痛吗?"

"别说废话了。"岳泠澜冷笑,"怎样才肯让她醒过来?"

他早已看出,离睢此时除了有呼吸脉搏,与死者无异,定是十渡从中动了什么手脚。"

十渡颇为赞许地看了他一眼，这样敏锐沉着，倘若他是她的弟子，那该有多好。

"你看看水面。"

岳泠澜往水中看去，顿时明白了几分。近处的这一大片水面，结成了一面波光粼粼的水境，镜中依稀有一座祭坛，一大群人围着祭坛旋转舞蹈，祭司们举着武器直指祭坛正中，而在那正中高处，那个被绑在石柱上的白衣少女，分明就是离睢！

十渡指着水境道："我把她掷在水中，正是为了开启这个水境，你也该看出来了，一旦进入这水境，任你现实中本领通天，也会变成一个没有武功、全赖造化的小人物。我这徒儿甚是不幸，入的这幻境还是个凶境，只怕难以脱身呢。"

是了，行香境之所以境界高妙，最大的原因便是它其实可以牵出一个境中境。施术者以"行香"开启第一层幻境，又可借这首层幻境中任何山水草木之力，加上自己心中的善恶两念，构造出第二层幻境，这双重幻境，施术者玩转自如，的确可使人防不胜防。

岳泠澜暗暗自责，这一点他怎么给忘了？十渡若不把行香境的价值榨干用尽，她又何苦劳心费神地构建它？他虽不通幻术，不能自主地元神出窍，也知这办法对人的身体是极大的损耗。

所谓凶境,还不是因为十渡此刻心中只有贪欲和恶念！她自甘堕落、心有魔障本与他无关，可离睢被困在境中，他又怎能舍下？

"把不思珉交给我，我立刻解开水境，让她出来。"十渡已经等得不耐烦了，"否则，我怕她在境中熬不了多久了。"

岳泠澜低头贴了贴离睢的脸，她的脸没有一丝温度，他又轻轻拂上她脖间的青山玉坠，捏住了。

"还不快做决断？"十渡催促道，"只有这一个办法！"

岳泠澜忽地笑了，宛如高山之上，绽开一朵烟霞："谁说只有这

107

一个办法?"

他扯落自己的红月玉坠,叠上离雎的青山玉坠,合拢在掌心,重重一握。

紧接着,他轻诵了句什么。

刹那间,那面巨大的水境从中折断,波浪接天,红色和青色的雾气交错升腾,十渡惊愕地发现,岳泠澜的元神竟也离开了他的躯壳!这怎么可能?他不通幻术,他不可能随心所欲地元神出窍!他到底是怎么做到的?那两枚玉坠里,究竟有什么古怪?

十渡还没有想明白,只觉眼前一片水光,原来就在岳泠澜元神出窍的下一刻,他拽住了她,将她一起拖入不断旋转翻腾着的水境之中!

耳边的"咕噜"声渐渐平息,蒙住眼睛的重重水色也慢慢褪去,十渡在平地上站稳了,才敢确定,她真的被岳泠澜强行拖进了她亲手铸就的这一方境中境里。

脊梁骨一凉,十渡感觉到岳泠澜的扇尖正抵着她的背,而他在她背后语声清冷:"前辈,虽自入了这水境,我们便被迫卸了全身武功,但晚辈招式还在,请您不要乱动。"

十渡立在原地,不敢再动,嘴上却依然冷硬:"你真以为我制不住你?这本就是我开启的幻境!"

岳泠澜对她的虚张声势感到十分无趣:"说大话前脖子别这么梗着,冷汗也收一收,年纪大了,就该服老。"

十渡气得浑身哆嗦:"水境开闭须有始有终,我是开启者,也必须是解除者,你若杀了我,你们也会立时死在这水境之中!"

岳泠澜眉尖一动:"前辈这回倒是没有骗人,只是这水境还有一法可解,若非开境者亲解,只需入此境者自行化解境中困局,也可脱身。"

"你怎么知道的?"十渡咬牙切齿,"还有,你到底使了什么法子,竟能强行入境?"

岳泠澜不答话,只将折扇微微一送,示意十渡往前走。十渡没有办法,只能僵硬地挪着步子,和岳泠澜一起往不远处走去。

此境本就是专为困住离雎而开,其中最显眼的自然就是离雎所在的那个祭坛了。火炭铺了一地,站在祭坛两侧的大汉们手上满是火把,只要祭司们一声令下,这里顷刻间就会燃成一片火海。高耸的石柱上,离雎全身被缚,墨发四散,她的眼睛原本一直闭着,此时却有了某种感应似的睁开了,蓦然间,她和岳泠澜四目相对。

她突然忘记,该怎样发出声音。她从没有一刻像现在这样后悔过自己的离开。她那天是怎么了,为什么会脑子发昏地离开他?

他这样生来就是为了让人仰望膜拜的少年,从云端落下,在凡间流连,几乎所有人都知道,他只是为了她,他,是她的。他一次次地为她涉险,她却一直纠结于她记忆的残缺,总怕自己要不起他。

她总盼着自己能记起过去的一切,让他能得到毫无保留的自己,可结果呢,过去的记忆依然空空如也,而她又一次让他身陷险境。

她很想哭,岳泠澜却望着她,轻轻笑了。

十渡见他对离雎笑得温柔,心中大为不解,离雎即将被烧死,这是板上钉钉的事,为什么他一点儿都不慌乱?难道他真的已有办法主动破解这境局?

"我妻子所犯何错,诸位要这样对她?"岳泠澜语声清越,分明是对着围着祭坛手舞足蹈的人群,眼神却没有一刻从离雎脸上游离。

人群骤然安静,一个长须老者走了出来,他脸上沟壑纵横,嘴歪眼斜,像是常年被什么邪毒浸染所致。

据他所说,他是这里的掌事人,他们这个部落从诞生起就受到了上天的诅咒,天灾人祸不断,人人患有奇病,年岁越长,面容越发扭曲,身上只要受了一点儿小伤就会极速恶化,最终溃烂至死。

他们不知遭受了多少代的痛苦,直到几天前,一个神医从远方过来,赠予他们一种神药,他们的病痛才得到了缓解。神医说,他有办

法根治他们的病症，只需要他们回报一件东西，就是这个白衣女子的性命。

那神医年轻时曾被一名白衣女子害得家破人亡，他数十年背井离乡，飘零在外，因此恨透了这世上所有的白衣女子。

"要怪只能怪尊夫人来得不巧，小老儿这里少有外人足迹，前几日有族人捕鱼，发现尊夫人在水中挣扎，好心搭救，谁知仅过了一天就遇见了那位神医呢？神医一见到尊夫人，就说想起了那位负他的女子，非要我们烧死她。公子，有的人一心向善，有的人一心向恶，杀一人却能救千人，若是你遇到此种两难之境，又会如何选择？唉，也是尊夫人命该如此……"这老头嘴上惋惜，眼里却射出精光，显然巴不得眼前的仪式立刻结束，离雎马上死去，好让那所谓的神医救他们一部落的人。

岳泠澜冷笑道："牺牲无辜之人的性命，这是一心向善？按你的说法，我救我自己的妻子，反倒是做了恶人，连累你一族老小了？"

那老者被岳泠澜戳破了心思，脸上挂不住了："我们部落上下千余人的性命，难道还抵不上你妻子一个人的命了？两害相权取其轻，弃恶扬善，天道固此！"

"天道固此与我心之所钟何干？"岳泠澜睨着面容狰狞的人群，"恕我直言，单凭今日行径，你们死有余辜。"

他言辞锋利，却说得冷静，目光环视了这一群人一周，像是已经给他们判了刑。

那老者气得七窍生烟，从他的角度看去，只能见到岳泠澜站在十渡身后，看不见他那把正抵住了十渡命门的折扇。他看岳泠澜身形修长清瘦，面白如玉，想当然地以为他身体孱弱，不足为惧，便将手杖往地上一敲，森然道："请神医出来，问他还需不需要添一个人的血肉作引！就说算我族送他的！"

这老头说到"请神医出来"时，岳泠澜明显感觉到十渡的身体僵了

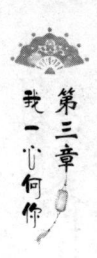

一下,还往后瑟缩着退了一步。

而那所谓的神医拨开人群走出来时,十渡甚至别过了脸。岳泠澜原本便对如何脱身有了些许打算,此刻见十渡如此反常,他心中的那点猜测便落地了。他收回折扇,转而往十渡腰际一撇,强迫她转过身来。

这神医果然在看清十渡面容的那一刻变了脸色。

他指着十渡,恨声道:"是你!"

原来这凶境本就是因着十渡的恶念而生,境局中人也都是围绕着十渡的心念幻化出来的,在那神医记忆深处,那个害他的白衣女子,自然就是十渡。

本尊在此,那神医哪里还顾得上替罪的离雎?他涨红了脸,对岳泠澜道:"此人与我有不共戴天之仇,还请这位公子将她交与我处置!"

岳泠澜对他的反应很满意:"前辈既然意在此人,却拘着我妻子,是何道理?"

那神医倒也爽快,立刻挥手让那老者放人。

十渡强自镇定,徒劳地威胁岳泠澜道:"你忘了?我说过,我若死在这幻境之中,你们也休想活命!"

"是你忘了,"岳泠澜唇角轻扬,眼底却无波无澜,"我也说过,只要我们主动破解此局,便可脱身,你再不破境,死的只会是你一个人而已。"

他说着,毫不客气地将十渡甩了出去,十渡这时才真正慌了起来,她如今身无武功,若落在这群恶人手里,必死无疑。

她彻底没了办法,只得快速念出口诀,解开水境。

似东风解冻,又似蛰虫始振,周遭的一切都在同一瞬飞速消融。

离雎身上的绳子软了下来,那些目露凶光的人也霎时散如飞沙,她再无牵绊,于半空中跌落,然后,她落进了那个朝思暮想的怀抱里。

一切都是虚幻的,只有岳泠澜,只有他的怀抱是真实的。

紧紧搂住他的脖子,贪婪地闻着他身上再熟悉不过的气息,离雎从树下一跃而起,更深更急地抱住了他。

之前,岳泠澜将她从水中捞起,就是抱着她坐到了这棵树下。如今境局已破,他们的元神回归了身体,离雎抓着岳泠澜的衣领,突然觉得,在这凶境里走一遭也并非全无好处——从那祭坛脱身,抱了他一次,现在又抱了他一次,很赚呢!

她只知拼命将他抱紧,全不顾女儿家应有的矜持,动作又快又猛,岳泠澜叹口气,避开她的伤口,轻轻回抱她。

这倒霉孩子,无论是六年前还是六年后,都从不让他省心,偏偏他又是这样没出息,每每她惹了事,他也会暗自想着要小小教训她一番,可到头来,他却总是舍不得不理她。

不知他们的拥抱碍着了谁的眼,连地面都忽然震动起来,岳泠澜抬起头,只见十渡立在一棵树的树冠上,随着树枝的抽动上下起落。

"我可以开一次水境,自然可以再开百次千次!你们逃不掉的!"

岳泠澜和离雎对视了一眼,两个人都险些笑出声。要使大招就使大招,哪有人出手之前还要喊一下的?还特地跑到树上去,这姿势怎么看怎么好笑。

"师父吓唬我们的,她虽是极高明的幻术师,可每开启一次幻境都需要复杂的前期准备,她短时间内是无法成事的。"离雎扒着岳泠澜的耳朵,小声道。

岳泠澜笑着替她拂去落在头上的树叶,还没过门就胳膊肘向外拐了,真好。

不远处突然响起一道清脆的声音,妩媚又桀骜:"老妖婆,还不收手吗?"

是阿筝!她一手拽着谁,逆着风奔了过来,待她走近了,十渡才看清,被她制住不能动弹的,是墨争凡。

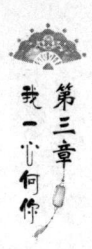

这没用的东西！

阿筝拍拍墨争凡的脸，冲他弯着眼笑，笑得他毛骨悚然。这女子极其刁钻狠辣，见了他二话不说劈头就打，还逼问他十渡肉身的下落。他宁死不屈，想要自尽成全为人弟子的孝心，她偏不让他死，点了他的笑穴百般折磨，他坚持不吭声，眼神却熬不过这活罪，下意识地往十渡肉身所在望去……

现下，他又被点了哑穴，无法向十渡说明情况，真是不如死了好！

"再不住手，你徒弟就死给你看哦！"阿筝话音未落，她的短箫已探到墨争凡脖上，刀尖蹿出，他脖上立时一道血痕。

她的动作毫不迟疑，仿佛下一刻就能用这短箫贯穿墨争凡的咽喉。十渡冷着眼看他们，没有作声，倒是离睢先生了不忍之心，想着到底是同门一场，倘若阿筝真要取墨争凡的性命，她总是得阻止的。

墨争凡此时虽无法说话，眼睛却没有阻碍，他见十渡一脸冷漠，无动于衷，不由得黯淡了眼神。

阿筝瞧着墨争凡，啧啧道："好可怜呀，做徒弟的为了师父死都不怕，可做师父的呢？平日里总是吹嘘救天下人，对自己的徒弟见死不救不算，还极尽利用。瞧瞧，这血都溅出来了，你师父还是眼都不眨一下呢！"

墨争凡吸了下鼻子："你杀了我吧！"

阿筝抚了把他的脸："长得这么俊，我怎么舍得？"

她笑意未歇，已推开墨争凡，从他身后揪出一个人来："老妖婆，你看看这又是谁？"

如阿筝所愿，十渡的脸上果然破了冰，她不自觉地看向岳泠澜，这少年似早有预感，淡声道："行香境。"

那被阿筝揪出的，正是十渡的肉身。

十渡震惊得说不出话来，怪不得她能明显感觉到自己的能力减弱了不少，原来岳泠澜竟早就知道这是行香境？他怎么知道的？她的肉身本

应留在境外护持,现在被强行带入境中,非但有损此境威力,还大大伤害了她的元神。墨争凡!一定是他出卖了她!不然阿筝怎么会这么快就找到她肉身的所在?

阿筝见十渡像是石化了,不满道:"老妖婆,你看岳泠澜干吗,现在捏着你命门的可是我!"

她唤回十渡的注意力,坏笑道:"看好了,你那日扇我一记耳光,我今日十倍奉还!"

说罢,她便狠狠扇了十渡的肉身十个耳光,末了还甩甩手,一脸委屈:"你脸皮太厚了,打得我手疼。"

十渡气得发抖,她千百个不甘心,但又怕阿筝像对付墨争凡一般肆意凌虐她的肉身,进退两难间,只听离睢喊道:"师父,您收手吧,解开这幻境,对您对我们都好。我虽不懂此等高妙的幻境,却也知道,元神和肉身同处一地绝非好事,时间久了,元神非但受损,还会难以归位,届时您又当如何?"

十渡眼中一片阴鸷,她许久都没有应声,沉寂了好一会儿,突然大笑起来:"若我解开行香境后,这妖女仍不肯放我肉身呢?"

阿筝嫌弃地松开抓着十渡肉身的手:"真是小人之心!谁稀罕你这副老皮老脸?看好了,我先放了!"

十渡这次似乎没再耍什么花样,她双掌舞动,开始解境,这假寒潭的树木花草瞬时软了下来,墙体楼台寸寸脱落融化,一潭碧水旋转着回到了天上,原本阴沉的天色也渐渐清明起来。

离睢正带了些好奇注视着周围的变化,肩上骤然聚了股强劲的压力,她被十渡硬拽着拖出了几步路远,而就在同时,她看见岳泠澜的脚下一片虚空!

原来,他们所处的真正位置,是那个寒潭边上的断崖!十渡把行香境设在了断崖之上,入境是死,解境也是死!

脚下踩空的那一瞬,岳泠澜实在对十渡很无言。讲道理,掉崖这种

桥段真的老套得不能再老套了,十渡的癖好就不能有点儿创意?他之前为救离雎已经主动跳过一次崖,那滋味并不算很美好,要不是从那个位置掉下去刚好有条河接着,但凡摔到石头上或者树枝上……他毕竟也是血肉之躯。

离雎很快撂下十渡扑了过来,抓住了岳泠澜的手,因着下坠的力道,她只能贴住地面,根本不敢直起背来,可即便这样,她依然被带着往崖边飞速移去。

她若再不放手,只会把自己也搭进去。

眼看就要亲吻崖壁,离雎腿上一紧,移动的趋势终于停住了。她没有力气回望,她知道,定是阿筝抱住了她的脚。情势太过紧急,阿筝甚至没有时间赶到崖边去拉岳泠澜,她只能拖住离雎,抵挡岳泠澜的坠势。在这一刻,离雎突然庆幸,阿筝也和她一样地爱着岳泠澜。

他们三个人就以这样奇怪的姿势堪堪维持住局面,岳泠澜摔不下去,可也没法被拉上来,谁也不知道能坚持多久,但拉住他的两个姑娘,没有一个想过要放弃。

十渡的元神趁机回到了肉身里,她刚想要行动,却发现身体僵直,原来她的穴道已事先被阿筝点住,长离宫的点穴手法果然奇特,连她都无法在短时间内冲破。

于是现在场上便形成了一种奇异的胶着状态,一粟海的两位高人都被点了穴道没法动弹,而我们的岳公子则孤零零地挂在崖边,下不去也上不来。

要是这里还有一个人就好了,站在哪一方都好,至少,可以结束这场难耐的僵持。

天地静默。

直到,一个声音轻轻扬起:"小玉钩。"

离雎整个身体都紧贴着地,无法看见岳泠澜的脸,更不知他现在的状态,她全身紧绷着,咬牙道:"你说。"

115

"生死关头了,说些好听的。"

离雎啼笑皆非:"我说好听的,你就能上来吗?"

"不能,这里悬空不着地,我没有着力点,也不是神仙。"

"……那能留着点儿力气吗?"阿筝插嘴道。

"小玉钩,说些好听的。"他的声音依旧不死心。

离雎无奈:"除非你不需要我了,不然我再不会离开你。"

"不够。"

"……"离雎实在没有心思说情话,崖下却传来了他得逞的笑声。

"好了,不逗你了。小玉钩,你相信我吗?"

"信!"

"我说的话,你都听吗?"

"听!"

"那好,你记住,我永远都不会和你分开的。"

"我记住了。"

"那么,松手。"

离雎怔住了,额上的汗滴了下来。默了一瞬,她更用力地攥住他的手,她竭力将他往崖上拉,手腕处的皮肉都磨破了,可她已无暇关心这些。

"松手。"岳泠澜又说了一次,语气更轻更淡,像他就快要消失一样。

离雎不吭声。

"刚才还说记住了,会听话。"

阿筝也隐约听见了岳泠澜说的,急着在后面直喊:"离雎,你别听他的,他脑筋都不清楚了,要是松手他就死定了!"

离雎呆呆地注视着前方:"小山,你说话算话?"

"当然。"

"永远不分开?"

"永远。"

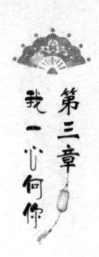

"……好。"她颤抖着,松开了手。

时间仿佛停止了,崖上的人无论敌友,都屏住了呼吸,四下无声,连风都哑住了。

一声凄厉的尖叫乍地蹦了出来,阿筝从地上爬起,一把扯过离睢,一面扑打她,一面撕心裂肺地哭喊:"你为什么放手?你就这样坚持不住吗?他不是铜头铁臂!他掉下去了,他死了!他对你那样好!你怎么忍心害死他?"

离睢像是被定住了似的任她发泄,直到耳朵里进了"死"这个字时,眼珠才转了一下。她挣开阿筝的纠缠,定定地道:"我陪他。"

阿筝静了下来:"什么?"

"我陪他去死。"离睢重复道,语气清清淡淡的,没什么起伏,也丝毫不见沉重,"陪他去死"就好像"陪他赏花喝茶"一样,是再平常不过的事,根本不值一提。说罢,她便转过身,向崖边走去。

阿筝望着离睢的背影,脑中一片混乱。离睢敢毫不犹豫地陪岳泠澜去死?那么她呢,她敢吗?

心里好像多出了把小槌,一下、两下,不轻不重地敲打着。还没有见到岳泠澜的尸体,他不一定就这样死了,再说了,万一他真的死了……

即使他真的死了……她又凭什么要跟着他一起去死呢?他又不爱她,他爱的是离睢啊!

阿筝猛然一惊,难道到了现在,面对着生死的考量,她才肯正视他爱离睢的事实吗?

她舔了舔干涩的唇,扪心自问,如果岳泠澜真的爱她,她就肯陪他去死吗?换了离睢……即便岳泠澜爱的是别人,离睢大概也会做出和今天一样的决定吧。

不知不觉间,阿筝也往前走了几步,她还没有走到崖边,脚底已经踢到了许多细碎的沙石。她迅速抽回脚。

她和离睢从来都是不一样的,这有什么值得羞愧?她当然不能死了,她还没有得到不思珉,长离宫里的那个人还在等她回去,除了情爱,这世上还有许多东西,是她想要得到的。

就在这时,快走到崖边的离睢也顿住了脚步。

并不是因为害怕,更不是因为临阵退缩,只因为,一道白光如长虹骤降,霜吟扑棱着翅膀,落到了地上。

离睢踉跄着脚步,朝它背上那天神般的少年奔去。

阿筝两颊犹自挂着泪痕,她见离睢扑进岳泠澜怀里,脸上都是欢喜。

她忽然想起,多年以前,她伏在师父脚边,听他讲他家乡的奇花盛景,悠然田园。师父说,无论走到哪里,家乡都是藏在心底、能容纳你全部遐想的地方。

当时,她很不解地问师父,也问自己:"何处是吾乡?"

她被父母抛弃,被亲人遗忘,她没有来处。

如今,她却知道答案了。

何处是吾乡?月生君的怀中。

这是她心之所向,她不能放弃。

离睢这时候已经感受不到阿筝怨毒的眼神了,她确认岳泠澜没有受伤,光顾着高兴,也不在乎霜吟是怎么出现的,这一切又是不是岳泠澜早就盘算好了的,故意想让她着急。他没事就好。

岳泠澜反倒先得意起来:"你刚才说了,再不离开,我可是记住了。"

离睢这才发觉自己好像被他摆了一道:"……你早就安排好了霜吟去救你?"

"没那么夸张,你许诺的时候,我才瞧见它在石缝里。"

一开始,他只想和她说些俏皮话,分散她的注意力,好让她不那么辛苦,再想脱身之法。也是侥幸,霜吟一直听他话悄悄跟着他,此番真

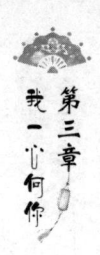

救了他一命。

"也就是说,你后面跟我说什么"松手"之类的蠢话的时候,霜吟已经托住你了?"离睢狠狠揪了一下他的长发。

"你离家出走,让我着急,现在我也让你急一回,咱俩算是扯平。"他笑得狡黠。

离睢懒得理他,他却眼神一凛,二话不说便把她抱到霜吟背上。离睢觉得奇怪,见他生怕碰疼她似的微张了手,才后知后觉地发现之前为了逼退墨争凡,她往自己身上划的那些伤痕裂开了一些,正往外渗着血。

大概是刚才被拖行的时候磨破的吧,其实这些都只是皮外伤,她下手时很注意分寸的,出血量够吓唬墨争凡就行,她可不会随意伤了自己的根本。

不过,现在看来,这伤势倒是把岳泠澜给唬住了。

她刚想说她没事,他的鼻尖已在她的鼻尖上轻轻蹭了一下:"再等我办件事,我们马上回去。"

接下来岳泠澜做的事,让离睢又一次觉得他和阿筝简直是天生一对。

他赶时间一般飞身闪到十渡跟前,抬手就是一掌,直打得十渡冲破了穴道滚出数丈之外,口吐鲜血不算,还吐出了块荧荧发光的东西。

这睚眦必报的家伙,那日十渡打了他一掌,竟被他记到现在。

岳泠澜踢开十渡想要去捉那东西的手,捡起来掂了掂。

"把行香还给我!"十渡喘着气道。

"为什么要给你?"岳泠澜一脸莫名地扫了她一眼,"这本就是我送给柳非暮的东西。"

十渡猛烈地咳嗽着:"我输了……岳泠澜,你究竟是从何处得知行香境,又怎么会知道破境之法的?还有这行香,一粟海几代掌门都无缘得见,为何会是你的东西?你还这样年轻!能不能……告诉我?"

"不能。"他答得轻快。

"我都已经认输了!就不能让我输个明白?"

"就不。"

阿筝在一旁看了半天戏,她实在佩服十渡的度量,不愧是一代掌门,这样都没有被岳泠澜给气死。见他像是玩够了,她便伸出短箫道:"杀了她算了,以绝后患。"

岳泠澜止住她的动作,回头看了离睢一眼。

离睢深吸一口气:"师父,你到底未曾害我性命,即便是在刚才,你也特意将我从崖边拉开。这三年多,你的费心教养,我更是终生不忘,所以,无论如何,今日我也不会让任何人伤你性命。只是,你我师徒缘分,怕是真要尽了。"

她解下腰间一块银白小牌,缓缓放到地上:"一粟海的令牌,我已归还。十渡掌门,从今以后,我不再是你的弟子,你我两不相欠。他日相逢,便是路人,望善自珍重。"

之后的很长一段时间里,离睢都以为,这会是她和十渡的最后一面。哪怕当她和岳泠澜攀着霜吟的背腾空而起时,十渡依稀喊出了句"你们还会来找我的",她依然只把这当成是十渡不死心的逞强之语,并没有放在心上。

回到别苑后,离睢直接钻进岳泠澜的屋里,蒙上被子开始睡觉。这几天太累了,她没有一刻敢放松,更别提睡觉了,一定要补回来。

岳泠澜任她睡得昏天黑地,只顺手替她揭开一角被子,省得她闷死。

一连三天,离睢都这样蒙头盖脸地睡着,迷糊中,好像有只温柔的手不时地拍着她的背,有时,那只手还会把她从半睡半醒中搡起,喂她些水和粥。

第三天,她总算睡饱了,眼睛偷偷撑开一条缝,瞧见岳泠澜坐在她床边看书的时候,她终于良心发现地想到,这几天她能睡得这样舒服,任劳任怨的岳公子功不可没。

她故意睁大了眼,还翻了个身,发出些响动,想让岳泠澜快些发现

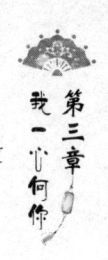

她已经醒了,然后说些软话让他开心开心,可他只顾捧着书看,完全没有注意到在身后挤眉弄眼的她。

他在看什么书?难道比她还好看不成?

她伸长了脖子,想看看他究竟在看什么,一只手却按住了她的脸,把她塞回被子里。

离睢很郁闷:"我都看见了,这不过是本普通的志怪传奇罢了。你盯着扉页已经很久,根本就没往后翻,敢情你是在发呆?"

"我在想一件事。"

"什么事?"

"在水境中,那个老者问过我一句话。他说,有的人一心向善,有的人一心向恶……"

"他问你,倘若杀一人可救千人,你会如何选择。"她也想起来了。

"于我而言,一人和千人有何分别,除了他们自己,谁有资格左右他们的生死?"

"所以你也不知道该如何选择?"

"我确实不知。不过,对他的前半句问题,我倒是有了答案。"他俯下身,与她只有咫尺之距,眉若远山,发似浮云。

她不敢乱动,红着脸听他缓缓开口,暗香氤氲:"有人一心向善,有人一心向恶,我一心向你。"

第四章 何处可藏心

离睢的眼眶热了起来，突然伸手抱住了岳泠澜，不住地道歉："我错了……"

"错哪儿了？"他拉个垫子让她靠着，轻轻问她。

"我不该钻牛角尖，说走就走。我最怕拖累你，可这次偏偏又是我惹出了事端。"

他抚着她的眉毛："你这样一走，倒是给了我些时间，想通了一些事。那天，你问了我三句话，第一，你埋怨我总是有事瞒着你。"

经他提醒，离睢跳了起来，捋起他的袖子："你指的是这齿印对不对？我在那崖下也见到了，是天匿族人的骨头咬的，对不对？"

他皱起眉："你怎么知道的？你也被咬了？我去找汐回过来。"

她忙拉住他："不碍事，早就愈合了，那些骨头都被烧焦了，劲儿不大。"

明明是极恐怖的事，偏被她说得这么好笑，岳泠澜重新在床边坐下："现在我就把事情告诉你，我一直在找一种叫作'睨天'的药，只有用它加上梨约，你的病才能根治。古书中记载，此药为天匿族人所有，而天匿族在被我们撞见之前，只在传说中出现过，而此药又药性诡秘，正因如此，我苦寻多年依然无果。"

"怪不得那日在秦家庄，秦宛说你一直在找一种药，原来竟是这样！那这'睨天'，就是天匿族人的骨头吗？"离睢打了个寒战。

他给她加了床毯子："那晚，你觉得我看轻了你，把你当作无用的柔弱女子，所以才把这事瞒着你。其实你很坚强，是我脆弱，因为这事

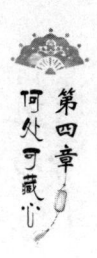

第四章 何处可藏

关乎你,所以我不敢冒一丝风险。"

其实,即便到了现在,他也只肯藏一半露一半,只告诉她睨天大概是什么,并未将细节和盘托出,因此离雎并不知道,睨天的药引,是与她血脉相连之人的鲜血。

"可让我吃人骨头,这不是太没人性了吗?"

"……谁说让你吃人骨头了?"岳泠澜头顶飞过一群乌鸦,睨天吸食人血后,会吐出精华的药液,离雎需要的正是这种药液。

事实上,说睨天是天匿族人的人骨并不准确,根据从秦宛口中套的话,结合他的所见,真正的睨天,是将死未死的天匿族人最后的一缕灵气。当那天匿族人的皮肉被割破,哪怕只是一个小口,他的破损之处一旦接触到他人的身体,吸食人血的过程便开始了,所以,不仅仅是骨骼,他们的血肉、经脉,甚至垂死之时的呼吸,都是睨天。当睨天饱足,那天匿族人便彻底死去了。

正因崖下的那些天匿族人早已死去多时,他们的骨头才会那样疲软无力。因此,对岳泠澜而言,那些人对离雎的病是无用的。可是,他又该上哪儿找另一个天匿族人?

整个秦家庄都已经被灭了。再者,即便他找到了这个人,他又该如何做?难道杀人取药?他固然对离雎爱逾性命,可也只是他自己的性命,若要为了一己之私杀害无辜之人,他和离雎都是万万不能,也万万不愿的。

岳泠澜的脑中千回百转,这场解药之旅,就此又陷入了僵局。

所幸离雎并未深究下去:"小山,你既瞒得那样辛苦,如今又为何要告诉我?是不是觉得我胡搅蛮缠,所以没办法了?"

"连生气都装不像,真傻。"岳泠澜笑着揉了揉她的头发,"不为别的,只为成全我的心意。"

你已猜出几分,若再不露一字,反倒更惹猜疑。今日不瞒你,是因不瞒你对你而言更好,来日瞒你,也是因着如此。

从来,都是如此。

一桩事毕,离雎又想起了另一桩,可她却开始沉默起来。

"你想说阿筝是吗?"他一眼看穿她的心思,眼神坦荡,"你是我揣在心里的人,小心翼翼,近乡情怯,越珍重才越怯懦,才会想着,时间的积累是否可以作为心意的衡量,这样的速度是否还是急了些?至于她,等你身体养好了,我们便回慕颜洲去,到时候她连我身边都走不近,遑论我心里?"

"岳公子,有没有人跟你说过,你真的很会说甜言蜜语?"她听得又高兴又羞赧,还不忘调侃他。

他撇撇嘴不回答,她又不是不知道,他跟旁人说话都是能免则免,让他"哼"一声都难,哪里来的甜言蜜语?也就是她,他一筐筐地说,她就只是津津有味地听,都不象征性地表示一下感动。

她低头想了会儿,表情严肃起来,捏住被角:"我之前一直都怕一句话,白首如新,倾盖如故。"

"怕什么?"他手上不知何时多了根翠翘,"倾盖是你,白首也是你。"

她握上他插入发间的翠翘,见他笑容清绝,语声软软:"你曾说过,将来要戴着它成亲。"

将来……她不由得憧憬起来,可越憧憬,心里就越酸涩:"我已经诳师父……不,十渡……我诳她为我消去了她编织的记忆,可我依然想不起从前的事。"

她拔下翠翘,映着灯花极珍重地看着:"这是你以前送给我的礼物吗?该不会是定情信物吧?我猜那一定又是一段很美的回忆,可我到了今天还是对过去一无所知,我真的觉得自己很失败。"

"嗯,这是第三件事。"他移开灯,迫使她看向自己,"你还不明白吗?从前的记忆没有了也没关系,重要的是,你回来了。"

重要的是你,不是以前。

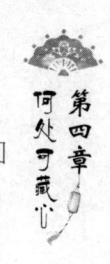

第四章 何处可藏

离睢终于露出了岳泠澜想见到的感动神情,可她的注意力很快又回到了那根翠翘上,她转着它看了一会儿,一副欲言又止的样子。

"还有问题?"

"是有一个小问题……"她抓抓耳朵,"这根翠翘是从哪儿买的呀?瞧这做工……真有些独特……"

独特?她不就是在礼貌地说这翠翘丑吗?她竟然说他亲手做的东西丑!

岳泠澜十分伤心,但面上还是保持了平静:"是我做的。"

最怕空气突然安静。

离睢呆了一瞬,立马开始转移话题:"那个……你怎么会知道行香境术的?连我都不知道这种境界高绝的幻术,你并非幻术师,又是从何处得知?"

岳泠澜心想,这个问题,貌似十渡也问过,本着气死一个算一个的原则,他懒得让这种道貌岸然的伪君子痛快,可现在小玉钩问了,他自然是要告诉她的,非但要说,还要说得巧妙动听才行,要在不动声色中尽显他的本事,让她佩服,让她崇拜!

于是他故作高深地沉默了一会儿,直到她按捺不住又问了一遍,他才稍稍抬眼看了看那根翠翘:"这事说来,也与它有关。"

行香,对世人来说,它极度陌生,可对岳泠澜而言却很熟悉。

多年前,他和离睢曾有过一段奇妙的游历。那时,观音为了修炼一种以香为引的秘术,曾经带着他们探访过一座名为"容魄"的古城。那容魄城的城主极为好客,与观音平辈相交,岳泠澜则和少城主一见如故,彼此引为知己。

后来,那少城主告诉岳泠澜,他身上生来带的异香像极了容魄城中几乎绝迹的一种香——"行香",这种香料据说可以用来构造一种绝妙的幻境,也就是行香境。

只可惜,城中唯一能提炼行香的制香师,于数年前离奇失踪,因此

除去她留下的少量行香，城中再无这种香料。而留下的那些行香，被其他制香师拿去争相研究，试图制出同样的香料，可除了白白消耗完仅有的行香，他们什么都没有做到。因此，岳泠澜的到来对容魄城而言不啻是一种天赐。

那些日子，少城主带着岳泠澜他们走遍了容魄城大大小小的制香坊，终于在一位经验老到的制香师的帮助下，制成了新的行香，若非少城主时隔多年依然记得行香的味道，若非有岳泠澜身上的香味做参照，新的行香根本不可能问世。因此，少城主十分慷慨地赠予了岳泠澜许多行香。

可岳泠澜一不修幻术，二不需要这么多和自己身上一个香味的东西，于是便在之后结交柳非暮时，顺手转送给了他，所以十渡才能凑巧在寒潭发现这味香料。

除了香料以外，容魄城还盛产光怪陆离的五彩石，离睢自进城起就对各式各样的石头爱不释手，常常是刚缠着岳泠澜买下一堆，手就已经伸向了另一堆。后来，她又在一次宴席上双目放光地盯着少城主……哦不，是少城主发冠上的一块玉石，边盯边咽口水，场面一度难以控制。

对岳泠澜而言，处理此类问题通常需要遵循两条原则，第一，离睢的要求都是合理的；第二，如果不合理，那就参照第一条。

于是，他就和少城主以比武切磋的名义打了一架，为离睢赢得了那块玉石。

说起来，离睢的眼光也确实独到，容魄城上得了台面的石头几乎每一块都有它非比寻常的特点，更别提这块常年高踞少城主头顶的了。

这块玉石由红、青两色构成，随着光源的移动，它的色彩和斑纹也会相应地变换位置，美不胜收。更令人瞩目的是，这块玉石中记载了当世十大顶级幻术的奥妙及其破解之法，因此完全可以称得上是容魄城的镇城之宝。

第四章 何处可藏心

少城主愿赌服输，也不推搪，就此将这块玉石交予城中最优秀的琢玉师，叮嘱他务必要做出足以彰显容魄城水准的设计，让这群外来客开开眼。最初，琢玉师以玉色为界将这玉石一分为二，红色部分被磨成一块红月玉坠，青色部分则被琢成一枚青山玉坠，分别赠予岳泠澜和离雎。

可这块玉料的颜色分布并不均匀，红色的一端略小，雕成红月玉坠倒是恰好，青色的那端却因为明显大出一截的缘故，刻了座青山之后依然留下了许多剔透的玉料，倘若就此浪费，未免可惜。

琢玉师不知该如何处理，岳泠澜也不为难他，提了余下的玉料就道谢离去。谁会想到，这部分玉料竟被他笨手笨脚地雕成了现在离雎手中的翠翘呢？

他也是别扭，本来明明可以借着在容魄城的机会，向那位琢玉师仔细探讨一番琢玉的方法的，可他偏不，偏要偷偷躲着自己鼓捣，结果你看，这根翠翘丑得让离雎姑娘都没法闭着眼瞎吹了。

事实证明，光有诚意是没法让媳妇为你倾倒的。

再说回那玉中所含的幻术之秘吧。本来，岳泠澜对调出幻术知识的口诀是毫无兴趣的，可谁让他天生记性好，少城主只嘀咕了一遍，这口诀就钻进他的脑子里还生了根。

当时清冷自傲的少年对此兴致缺缺，如今却多亏了这个口诀，他才能一举窥得行香境的秘密，救出离雎，想来，这也算是老天爷给他的一个不痛不痒的教训了。

离雎听得兴趣盎然："你也真是幸运，倘若十渡施展的幻术是那十种幻术之外的，你不就没辙啦？"

"并非是我幸运，而是但凡她使用幻术，必定会用最顶尖的幻术来对付我。"

"为何？"

他微微一笑，眼底浮出万千星辰："因为，我值得她这样高看。"

"臭美。"她损他,却也知道他所言非虚,他的本事,她从来都是坚信不疑,并且引以为荣的。

"等等……"她忽地想到了什么,"原来过去我是这样任性的吗?那一年我多大了?"

"不到十二岁。"

"……那时候我就跟你定情了?这也太早了点儿吧,我还那么小,你就对外宣称我是你未婚妻了?"

岳泠澜认真地想了一下:"那就童养媳?"

离睢哑了一会儿:"那还是未婚妻吧……"

岳泠澜满意地玩了会儿她的发丝,屋内突然吹进了一阵风,他见她此刻墨发飞扬,好像随时就会羽化登仙,不禁后怕起来:"你说过再不走了,可要算话。"

"你都说了好几遍啦!"她往他肩上靠去,"我已经走不了了,因为你在这里。"

他并不满足于她这种程度的亲近,转身将她揽入怀里。

她抱着他的腰,碰巧触到了什么:"这是……不思珉?你去救我的时候,把它也带去了?"

是想着万一到了绝境,就用不思珉来交换她吗?她一向知道他待她极好,可或许是因为他本就厉害,行事又周全,他的付出对比寻常人要显得轻松许多。但现在,她才惊觉,他也有软弱的时刻,也有唯恐能力不及,不得不用最笨的办法去解决的时刻。而他的软弱和恐慌,都是她带给他的。

由爱故生怖。是她让他害怕了。

"别随便感动,"岳泠澜捏了捏她的鼻子,"刚才问你错哪儿了,你答错了。"

"我说了呀,我不该冲动,不顾后果地出走。难道不是这个?"她彻底迷糊了。

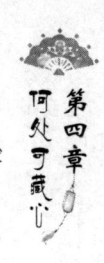

"你错在没有在第一时间通知我。"他眼中闪过一丝沉痛,指尖轻轻巡过她身上大大小小的伤口,"你怎可如此随意地伤害自己?"

她安慰他:"你放心,这些都只是皮肉伤,根本没伤到我的底子。"

他低声警告:"那也不许。"

她失笑:"你未免也太霸道了些,我认为,在不伤害他人的前提下,怎样利用自己的身体是我们自己的事。即便退一步,我不能对自己的身体完全做主,那身体发肤,受之父母,这也该是父母忧心的,你又不是我父母。"

他的指停住了,许久没有说话。

她自觉自己说得没良心了些,忙抱住他:"我以后做事前,都先想想你的心情,好不好?"

他还是不答话,俯身吻住她,末了,他才舔舔唇,意犹未尽地戳戳她泛起火烧云的脸颊:"这是对你做错事的惩罚。"

她的脸烧得更厉害了,可心里却不由控制地想,其实,这样的惩罚也很不错嘛。

门外突然响起敲门声,离睢想要坐起来,岳泠澜一手按回她,维持着现在这种能让人害臊到骨子里的姿势,飘出一句:"进来。"

岳公子的声音很清淡,进门的唐似漪看到的画面却很香艳。

离睢没有想到的是,唐似漪并未对她和岳泠澜的亲昵表现出任何意外,这女人扬起分寸恰好的微笑,以客人的身份礼节性地问候了他们一番,就退了出去。

听汐回她们说,这些天唐似漪大部分时间都安安静静地待在别苑里,像是对这场做客感到乐不思蜀似的,都不怎么回她自己家了。

"她身上究竟藏了多少事?"离睢开始咬手指,"她怎么一点儿都不意外?就好想她从前就认识我们,早就习惯了我们的相处方式似的。"

岳泠澜拍掉她的手指:"不急,马上就知道了,忘了还有一场戏

没看?"

"可你那时不是舍不得她死吗?"她嘟起嘴。

"阴阳怪气,跟谁学的这样说话?"他佯怒,"我是想留她一条命,无关不舍。"

离睢自然知道岳泠澜绝非对唐似漪有什么依恋,可回想刚才唐似漪离开时,沉静眼神中死死压住却依然渗了出来的那缕狂乱,她就忍不住觉得,有什么不好的事即将发生。

女人对坏事的直觉总是准得可怕,但这一回,先摊上事儿的并不是离睢,而是夜明生小少爷。

翌日午后,涧花做了些甜汤招呼大家喝,可她刚盛了一碗,就喊着烫手,话还没喊完,那碗可怜的甜汤就已经摔了,一地黏糊的汤汁四下漫开。

此时离睢正走到大堂门口,屋里乱作一团,唐似漪朝涧花递了个眼神,涧花便向离睢走了过来,嘴上说着抱歉,臂上却很用了几分力,像是想要把她强拽进来似的。

离睢正觉得奇怪,暮雨已拉开涧花,轻声道:"月姑娘,您请注意脚下。"

正在这混乱的当口,听说有好吃的,消息滞后的夜明生风风火火地闯了进来,立刻毫无阻碍地摔了个四仰八叉。

阿筝抱着臂在一旁幸灾乐祸,可她瞧着瞧着,忽地瞪大了眼,因为夜明生一路摔到了一张红木案边,他本能地想要就着那案面站起来,手却抓到了什么东西……

装着不思珉的那只盒子,岳泠澜早上明明把它放在高架子上了啊,是谁把它拿了下来,放在了这张红木案上,还打开了裹住它的那个布包?

又是谁把甜汤洒在案面上和案腿上,让人摸上去不打滑都难!

很快,夜明生就抓着那盒子,杀猪似的号啕大哭起来:"它!它咬

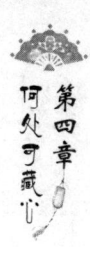

了我一口！"

他的指尖依然带着鲜血，而那盒子已经开始剧烈颤动。

夜明生竟成了字石认的第一个主人，真是荣幸得让他想一头撞死。

岳泠澜被他的鬼哭狼嚎吸引过来，确定了离睢没事后，正想带她先远离这里，让夜明生哭个够，周围却聚起了一股强大的吸力。

他、离睢、阿筝都被不由自主地吸了过去……那只盒子就像一只满是触手和口器的怪物，一面迫使他四个人靠近，一面紧紧攫住他们的肌肤，那架势，仿佛至死方休。

余下的几个人全体呆了一瞬，立马奔过来救人，可一股无形的阻力像是撑开了某个结界，除了里面的四个人，谁也进不去。

不知过了多久，那股吸力终于消失了，岳泠澜第一个直起身来，他捉了离睢的手，发现她的掌心裂了一条缝，鲜血汩汩地往外流。

和阿筝一样，也和他一样。

夜明生止住了哭声，连呼吸都不敢了，因为岳泠澜的眼中，尽是凛冽的杀意。

涧花躲在后赶来的楚玄堇身后，满脸惊惧，倒是暮雨和唐似漪先扑了过来，急着要替他们四个包扎。

岳泠澜避开唐似漪的触碰，只轻轻瞟了她一眼，这一眼，让她惊得如堕深渊。

他没有出言讥讽，也没有寻根究底，事已至此，既然有人已经给自己选了死路，那么其他的一切多说无益。

把离睢也牵扯进字石的血契中来，无论这个人是谁，都是在找死。

掌心一暖，他微低了头，见离睢正在替他包扎，这傻丫头脸上依然带着笑，还捏了一下他的手指，像是在安抚他。

"现在好了，我们大家都可以随便碰它啦！"她把那盒子翻过来，

"小山,你看它的底部,原来这是块'六字石'啊,我们只要集齐六个字就行啦!"

瞧她这兴奋劲儿,好像集字的事无关生死坎坷,是一件极让人欢快又极容易办成的事似的。

岳泠澜暂且压下心中的怒意,偏过头去看那盒子。离睢说得不错,盒底有六条汇聚血液的通道,想必是需要他们集齐六个字,才可能打开盒子,取出不思珉。

只是,依现在的情形,在场的所有人当中只有他们四个符合结契的条件,那剩下的两个人,又该往何处去寻呢?

夜明生也很苦恼,但他苦恼的原因显然和岳泠澜不同:"公子,之前月姑娘说,和第一个触碰字石的人,也就是我,和我血液相融的人才能参与结契,那这意思不就是说,你们的血都和我相融咯?可自古就有滴血认亲,血液相融,十有八九有亲缘关系,难道你们都是我失散多年的兄弟姐妹?"

岳泠澜用关爱傻子的眼神,凌迟了他一轮,阿筝直接一拳挥了上来:"我祖宗十八代都没出过你这样的白痴!"

离睢打了个哈欠,摆摆手表示该散了,岳泠澜也觉得是时候睡午觉了,揣了那盒子牵了离睢扬长而去。

反正事情已成定局,也不必太过耿耿于怀,至少,这样一来,打开盒子的主动权就在他们几个手里了。

人陆陆续续地走了,大堂里重新恢复了沉寂。

这种沉寂不是因着空无一人而生出的死寂,相反,涧花、暮雨、楚玄堇、唐似漪……这四个人或坐或立,都在原来的位置上。

只是除了呼吸,他们一动不动,平白地使这大堂中的气氛显得诡异了许多。

暮色渐渐降临,涧花实在忍受不了这种令人窒息的沉闷,她敲了敲膝盖起身,楚玄堇也立刻默契地跟上,两个人刚跨过门槛,就听暮雨轻

轻道:"姐姐这些年流落在外,想必吃了不少苦吧?"

涧花听她没头没脑地冒出这么一句,只得转过身来,内里较了半天劲,可还是什么话都答不上来。

暮雨倒也不在乎涧花是否在听,只背对着她,清婉的容色隐在不见起伏的声音里:"这六年,暮雨虽不能陪姐姐在外应对艰难世道,但洲主又何曾有一日放过我?'黄泉',那是什么地方,姐姐是清楚的。我被锁在那里,活得人不如鬼,若非倚仗公子的恩情,我今日是绝不会有与你重逢的机会的。做到这个地步,我也总算不负当年和姐姐们结拜时,'同甘共苦'的誓言。"

涧花心中生出一股莫名的凄哀,她轻声慰道:"这些年苦了你了,我……"

"姐姐当暮雨是什么人?"暮雨毫不客气地打断她,自顾自地收拾着摔碎了的瓷碗碎片,"一个懦弱无能的小丫头?一个公子身边唯唯诺诺的木偶?还是一个,会随时随地替姐姐上刀山下火海的傻瓜?可是姐姐,你别忘了,你我朝夕相处那么多年,你的举止神态,你不经意间的小动作,我都非常熟悉。我再蠢钝,也不会认错你。"

涧花抱紧了胳膊,实实地打了个寒战,楚玄堇忙往她身边靠了靠,握住她冰凉的手指。

暮雨仍背对着涧花,手上一刻不停:"许锦诺,你我第一次见面时,我跪在你面前,说,'姐姐能不能饶了我',可还记得,你是怎么答的?"她顿了顿,深吸口气继续道,"你说,'即便你犯了滔天的过错',可是暮雨这辈子,从未做过半点儿对不起涧花的事。姐姐,从那时起,我就认准你了。"话到此处,暮雨的唇角如同蝴蝶轻振双翅般微微一颤,似笑似嘲,"姐姐,你说,呆笨如暮雨,都可以一眼就认出你,聪明如公子,又当如何?"

她收拾好一地狼藉,可依旧没有转过身来。她语气柔和软糯,眼神却寒光凛凛,看向前方:"姐姐,暮雨不知道你到底想做什么,从来都

135

不知道。但到了今天,连月姑娘和公子都被牵扯进来,我能肯定,这绝不是一件好事。公子可能会为了它遭受巨大的痛苦,而这世上,根本没有一件事值得公子付出这么多。"

涧花张了张嘴,咽喉处好像被冰刀磨削过一般,毫无还口之力。

"那晚我就对你说过,那是我帮你的最后一次!"暮雨轻轻捏了捏拳头,"姐姐,我最后再喊你一声'姐姐',当年我替了你,虽然也觉得委屈,但想到你夜不能寐的苦楚,我替了也就罢了。那时候我是真的心疼你,可你几时真正把我当作姐妹过?我又几时真的欠过你?若说亏欠,难道不是你亏欠我吗?就因为日子久了,在别人口中,我是那个栽赃嫁祸给你的人,你就也这样心安理得地欺骗自己了吗?"

涧花抖着唇说不出话,暮雨又道:"我警告你,如果你做的事真的伤害到了公子,我拼了这条命不要,也定教你其人其事皆不得善终!"

她手上的残羹碎瓷还闪着晶莹的光,像是谁的泪。她终于转身,走到门口,向着强装镇定的涧花笑了笑:"别怕。其实你都知道的,方才,我那几声'姐姐',并不是在喊你。"

暮雨说着,背过手,朝着身后作别式地挥了挥,不消片刻便已没了踪影。

她身后那个方向,坐着的是唐似漪。

"我受够了!"涧花愣了一瞬,蓦地爆发出一声尖锐的吼叫,"唐似漪!你听不到暮雨说的话吗?你看不到她这些年所受的苦吗?连我都受不了了,你是怎么做到无动于衷的?天底下怎么会有你这样的怪物?暮雨帮过你,我救过你的命,你却恩将仇报,让我们这样不得安宁!你该死!你该死!"

楚玄堇死死地按住涧花的双肩,以免她激愤之下冲出去,涧花早已失去了理智,只一味地扑打着他想要挣开,口中的咒骂却越来越轻,她

第四章 何处可藏心

颤抖着手指向唐似漪，泪水滚在眼眶里："你一次次地逼我做昧良心的事，不停的，不停的！最开始，你说想借我现在的身份，让你回到岳泠澜身边，只要我做到了，你就放过我！后来，你又要我替你拿什么《破阵图》！你每次都说是最后一次，可我什么都做了，你还是不肯把我的东西还给我！你怂恿我去害离雎，你要她做字石的第一个主人，结果呢？连岳泠澜都被扯进来了，这是你想要的吗？你现在还得意吗？"

唐似漪倚在窗前漠然地斜睨着涧花，新升的清月如霜，她原本就姣好的面容被映衬得越发洁净无瑕："楚玄堇，你的小七现在大抵是听不进我说的话了。烦请你替我问问她，还要不要拿回她的东西了？如果要，就乖乖回屋待着，我说什么，你们做什么。"

楚玄堇轻声安慰着涧花，等她稍稍平静下来，才抬眼冷冷回道："小七现在受制于你，而我从来便受制于她。生生死死，我们终归在一处。可你呢？即便日后如愿以偿地登上高位，身侧也什么都没有，真可怜。"

唐似漪扶着额轻嗤一声，余光里，楚玄堇已揽着涧花离开。阵阵冷风从门口涌进，她倒也不怕凉，依旧懒懒地倚着窗，任由月光抚过她的清灵眉眼，为她镀上一层白霜。

刚才，涧花问她还得意吗？笑话，她怎么会得意？她本只想让离雎陷进去，她怎么会希望岳泠澜有任何危险？

如果她早就知道岳泠澜的血也会和离雎的血相融，如果她早那么一点儿时间知道……她突然心头一凛，即便她真的一早就知道后果，她就会真的放弃自己的计划吗？

自离雎回来的那一天起，她内心涌动着的这股强劲的愿望就时时刻刻地压迫着她身体的每一处经络，而就在昨天，当她看见离雎和岳泠澜那样亲密的时候，她再也忍不了了。这并不是一时冲动，早在很久很久之前，在她总是或近或远地观望着他们的相处时，这种念头就已经扎下了根。

她一直都不敢承认，原来无论经过多久，无论她的身份相貌如何变化，这颗毒芽都没有一时一刻停止过生长。

萧渺和暮雨以为她想要的是安宁，是自由，楚玄堇和许锦诺以为她想要高位和荣华，可其实连她自己都不知道，她想要的到底是什么。

小时候，她极怕冷，即便是在大夏天，也经不起用冷水洗脸。打水的时候，指尖触到井水，别人觉得清冽，只有她会冷得打哆嗦。姐妹们都笑话她，却也没有什么办法，一来这冷暖旁人替代不了，二来她不过是个奴婢，即便跟的是世上顶好的主子，奴婢依旧只是奴婢。

她是从什么时候起，开始记不清自己的身份了呢？

是不是因为她的主子，待她实在太好？她的主子，呵，世上怎么会有那么好看的人呢？他蘸了茶水覆于唇上的指，他绞断敌剑时微微扬起的眉，他掷笔贯穿刺客脖颈时满是戏谑的眼，他在万花缭乱时翩然而落的影……

涧花以为在岳冷澜的众多奴仆当中，她是不同的，是最特殊的那一个。所以他才会答应她提的各种要求，才会在她和姐妹们发生争执时出言相帮，才会在明知她只是故意争抢的情况下，还把她要的东西留给她。

她怎么会忘记，他在那个微凉的雨夜，提着一个罐子招呼她过来？她的手牢牢地拢住了那个温热的罐子，他的眸中化着春水，他说："记得你爱吃这云凉城的暖蟹，现在，还冷吗？"

他待她的好，她点点滴滴都记得，唯独忘了，她得到这些的源头是什么。她强迫自己忘记，那个最先对她伸出援手扬起笑脸的，那个把她带到他面前的容色倾城的女孩子。

那个女孩子，暮暮朝朝、岁岁年年地被他捧在手心，揽在怀里，而这些地方，她从来想都不敢想。

后来,发生了一些事,她被命运强迫着,在刺骨的寒意中艰难跋涉,渐渐地,她不怕冷了,终于,什么都不怕了。

那些年,她得寸进尺,他宽容相待,他唤她什么呢?好笨啊,怎么连自己的名字,都忘记了?

唐似漪突兀地笑了起来,她的身子微微抖着,像一朵破碎了的菱花。

这一晚,无眠的人除了唐似漪,还有阿筝。

她翻来覆去地睡不着,半夜的时候甚至跑了出来,趴在后院的竹篱上发呆。

只要一想到前半夜岳泠澜和离睢的神情,她就气得想跳墙。

当时,她诚心诚意地跑去找他们,是想和他们好好商量一下,该怎么解决与字石结契这件事。就算需要他们集齐的六个字现在还难以预料,但至少,他们应该马上设法找到剩下的那两个合适的结契者,掌握主动权,可不能让不思珉落入别人手里。

可岳泠澜是什么态度啊?她巴巴地叫了他无数声"月生君",他全当没听见,死活不开门,后来她气急败坏地喊他大名,他才放她进去,并且表示,以后不许她再喊他"月生君",否则他就是一样的反应,绝不会搭理她。

不仅如此,他还直截了当地告诉她,他不再和她合作,等他做完手头的事,就会带着离睢和不思珉回慕颜洲去。

阿筝气得大骂他过河拆桥,根本就不把她当朋友。离睢一边吃着岳泠澜剥好的核桃,一边替他解释。

说是解释,倒像是在补刀。

离睢说,岳泠澜本就只应允了阿筝,等他把不思珉带回慕颜洲之后,不再出手阻拦她争抢,现在不过是履行"先把不思珉带回慕颜洲"这个前提条件而已,根本算不上过河拆桥。再说了,阿筝的手段,他们是见识过的,因此无法接受以同样或者类似的方式去寻

找其余的结契者。

阿筝暴跳如雷,非要离睢说清楚这话是什么意思,不说清楚就跟她没完。

离睢于是"哦"了一声,伸手向岳泠澜又讨了一把核桃:"秦家庄的那些人,是你杀的,对吧?"

阿筝笑得轻蔑:"是又怎样?你们不也杀过他们庄里的人?在这儿装什么圣人?"

"伤害过我们的人,当然不能放过,但其他人多半并不知情,怎就犯了死罪?退一万步说,哪怕真的需要报复,也只有我们才有资格动手,他们何曾伤害过你,你为什么要赶尽杀绝?"离睢觉得有必要正面指出阿筝的问题,也不嚼核桃了,"阿筝,你的行事作风太过毒辣,和我们不是一路人,但你没道理说小山不把你当朋友。"

离睢没有再说下去,阿筝已经懂了。岳泠澜虽不满意她的处事手段,但并没有对她出言指责,如果不是因为她现在穷追不舍地逼问,想来他和离睢也不会直接戳破她做过的事。这样看来,他好像已经很给她面子了。

可是,如果换成是离睢做的,他还会是这个样子吗?他一定会生气,说不定还会激动,绝不会像现在这样,全当无事发生。

归根结底,是因为他并不在乎她,所以无论她做了什么,只要没有伤害到离睢,他都觉得无所谓。

与其说是放任,不如说是融进骨子里的淡漠。

阿筝是真的不知道该怎么办了。她努力了这么久,帮他、撩他,试图走近他、感动他,可他始终是这副冷冰冰的样子,刀枪不入,软硬不吃。在追逐他的这条路上,她以为她已经走得很远,却不得不承认他始终在天边,她根本就触不到他。

她一生光鲜夺目,一遇上他,却只有丧气和挫败。

一想到这里,她心里就酸酸的。

第四章 何处可藏心

总是这样，一直都是这样，就像现在，她趴在竹篱上已经那么久了，可他根本就不会知道，即便知道了，也不会在意。

天光微露，阿筝稍稍有了点儿睡意，打了个哈欠的间隙，天上飘下三个人来。

长离三劫。

血琉璃递上一纸信笺："宫里的急信，您快看看吧。"

阿筝瞬间清醒，她撕开信封，扫了眼信上熟悉的字迹，脸色突变："怎么会这样？那是我从束孤千里迢迢寻来的碧落木棺，可保尸身万年不腐，我走的时候师父在里面还好好的，现在为什么会衰老？你们是怎么照顾他的？"

鹤顶仙辩解道："您这就冤枉属下了，属下怎敢不依命行事？可碧落木再好，到底也只是个凡物，这么多年都没出岔子，已经是奇迹……"

见阿筝就要爆发，血琉璃忙瞪了鹤顶仙一眼，安慰阿筝道："您不必太过忧心，事情还没那么糟糕，现在只是出现了一些皱纹罢了。不过，恕属下多嘴，以现在的情况，您得快些拿到不思珉，不能再耽搁了。"

阿筝按住眉心："她呢？她怎么样了？"

"您放心，一切都好。"舞草答道。

"她这回一定吓坏了……"阿筝叹了口气，重新盯住那封信，低声道，"我是想尽快办完事，但现在事情更复杂了，我自己都成了字石的结契者，还不知该如何应付。剩下两个可以参与结契的人，又不知该怎么找。岳泠澜已经明确表示不会和我合作了，接下来的路恐怕难走了……"

血琉璃沉吟片刻，和鹤顶仙她们交换了一下眼神，三个人对阿筝如此如此这般这般地耳语了一番。

许久，阿筝点了点头："那就这样办吧。"

三个人应声,正要离开,又被阿筝唤住。

"下手注意些分寸,我暂时不想杀人。"她缓缓道。

三个人都是一惊,显然是对阿筝说出这种话感到无比诧异,但他们都是聪明人,谁也不敢多问一句。

长离三劫的身影已经走远,阿筝摩挲着信上的字迹,神情是难得的温柔和怜惜。

那信上,除了说明她师父的状况之外,只有十个字:姐姐,快回来吧,我想你了。

视线里又出现了一个人。阿筝自顾自地把信纸收好,冷眼看着唐似漪。

"我睡不着,出来透透气,不巧撞见你们,不过我什么都没有听见,你尽管放心。"唐似漪解释道。

阿筝觉得好笑:"就凭你,能近我十步之内不被发现?就算让你听,你能听到什么?"

唐似漪被刺得很不服气:"阿筝姑娘,你为何对我成见如此之深,总要事事针对?我们一样都是为宫主办事的,难道你就比我高贵些?"

"你是不是对自己有什么误解?"阿筝笑出了声,"不过一颗棋子,还总是阳奉阴违,做事拖泥带水,说好的要帮着抢不思珉,结果成天除了打小算盘,半点儿正事儿不干,你有什么价值?"

唐似漪盯着阿筝,也慢慢笑了:"你不也是一样?你又做成了什么事?若我是宫主,看见自己的属下一天天地不完成任务,只知道抢男人,一定会好好教教她做人。"

阿筝微微点头,走到唐似漪面前,猛地给了她一记耳光:"你算什么东西,也配这样跟我说话?如果你不是北堂家的人,宫主会安排你出现在岳泠澜身边?你对宫主信誓旦旦地说要报仇,到现在毫无动静不说,还净出蠢招,害我也被套进字石的局里!我今天不杀你,已经是给你脸了！"

　　唐似漪惊愕地捂住脸："只有宫主知道我的身份，你是怎么知道的？难道她竟会把这些事都告诉你？"

　　"宫主知道的，我都知道。"阿筝似笑非笑，在她耳边轻轻吹了口气，语声极尽魅惑，"所以你还觉得，我跟你一样吗？"

第五章 暮时潇潇雨

　　在被阿筝掌掴之后，唐似漪心里到底作何感想，除了她自己，谁也无法猜度。在接下来的几天里，她把自己关在客房内，很少露面，安静得就像她根本不存在一样。

　　没有人关心她存不存在。其实在这个别苑里，她本就处在一个可有可无的尴尬位置，表面上，她只和涧花是旧相识，但涧花自那晚过后，就不再与她说话。这一切，她都能预料到，唯独没有想到，岳泠澜竟然没有对她采取任何动作。

　　他明明已经猜出，是她指使涧花去做手脚、暗害离睢的，他却无动于衷？他为什么放过她？难道……是因为他对她心存怜惜？

　　唐似漪的内心世界，岳泠澜当然是没什么兴趣去了解的，对他一厢情愿的人多了去了，不差这一个，他早就见怪不怪。

　　况且，他还欠着离睢一场戏呢。

　　又是一个有着朗月疏星的夜晚，与往常似乎没有什么不同。所有人都不会知道，他们即将失去什么，包括岳泠澜。

　　可在之后的时光缝隙里，在他偶尔回忆起这一晚的时候，他依然会沉默着陷入并不深切但细碎绵长的后悔里。

　　因为所有珍贵的失去，都是有征兆的。而他对此早就有所预见，却没有挽留。

　　这一晚，他带着离睢出门的时候是这样说的："算算时间也差不多了，带上你爱吃的，我们看戏去。"

　　如果不是因为之前就猜到岳泠澜是要把唐家炸了，就凭他现在这种

漫不经心的态度,离睢大概真的会以为,他们是要去逛个夜市再看台好戏吧。

她抱了两包山楂糕,岳泠澜抱了她,正要坐到霜吟身上去,她把头埋在纸包里,嘟囔道:"你之前给我讲故事的时候,怎么都不告诉我暮雨的厨艺这么好?戏都还没看呢,我自己那份就已经吃完了,你那份给我吃点儿行不?"

他拧着眉给她擦嘴:"我去找暮雨,要不要一块儿去?"

离睢两眼发光:"去再要一包?"

"不是,突然想到了一点儿事,要交代她一下。"

"那算了,"离睢摆摆手,"你们主仆之间的事,我就不掺和了,你自己去吧,我在这儿等你。"

是真这么懂事还是想留在这里吃独食?岳泠澜看破不说破,只勾起笑意淡淡。

暮雨显然没有料到岳泠澜会在夜里时分孤身前来,她顿时手忙脚乱起来,端茶递点心地转个不停,岳泠澜只得默默地看着她忙东忙西,等她好不容易停了下来,才淡淡开口道:"忙完了没?忙完了就坐,这是你的屋子。这样一刻不停地晃来晃去,倒像芷汀似的。"

"是。"暮雨搓了搓手坐下,理了理自以为乱的鬓发,眉眼一如既往地温顺。

"暮雨,你什么时候才肯跟我说实话?"

"公子……这话从何说起?"暮雨揪着裙角,偏头看向岳泠澜。

"从六年前那件羽衫说起,从你背了六年的黑锅说起。"岳泠澜少见地柔和了声音,"暮雨,这些年,你是不是有很多话想和我说?"

暮雨的鼻翼微微颤抖着,她突然捂住脸,从指缝里慢慢溢出了哽咽声。

岳泠澜起身走到她身边,拍了拍她的背:"当年小玉钩出了事,我

一心扑在她身上,没分半点儿心思细想你的事。我真不算是个好主人。"

暮雨连连摇头:"公子,没有人会比您更好,如果不是您让洲主收留我,我早就和母亲一起死在当年的那场饥荒里了。暮雨这辈子能伺候您,已经是上天的厚待,是我能想见的最大的幸福。"

岳泠澜递过一杯茶,更耐心地引导她:"那就把你想说的一切,都说出来。"

暮雨已难以自抑,她有些哆嗦地接过他递过来的茶抿了抿,又长长地呼出口气来:"我不能说,如果我说出来,您一定会比现在更加失望,您就当那件事是我做的吧……"

"我要你说出来。"就像早春新发的梅花,虽然刻意地想要让气氛暖和一些,可还是挟着抹不去的残冬冷意。果然,这才是暮雨习惯的岳泠澜的声音。

他神色平静,桌上剩下的茶水却无端波动得十分厉害。暮雨盯着那杯茶,轻轻笑了起来:"公子,您是在为我生气吗?从前,月姑娘任性不肯吃药的时候,您手里的药就会动成这个样子。没想到,暮雨今日也有这样的福气。"

岳泠澜一时心内五味杂陈,眼见实在无法继续与暮雨僵持,索性直接问道:"你觉得,你们四个当中,我待谁格外亲厚?"

暮雨愣了愣,低下头:"涧花,她向您提的要求,您一般都会应允。"

岳泠澜微嗤:"那你可知这是为何?"

"……她的性子,很有几分像月姑娘。"暮雨摊开双手,怔怔地看着手上的茧子,"她不像我,从里到外,都是奴婢。"

"原来你竟是这样想的?"岳泠澜不禁又好气又好笑,"你觉得我允她的要求多,便是待她好?难道同样的要求,你提了,我便不会应允你吗?"

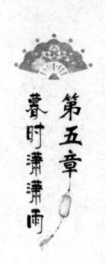

暮雨猛地抬起头,有些失神地仰望着岳泠澜。

"你们四个和我名为主仆,但这些年和我相处的时间远超寻常同门。我视你们为亲人,在我心里,你们的分量是一样的。"

暮雨险些要喊出声来,他说他把她当作亲人!这是她一直敬若神明的人,她从来都不敢心存妄想,可现在,他却这样坦荡地告诉她,她在他心里有分量?

"我待涧花似乎好些,只因她要得多,我自然就给得多。至于小玉钩……她的东西,哪样不是我亲自挑了最好的巴巴地送过去,还生怕她不喜欢?我竟不知,涧花和她哪里相像?暮雨,你总把事情藏在心里,你不说,我怎么知道你要什么,又怎么能给你?"

原来是这样的吗?原来在他心里,不是重视涧花多过她的吗?

"所以,你不要觉得,我会失望,"岳泠澜继续道,"我只想知道真相。"

"公子,我总以为,比起我的错误,您更在意涧花的背叛,所以我一直都不敢告诉您……"暮雨垂着头,低低地哭了起来,"那时,因为月姑娘的事,您已经心力交瘁了,我怕您知道是涧花做错了事,会更加受不了……所以我就想,就让您以为是我做的吧,这样您心里会好受些……"

岳泠澜轻叹一声,俯下身来,拍了拍暮雨的头:"为了让你能吃药,我再不愿回慕颜洲,也会定期来看你,这你也是知道的,所以你说,你就比涧花让他省心了吗?"

听岳泠澜这样说,暮雨越发想哭,原来一直都是她自以为是地揣测他的想法,把自己的主观臆断强加到他身上。他说得没错,她以为自己很伟大,处处为他着想,可实际上,她又几时让他省心过?

她抽噎着,把憋在心里许多年的委屈一股脑儿地宣泄了出来:"我没有碰过洲主的羽衫,那不是我做的!洲主的羽衫一直都由冰姐姐打理,那天涧花来求我,让我拖住冰姐姐,她可以趁机偷走那件洲主最爱的羽

衫,我吓坏了,问她想做什么,她说她想出洲,如果她装作不小心弄脏了那件羽衫,洲主一定会赶她出去的……公子,她那时真的很可怜,整宿整宿地睡不着觉,白天强撑着,晚上不停地流眼泪,还会咯血……我不知道那是种什么病,让她连你都不能告诉,我只知道,如果她再这样下去,一定会被活活折磨死的。所以,我帮了她……"

"你以为你在帮她,她却是在给你下套。你行动如此反常,冰沁怀疑的对象自然就是你,事后拂衣来询问,矛头也必定指向你。"岳泠澜说着,眼前不由得浮现出涧花那张娇艳的脸,他见惯了她眼里的贪欲,也能容忍她无伤大雅的放肆,可他无法原谅她险恶的用心,无法再把一个如此自私的人当成亲人。

他于亲情一脉上,得到的向来凉薄,因此他更珍视这些无关血缘的感情,更能体谅她们种种的苦衷和不得已。可涧花,她真的不配。她利用自己的姐妹,利用完了还狠心嫁祸,她在暮雨房中藏剪子的时候,可曾想过,就在前一刻,这个被她当作替罪羊的傻姑娘,还在为她苦苦周旋?

他重新看向暮雨:"暮雨,你记住,你很重要,别再为任何人委屈自己。"

暮雨破涕为笑,她很少笑得这样没有拘束。见她笑了,岳泠澜也觉得心里轻松了许多,他本要走了,又像是想到了些什么,忽然不自在起来。

暮雨疑惑道:"公子,您还有事吩咐?"

岳泠澜扶额:"呃……还要一包山楂糕。"

暮雨呆了一下,随即笑得更灿烂了,她捏了根红绳穿起几包山楂糕,递给岳泠澜:"这几包每包装的山楂糕很少,合起来都没之前给月姑娘的一包多,您可以放心地给她吃,既能让她感觉上容易满足,也不用怕她真的吃多对身体不好。"

她总是这样周到,怪不得幼时离雎会说,在他的四个侍女当中,最

第五章 暮时潇潇雨

让人从心底信任喜欢的就是暮雨。

岳泠澜接过山楂糕,往外走了几步,不知怎的,心底涌上了一股奇异的紧迫感,像是山雨欲来前的满楼风动。

他突然觉得,必须要再对暮雨说些什么,否则,就会发生什么连他都难以控制的事似的。想到此处,他没有迟疑,折了回来,温声对暮雨道:"晚上不要再出去了。今后遇事,多为自己考虑。这是命令。"

他其实还想叮嘱她更多,想告诉她不必为已经发生的事过于执着,无论是涧花还是血契,他都能处理好,她应该相信他的能力,别再自作主张。可他终究还是没有说,毕竟来日方长,今天交代的话已经够多了。

暮雨没有想到他还会回来,一时语塞,直到岳泠澜的身影已经消失不见,还是没来得及答应一声。

她多么想答应一声。

窗户没有关,伴随着霜吟的一声长鸣,她看见夜空中掠过一道白光。岳泠澜他们是要去做什么呢,连霜吟都出动了,这件事一定很着急吧?

岳泠澜斟的那杯茶早已凉了。她舍不得倒掉,就这样捧着茶安安静静地坐着,毫无睡意。

暮雨并不知道,与此同时,和她一齐看见那道白光的,还有唐似漪。

她靠着窗台,正觉得霜吟远去的方向有些奇怪,半敞的大门忽然诡异地合上了。屋子里的烛火熄了一瞬,一个女声幽幽响起:"是时候了。"

是在那个寒气甚重的晚上,岳泠澜曾听到过的陌生声音。当时,暮雨说谎阻拦他一探究竟,而如今,唐似漪再次听到这道声音,大脑还没有开始运转,额上已经一阵阵地冒起了冷汗。

她倒吸了口气,像是刚刚蹚过了一条冰河般,对着眼前这个新出现

的女子盈盈下拜:"见过宫主。"

她见过冷折鸢许多次了,但每一次她都觉得,冷折鸢浑身上下充满了令她战栗的陌生感。她无比惊骇地发现,她根本就记不住冷折鸢的模样。

诚然,冷折鸢长得极美,一举一动都媚态横生,可她面无血色的一张脸,全无妙龄少女应有的生气。唐似漪每次见到她,都觉得美则美矣,却叫人过目即忘,真不知那些诸如"冷折鸢令无数江湖豪杰神魂颠倒"之类的传言是怎么传出来的。

至少在她看来,冷折鸢的美丽并不鲜活,缺乏足够的说服力。

但冷折鸢的能力的确强大到可怕的地步。唐似漪至今都没有想通,为什么她每次出现,都会精准无比地挑中岳冷澜不在的时间。即便她和阿筝都是内线,但长离宫远在天边,消息传达极为不便,冷折鸢又是怎么做到随时出现的呢?

当然,在想这些事的时候,唐似漪谦恭地低着头,任冷折鸢眼光再毒,也挑不出她的错来。

"宫主,是似漪办事不力,虽然知道了打开字石的办法,可到底无法将不思珉取出,还请宫主再宽限些时日。"

冷折鸢懒懒地"嗯"了一声,笑道:"我怎么听说你还做了些别的事呢?"

唐似漪额上越发冷了:"宫主是听阿筝说的吗?似漪原本只想让岳公子他们受制于血契,以便宫主行事,谁知会误伤阿筝姑娘……阿筝姑娘因为宫主信任似漪的缘故,本就对似漪不满,如今在宫主面前恶意中伤,也是情理之中的事,似漪不会怪她的。"

冷折鸢的眼里闪过一丝玩味,笑意越来越浓:"提她做什么?我要你交代的并不是这件事。"

唐似漪先是一喜,又是一惊,依冷折鸢的语气,她似乎对阿筝很是不满,连提都不愿提及,也并不在意阿筝有没有被牵连其中,看来阿筝

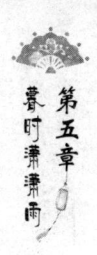

第五章 暮时潇潇雨

之前所说的不过都是虚张声势罢了。可如果冷折鸢指的不是这件事，那……

"你和那个涧花，到底是怎么回事？我派你过来是来办事的，不是叫你生事的，慕颜洲的陈年旧账，与你何干呢？"

唐似漪喉头一涩，艰难开口："似漪……原本也是慕颜洲的人。"

冷折鸢一愣，略想了想，转而大笑道："唐似漪？涧花？许锦诺？原来如此，怪不得你一直都喊岳泠澜'公子'，看他的眼神也非比寻常，还有你和涧花……不对，应该是你和暮雨的相处又是那么别扭。哈哈哈哈，好笑，真是好笑。"

见她笑容天真，唐似漪身上更冷了。冷折鸢并未和他们一行人相处过，她怎么会知道自己是怎么对待岳泠澜的？难道又是阿筝告诉她的？

"宫主，"她低声道，"现在暮雨大抵已经猜出了我的身份，那公子他……"

"知道又如何？岳泠澜要是想办你，你还能站在这儿和我说话？暮雨如果碍事，你不清楚该怎么办吗？"

冷折鸢的声音令人一闻即醉，可唐似漪只觉得如坐针毡。她这话是什么意思？是暗示，也是警告吗……

唐似漪的唇被咬得发白，冷折鸢的态度十分明确，一旦事情有变，暮雨必定是留不得的。冷折鸢要她解决暮雨，可是，她怎么下得了手？她的心毕竟不是铁石做的，她已经欠了暮雨太多，这辈子还不清，倘若她连最后一点儿良知都抛却了……

唐似漪正心中打架，冷折鸢"哼"了一声："已经走了这么远，还能回头吗？"

她逼近唐似漪，却是柔柔一笑："回去有什么好？回去你能得到什么呢？乖乖听我的话，你想要的，我都能给你，也只有我能给你。"

"宫主，您的意思是……"

153

"关于你身上的'绝梦蛊',你不是一直都想要那剩下的一半解药吗?我刚才已经说了,是时候了。"

"宫主肯赐给似漪解药?"唐似漪抬起头,震惊地看着冷折鸢。

"虽然现下不思珉还不曾得手,但至少我们已经找到了它。按照事先的约定,找到不思珉,就给你另一半解药,那日我也告诉过你,对你,我说话算话。"冷折鸢依然笑得一脸纯真,"你看,我对你多好,阿筝可没这待遇。"

唐似漪难捺喜悦,急急应道:"宫主放心,似漪必定守口如瓶,不会为了逞一时之快让阿筝知道,以免她心生不快,和您生嫌隙。"

冷折鸢瞥她一眼:"你这样沉得住气,我怎会不放心?"

唐似漪觉得她的语气有些怪异,像是压着一团火似的,也不知是因为谁。

门"哗"地打开了,夜风涌入,形似鬼魅的女子飘了出去。

唐似漪想要伸手去探,耳畔回荡起冷折鸢轻而空灵的声音:"带上灯笼,跟我来。"

直到置身数里之外,唐似漪才知道冷折鸢为什么要她带上灯笼。因为她们现在所在的地点,是夜家老宅后山里那个一片漆黑的林子边上。

那林子,即便在白天也暗得骇人,何况晚上。唐似漪攥着灯笼提手,不敢进去,冷折鸢伸手一指:"你求的那一半解药,长离没有现成的。我在往西一里,也就是这林子深处迁了大片的锁灵草,有了它,今夜子时便可为你配出药来。不过我得先提醒你,要配这味药,我、时辰、地点、锁灵草,缺一不可。如果有不相干的人打扰,那么错过了,可就没有了。"

借着灯笼的亮光,唐似漪朝冷折鸢所指的方向看去,远方影影绰绰的,的确像是种了一片花木。她这才完全相信冷折鸢的话,连忙表忠心道:"宫主自去运功施法,似漪就守在这儿,绝不会让此事出半点儿差

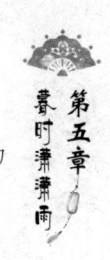

第五章 暮时潇潇雨

池！此番多蒙您厚爱，似漪才有机会摆脱蛊毒，今后自当倍加勤勉，为您效力！"

冷折鸢脸上渐渐聚起一抹笑意，她握了握唐似漪的肩以示鼓励。倘若此时唐似漪抬起头，便可发现冷折鸢眼中含着的那片经久不化的冰。

丛林深处，那一大片锁灵草摇摇曳曳。冷折鸢的脸上早已笑意全无，她往锁灵草走去，耳边回响起刚才唐似漪的承诺。哼，这女人是把她当傻瓜来糊弄吗？她宁可指望岳冷澜变成话痨，也不会去指望唐似漪知恩图报！许锦诺和暮雨就是前车之鉴，若是真为她解了蛊毒，她还不立刻反咬一口？

尽管林中幽暗无比，但在长离宫生活多年的经验使冷折鸢完全可以一心二用，当她停下脚步时，该如何处置唐似漪也已有了决定。

在她的脚边，那些长着猩红花瓣、宛若张开血盆大口的奇异植物，就是锁灵草了。一个影子从草丛里钻出来，朝她拜了拜："宫主，您终于来了！阿血和阿碧见亥时将至，心里着急便先去办事了，由我在这儿等您，以应不测。"

"阿鹤，"冷折鸢斜她一眼，"一会儿我跟你们一块儿，免得你们下手太重闹出人命，荒郊野岭地给我添麻烦。"

鹤顶仙正想应声，可待她微抬了头看清冷折鸢的脸，却失声叫道："宫主，您的脸！"

冷折鸢神色一变，忙伸手往脸上探去。借着微弱的月光，鹤顶仙看见她脸上掀起了薄薄的一角，那是一张人皮面具。

冷折鸢捂着那半张脸不说话，一定是刚才想事情的时候走了神，被树枝之类的划破了脸都恍然未觉。

"您要不要先回避一下？"鹤顶仙小心翼翼地道，"阿碧现下不在，怕是一时半会儿也没法为您补好这张脸……您放心，您都再三吩咐了，我们下手会知道轻重的。"

155

冷折鸢沉吟一会儿,想到以现在的情形,她确实不宜露面,便点头道:"也好,我虽诓了唐似漪为我们看守,但她到底不是自己人,心思又重,保不齐会是个隐患,你们好好办事,我去盯着她。"

瞧瞧,绕了这么个大圈子把唐似漪骗来,结果还是得防范她,冷折鸢表示心好累。

而此时,远在唐家的离睢正吃完最后一块山楂糕,意犹未尽地舔了舔嘴唇。

说起来,这世间的高门大户审美还真是大同小异,唐家和他们住的那个夜家别苑一样,都是临山抱水,占尽了萱城的旖旎风光。不过,这不是重点,重点是,岳泠澜竟然让她负责把唐家那些家丁丫鬟什么的弄出门,用骗的也好,用拐的也罢,他通通甩手不管,只丢给她这几包还不够塞牙缝的山楂糕,真是太过分了!

她当然知道他不想把这些无辜的人都炸成烟花,也打心眼里赞成他的这个决定,但他向来宠她,做什么事都陪着她的,怎么这回就放心让她一个人去了?难道就因为她说了,再不离开他,他就吃定了这一点,不再像从前那样在意她了?

得到了就不珍惜,这是男人的通病!看来只要是男人,绝不能对他太好!岳泠澜也不能免俗!她踢了身边的小石子一脚,气鼓鼓地往唐家后山走去。

半山腰横亘出一方小亭,离睢遥遥望了它一眼,顿时就不生气了。

白衣少年屈膝枕臂半卧亭中,临风对月,闭目而眠,她看得心中微微一荡,不知不觉间已走完重重石级,置身其中了。

岳泠澜适时地醒来,揉了揉眼睛,向离睢伸出手,他的声音依旧冰冰凉凉,却透着恰到好处的慵懒:"我来接你。"

离睢将手递了过去,嘴上却不客气地嗔道:"岳公子可真风雅,此处有山有水有风有月,你在这里睡得这般舒服,还说接我?人不动,鸟也不动,倒真是个好接法!"

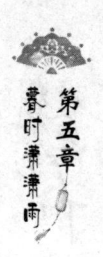

她说到"鸟不动"时，霜吟也听懂了，委屈地缩了缩脑袋，往亭子的另一角退去，离睢觉得好笑，正想拽它过来摸一把，手却被岳泠澜拉得紧紧的。他一面为她呵气取暖，一面小声辩驳，满脸的无辜："心不附体，这副皮囊自然无法动弹。我胸中无心，若你回来得晚些，只怕我就不中用了。"

离睢见他把花言巧语说得既认真又诚恳，顿时生出一股想揍他个痛快的冲动，可一遇上他温柔干净的眉眼，又着实狠不下心来暴殄天物，只得不痛不痒地顶道："谁喜欢听你说这些昏话！说的做的，没一处正经！"

"好啊，"这话正中岳泠澜下怀，他轻轻摩挲着她的发，俯下身贴着她的耳朵，顺着她的话道，"既然小玉钩不喜欢这个接法，那我以后用来接别人便是。还有那些昏话，你既不爱听，我便也说给别人听好了。"

"你敢！"离睢脱口而出，狠狠地推了岳泠澜一把。

岳泠澜就势向前一倾，将离睢拥入怀中，彻彻底底地笑开，轻声道："不敢。"

六年来，他第一次笑得如此轻松无忌，好像冰天雪地里乍然盛开的白梅，那样清丽，又那样不真实——他拥着她，用最合适的姿势和最合适的力度——从小到大，他早已习惯让她事事舒服。

月下，他们静静相拥着，不知是不是两人同着白衣的缘故，无论从哪个角度看去，两个人都是天衣无缝般契合般配。

离睢蹭了蹭岳泠澜温热的胸膛，莫名地觉得十分安心，以至于久久不愿动弹，好半天才低声道："小山？"

"嗯？"

"我们好像是有正事儿要办的……"

他沉默了一会儿，忽地笑了："是忘了件正事儿。"

说着，他便迎着她带了些懵懂的眼神吻了上去。

离雎瞬间僵住了:"这……"

"这叫'色令智昏'。"他低声教她,呼吸炽热。

在他即将吻她第二次的时候,离雎搂住他的脖子,主动又笨拙地吻了他一下,他立时被点燃,更为急促地回应,想好好教教她什么才是"吻"。

她却指了天上的月亮,傻傻地道:"你说,咱们现在这样,它看得见吗?"

他眸中的紫色轻轻一跳,不再吻她,转而将她轻柔又不容抗拒地按在胸前。她有些错愕地看着岳泠澜,发现她正贴着他的心口,那样温暖又干净的地方。

他几乎整个人都伏在她身上,那样近,又是那样静。她甚至能感受到他呵出的气息,似桂如兰,不经意间融入四肢百骸——他终于泠泠开口,带着点儿小小的得意:"突然觉得,就这样让它看见,实在是太便宜它了。"

见他这样孩子气,离雎也不由得笑了:"你刚才说,那是'色令智昏',那现在呢,这又叫什么?"

他修长的指拂过她的脸颊,袖口纯白的垂穗飘了下来,挠得她心痒:"这叫'乐而有节'。"

……真是亏他想得出。

她别过脸去,尽量不让他的美貌干扰她的正常思路:"说好的看戏呢?"

他不说话,手指移到她的唇上,停住了。

她正不知他又要做什么出其不意的举动,只见他极轻极快地蘸了她唇上的一点胭脂,往夜空中虚虚一抹。

就在他的指落下的同一瞬间,夜空中,绽开了大片的烟花。轰隆声里,唐家摧枯拉朽般坍塌成残砖断瓦,满天烟尘掩映下,夜色里那些璀璨盛开的烟花显得更为夺目了,那似乎是建立在某种无可挽回的失去之

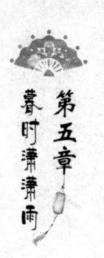

第五章 暮时潇潇雨

上的一种令人心颤的美。

那些烟花,无一例外,都是紫色的牡丹状,那是大极的国花。生逢乱世,他却执意送给她一场盛世烟花吗?

这一刻,她听不见唐家那些残余兵力的嘶声哀号,也听不见兵器库四分五裂时震天的钝响,她的耳朵里,只进得了岳泠澜一个人的声音:"小玉钩,今天看的戏,是烟花。"

不是血污,不是生死,不是某些岳泠澜曾经想要留下却只能无奈放弃的东西,只是由她唇上的胭脂化成的一场烟花罢了。

她突然有些想哭,她看向岳泠澜,看见他的眼里,有了一点儿亮亮的东西,不知是水,还是冰。她并不知道整件事的前因后果,毕竟她依然没有想起他们的过去,可单单这一眼,她已经能感受到他心底的那一抹哀凉。

她想,如果那日唐似漪没有故意使计,拖她下水,或许岳泠澜并不会把事情做得这么绝。她不知道他和唐似漪之间到底有过什么样的渊源,可她知道,岳泠澜今日的举动,无疑是亲手斩断了他和唐似漪所有的关联。

她轻轻握住他冰凉的手,他转过头看她:"还有什么想知道的吗?"

她勉强笑笑:"为什么你人在这儿,唐府也能炸呀?难道那些火药都是慢炮,还可以定时的?"

他微怔,本以为她会问他关于唐似漪的事,他也已经打算全部告诉她,但她竟这样为他着想,天生爱寻根究底的性子,也能克制住被他吊了这许久的好奇心,硬生生地岔开话题去。

背对着漫天华彩,岳泠澜告诉离睢,她很聪明,那些并不是普通的火药,若论成分和发作机制,的确和慢炮差不多,但它的真实名字,是"清安",那正是百余年前,宁帝为宸游特地打造的一种烟火。

当年,大极吞并邻国大彦不久,政局动荡,兵戈四起,宁帝心性

狠戾,南征北伐,对敌军和战俘从不手软,却独独对女儿的眼泪束手无策。

清安公主年纪虽小,可她为人仁厚有德,曾多次劝说宁帝,还常常因为战事和流民食不下咽啼哭不止,宁帝没有办法,又不能真的因为公主的天真就不再打仗,便广寻术士,制了这种烟火,命名为"清安",赠予他的小公主。

从外表看,它只是烟火罢了,可实际上,它是一种威力巨大的慢炮,此后,当宁帝处置敌军时,远在月生殿的宸游便能见到瑰丽的烟火,她惊叹于烟火的美丽,又怎会知晓如此震撼的美丽背后,是如山的白骨呢?

宁帝爱宸游,可他并不会为了爱自己的女儿就放弃一统天下的夙愿,他可以为宸游费尽心机编织一个华丽的谎言,却不肯为她少杀哪怕一个他认为该死的人。

岳泠澜和他自是不同的。他爱离雎,一样竭尽全力,为她把残忍和冷酷挡在身后,可他从未想过剥夺她知道真相的权利,他相信,他的小玉钩足够强大。

这个故事,离雎听得很入神,听完后也安静地待在一边陪着岳泠澜,对唐似漪的事依旧是只字不提。

岳泠澜突然有些心疼,他凝视着她,捕捉着她眼底的情绪:"想知道唐似漪的事吗?"

她下意识地点点头,眼中掠过一丝兴奋,但很快又想到了什么,忙道:"你想说便说,不想说也没什么,我都没关系的。"

岳泠澜拉过她的手,久久不语。

他在想,就单单为了她刚才那一点点开心的神情,他大概就愿意为她拱手一切了吧。她不必长大,不必成熟,不必懂事,紫宸游在及笄前被迫丢失的天真和快乐,他希望离雎能一生拥有。

刚才,他明面上让她去驱散唐府的无辜者,实际上,他早早地点了

那些"清安"烟火,悄悄跟在她身后。他算准了时间,装作从从容容地等着她,其实,自从她回到他身边,他的心何曾放下过?

"泠哥哥?"她见他长时间没反应,不免有点儿担心。

他回过神,和她十指相扣:"乖,我们去找许锦诺。"

只要找到许锦诺,唐似漪的事也就一清二楚了。

此时,恰好是亥初二刻。

暮雨依旧双手捧着岳泠澜递给她的那杯茶,又看看她给岳泠澜倒的那一杯,目光在两杯茶之间游来游去,夜色越深,她反倒越发清醒。

她从小耳聪目明,所以常常看见不该看到的,听见不该听到的。当年面对夜不能寐的涧花是这样,现在,也是这样。即便她的思绪正神游天外,窗外一掠而过的细密声响还是毫不费力地将她拉了回来。

她拉开一丝窗缝往外望去,只一眼,她心里便"咯噔"一下。

夜明生和云岁成显然已经被敲晕了,而拽着他俩飞檐走壁的,是一男一女。

血琉璃和沉碧舞草,长离三劫之二。

她是见过他们的。多年前,躲在公子身后见到的。

他们就要走远了,再迟疑,就跟不上了。

公子的行迹,从来不是她能揣测到的。她来不及告诉他,甚至来不及跑出去告诉别苑里的其他人。

来不及了。

暮雨重新低下头,仔细地看了看杯中的自己,有些苍白,但依然可人。她无声地笑了笑:原来,我也长得很好看啊。忽然……有些舍不得自己了。

人都是这样的吧,哪怕提前设想过千百次的失去,也自以为自己完全能够承受,可在濒临绝境的时候,还是一样贪生怕死。

公子,暮雨怕疼,怕死,怕不能再待在您身边……终于,以后可以

不用再怕了。暮雨毕生所求只有一件：愿您一生顺遂，等您和月姑娘有情人终成眷属的时候，一定不要……记得我。

对不起，暮雨又不听话了。

但暮雨保证，这是最后一次。

她轻轻地放下杯子，把岳泠澜碰过的那盏茶拿起，慢慢地，碰了碰自己的嘴唇。

接着，她推开门，紧紧地跟在血琉璃和舞草身后，没有回头。

她虽然不懂武功术法，但岳泠澜曾教过她专门的跟踪术，因此她的脚步轻盈至极，别说被跟踪的人，哪怕是别苑中的人也没有一个察觉到声音的。

第一个打破别苑寂静的，是棠。

汐回被她急促的敲门声惊醒，鞋子都来不及穿地跑去开门，见棠还穿着睡衣，像是受了极大的惊吓。

她话还没问出口，棠便拽了她的手，上气不接下气地道："汐姑娘，阿珠怕是出事了！"

汐回这才知道，棠跑遍了整个别苑，却发现除了她们两个之外，别苑空无一人。岳泠澜和离睢不在，这倒不奇怪，反正他俩要是想出去玩，那都是说走就走不分昼夜的。可暮雨和涧花她们也不在就蹊跷了。

更令棠担心不已的是，夜明生屋里一片凌乱，显然是被人闯入过。她第一反应便是去找云岁成，可云岁成也不见踪影，房间里同样很是狼藉。见找不到别人帮忙，棠只得来汐回这里碰碰运气，幸好她在。

汐回安慰了她几句，又想她会不会是想多了，可能大家都只是恰巧不在罢了。

棠见汐回并不很相信她的判断，忙从怀里掏出一片叶子，道："我在他和云大哥的屋里都找到了许多这种叶子，可这种叶子只长在夜家老宅后山的那片黑林子里，怎么会平白无故地出现在这里呢？一定是有人从那里过来，带走了阿珠和云大哥！汐姑娘，你相信我，但凡是和阿珠

有过关联的东西,我都不会记错的!他们一定是出事了,我们得去救他们,不然就晚了啊!"

见她急得都快哭了,汐回看了看那片叶子,总算信了八九,可她依然很是好奇,棠是听见了什么异样的响动,才会发现夜明生和云岁成被劫走的吗?

棠看出她的疑问,小声道:"没有任何征兆,我就是突然醒了,脸上都是汗,心也跳得好快,像要蹦出来似的,鬼使神差地就去找阿珠了……"

棠恐怖的直觉让汐回更有兴趣了,但她也知道现在是非常时刻,便按捺下想要仔细研究棠一番的冲动,跟着棠往那片黑林子赶去。

万一被棠说中了,夜明生和云岁成真的遇到了危险……她必须能多快就多快地赶过去,绝不能让这"万一"发生。

可是,为什么她总觉得,今晚的棠有些奇怪呢?

亥正二刻。

暮雨跟了血琉璃和舞草整整一个时辰,才停了下来,站稳了。

她没有来过这片林子,当日岳泠澜他们来找钥匙,她被留在别苑看家,因此并不知道这林子的诡异。

但看这周围万籁俱寂,伸手不见五指,单凭直觉,她也能猜到这地方必不简单,不然,血琉璃和舞草又何必特地把夜、云二人带到这里来呢?

她踮着脚跑到一棵树后躲好,尽管身处幽暗,但她天生眼力敏锐,隔着重重树障,依然能看清前方稍远处,长了极大一片妖艳的花草。她不认得那花草是什么,但从那片花草中穿过、迎面向血琉璃和舞草走来的人,她是认得的。

长离三劫,聚齐了。

血琉璃的衣摆轻轻一甩,被反剪着双手的夜明生和云岁成瞬间摔了个四脚朝天,夜明生被硬生生摔醒,哭天抢地地嚷了起来:"你们用的

是哪门子点穴手法,老子都屁股开花了穴道才冲开!老子憋了这么久的口水,心肝脾肺肾都不好了!还有,你们既然已经点了我们的穴道,为什么还要多此一举敲晕我们?你们头头是谁?我要去控诉你们!"

鹤顶仙皱了皱眉:"不是只要你们带那个叫夜明生的过来吗?怎么带了两个?"

舞草撇撇嘴:"你倒是说得轻巧,站在这儿发号施令就行了,我们又没见过夜明生,宫主也没交代过他的模样,我们怎么找?那别苑里总共就没几个男人,这俩都住在主房,索性就一齐带过来了呗!"

鹤顶仙见她冷嘲热讽,不禁冷笑道:"有工夫在这里挤对我,不如想想,宫主说了好几次让我们小心下手,你现在还带两个人过来,是想杀一放一还是两个都杀了?"

他们本都放低了声音,但渐渐怒气上来,你一嘴我一语地吵翻了天。在他们几个吵嘴的间隙里,云岁成挣扎着略略仰头,往夜明生的近处挪去,轻声道:"你别怕,少说话,看看他们想做什么。"

"为什么不怕?"夜明生擤了一把鼻涕,哭得更加凄惨了,"冷不防的被人从洗澡水里揪出来,我身子都没擦干呢,就要这样湿答答地去死,岂不是比别的死人更容易长虫子?"

"胡说!"云岁成有些着急地打断夜明生的乌鸦嘴,认真道,"你不会死的,公子会来救我们的。"

"不是我不信公子,"夜明生继续吸着鼻子号道,"只是他现在又不在这儿,就算他知道我们被抓,想着我们还有点儿用处,也是远水救不了近火啊!这几个丑八怪!要是小爷能大难不死……"

"净说些没用的!"云岁成用肩膀撞在夜明生身上,眼见他顿时诧异地止住废话,云岁成眉眼微凛,深凝着他的眼瞳,一字一顿道:"你一定要好好对棠……无论接下来发生什么,都不要害怕。"

夜明生从未见过云岁成如此严肃的模样。他虽然素来端重自持,鲜少有焦躁不安的时候,但对夜明生一向容让,乐得陪着胡闹,做个没出

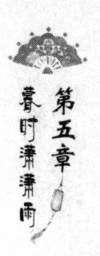

息的玩伴,从不曾像此刻这般,目光沉重而冷,好像他的全部生气,都系在夜明生的一句允诺上似的。

夜明生被云岁成的模样吓住了,他不知道云岁成为什么会突然提到棠,也根本没有闲心去想,因为他听见那三个妖怪又开始阴恻恻地说话了。

血琉璃的声音压得很轻,但不知道是不是因为过度紧张以至于神经敏感的缘故,夜明生竟然听清了他说的话,他说:"别吵了,锁灵草不等人,弄清楚他们谁是夜明生,让锁灵草给他换换血!"

夜明生简直哭不出来了,他一把反抓住云岁成的手。云岁成也显然听见了血琉璃的话,他没有犹豫,紧紧掐住夜明生的小指,突然大声道:"云楂,你胆子也太小了,我们夜家的人连天皇老子都不怕,何况这些牛鬼蛇神!"

夜明生完全傻了,他听着那声再自然不过的"云楂",一时间茫然无措起来,等他意识到云岁成的目的时,血琉璃已经眯着眼对云岁成道:"你不求饶?锁灵草这一口下去,说不定你整条胳膊都会被咬下来,你就这么舍得你的爪子?"

血琉璃说得可怕,云岁成的心却定了定:他们果然不知道谁才是夜明生,真好。他昂着头,直直地盯住血琉璃,毫无惧色:"要是嘴上功夫有用,我就不喊你丑八怪了,你让我喊你们爷爷奶奶大爷大妈都可以,怎么样,大爷大妈,你们半截身子都入土了,那就行行好,放了我们呗?"

"宫主诚不欺我,这小畜生的嘴巴还真是贱!"舞草一巴掌狠狠甩过去,云岁成清秀的面颊上顿时生出了五道斜长的指印。

夜明生打了个激灵,扑上去手忙脚乱地帮云岁成擦去唇边的血迹,他虽一向没心没肺,此刻却也知晓,云岁成正在为他做多大的牺牲。

夜明生红了眼睛,不知是因为生气还是因为伤心,云岁成却低声笑道:"刚才说的话像你吗?"

"我从来都不知道,你原来这么狡猾,"夜明生小声抱怨,"你这个傻子,不就比我大了五个月吗?何必担了这兄长的臭包袱,为我做到这个份儿上?"

云岁成抽搐了一下,阿夜真的什么都没听进去啊!刚才不是说了吗?要他好好地对棠。

他们,一个是他的兄弟,另一个……是他心里喜欢却不敢、也没有机会说出口的姑娘。无论如何,他都要保住他兄弟的命,也要让他喜欢的姑娘不至于断了念想。

"阿鹤,子时快到了,还不赶紧把这小畜生喂给锁灵草?"舞草不耐烦地催促道,"我们当中只有你熟悉锁灵草,你还在等什么?"

"等子时到啊!"鹤顶仙森然一笑,"等到你们都别无选择的时候。"

舞草一愣,飘到血琉璃身边,娇声道:"阿血,阿鹤怕是疯了,你看她这话是什么意思?"

鹤顶仙看着自己的两个同伴,冷哼一声:"阿碧,你急什么?你如果想让这些锁灵草都变成废物,尽管找阿血!"说着,她略略扫了血琉璃一眼,轻嗤道,"一有事就阿血阿血,阿血知道个屁!"

血琉璃倒不生气,只持着几枚花针专心致志地修理指甲,舞草也收了气焰,声音软了下来:"哎呀,阿鹤,好端端地发什么火?我们都知道,你最有办法了,锁灵草这么难缠的东西,也只有你和宫主会用。"

"那是自然!"鹤顶仙白她一眼,"你以为换个血那么容易?除了必须得是在子时以外,既要操纵锁灵草改变这小子的血质,又要汲取足够的血量,还要将包裹了血液的锁灵草及时带回宫中,在欺天池里一刻不多,一刻不少地泡上整七天,才能彻底将他的血质转变成我们想要的,这些关窍环环相扣,哪里是你这种成天只知道描眉画眼的女人办得了的?也就只有阿血瞎了眼,才会看上你!"

暮雨在树后听得心惊胆战,她已经完全明白了,长离三劫之所以煞费苦心地把夜明生捉来,是想通过锁灵草改变他的血质,因为他是宇石

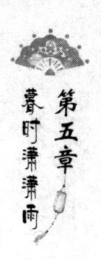

第五章 暮时潇潇雨

认定的第一个主人,其余结契者的血液都必须与他相融。

即便已经结契的人无法改变,还有剩下的那两个未知的结契者呢!只要把夜明生的血质变成一种稀有的、只有长离才能操控的血质,长离就可以安排自己的人成为新的结契者,并作为筹码反过来要挟岳泠澜了!

她很想冲过去阻止这些人,可是,她知道她没有这个能力。何况……云岁成是怎样维护着夜明生,她是看在眼里的,相比夜明生,若是云岁成受了伤,对岳泠澜得到不思珉没什么影响。而如果盲目地说出他们认错了人,那夜明生自是会受害,云岁成也未必能躲过……

暮雨闭了闭眼,指甲深深嵌入树皮里。老天爷,若论及这见死不救的惩罚,都请报应到我头上吧。云兄弟,暮雨绝不能对不住公子,只能对不住你了……

前方,那几个人还在说话。

舞草被鹤顶仙骂得脸都青了,可想到现在冷折鸢不在,只能靠鹤顶仙使用锁灵草,便忍着气上前道:"的确是阿鹤你最周到。那事不宜迟,锁灵草娇贵,过了子时便不咬人了。阿鹤,你快些给这小畜生换血吧!"

"这样就想打发我?"鹤顶仙不耐烦地推开舞草,睨着血琉璃道,"我去干这吃力不讨好的破事儿,你和阿血留在这儿卿卿我我,万一出了什么事儿还能撇得一干二净,舞草,我不把话说破,你就把我当傻子耍?"

舞草终于忍不住了,她挂的那张美人脸变得死气沉沉,她还没有发作,鹤顶仙已继续道:"这林子怪异又恐怖,但除了我们长离宫,我还真没见过比它更适合锁灵草生长的地方,也真是难为宫主找到这里。你们知不知道,若不是她费了不少力气移开那些原有的树,硬生生地开出条道来,就这林子的水准,我们连全身而退都困难!更别提我是怎么把锁灵草弄过来,还不眠不休地侍候了它们两天两夜的!你们倒是聪明,

随随便便就想敷衍我？"

"就是啊，我说这位漂亮姐姐，你比这个叫什么草的好看多了！这什么草长得真狂躁！要是换了本少，非扒了这对狗男女的皮！"夜明生绝不放过任何一个损人的机会，他脸上痞痞地笑着，心里却飞快地想着对策，怎么办？撑不了多久了，他该怎么做？才能救云岁成，也能救他自己呢？

不知道为什么，在这样不合时宜的情况下，他竟然很想棠……这种思念的感觉，在他当初被押上刑场、以为自己必死无疑的时候，也曾出现过。可是，不应该啊，他一见钟情的明明是汐回才对啊！

"小畜生，你同伴都死到临头了，还敢胡说八道挑拨离间？"舞草抬手就向夜明生劈去，却见云岁成死死地护着他，心想此时若伤到"夜明生"，影响了锁灵草的效果就前功尽弃了，这才收住掌势，扭头朝鹤顶仙森然一笑："那你想要什么？"

鹤顶仙等她这句话已经很久了，她凑在舞草耳边，轻声道："我要你和阿血，替我。"

舞草诧异地望着鹤顶仙，血琉璃也停止了手上的动作，直直地瞥来，鹤顶仙笑得阴阳怪气："这些天你们两个躲在一处练和合双修，以为我不知道吗？哈哈，阿碧，脸红什么？做得出说不得吗？阿血，你弃我择了阿碧，这很好，真的很好。一来，我在你身上也没花太多心思，说到底，当初不过是因着宫中男弟子里，只有你的武功可与我比肩，大家都寂寞罢了；二来，你俩双修，功力必定大有进益。宫主的规矩，你们都是知道的……"

"宫主的规矩……她为了将这些锁灵草搬来损耗了许多修为……你……你想让她吸……吸我的功力补充？"舞草打了个寒战，失声喊道，"可这次轮到的分明是你！"

"最近一次宫主莫名其妙地伤重，你也是看在眼里的。为了疗伤，她已经损了我近十年功力，如今你还要我们替你，是想让我们死吗？"

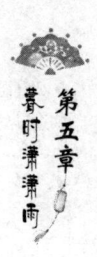

血琉璃咯咯怪笑起来。

"我不是说了吗?子时将至,你们别无选择。只有我能为宫主解决这换血的事,现在,我就要去办事了。我既分身乏术,难不成宫主还会舍近求远,巴巴地赶过来找我?至于你们两个谁愿意得这份荣宠,那是你们自己的事。哦,对了,阿碧阿血,你们该不会以为,联手扣下我,在此处妨碍我施法,耽误了给这小子换血的时辰,宫主还会放过你们吧?"鹤顶仙说着,袖中扬出根长绳缠住了夜、云二人的脖颈与中腰,顷刻间消失在茫茫的锁灵草丛深处。

暮雨紧紧按住自己的手腕,生怕一个按捺不住就会冲出去追赶鹤顶仙。怎么办?怎么救他们?怎么通知公子?她心急如焚,却只能极力让自己镇定下来,好继续探听。

舞草显然十分不甘,拽过血琉璃道:"难道我们就真的这样傻等着宫主吗?四年前和柳非暮一战落下的伤病还没好透呢,怎经得起她这样频繁地折腾?"

"不然还能如何?"血琉璃恨恨说着,周身戾气缭绕,"谁让阿鹤腿快跑了,现在宫主不找我们找谁?可恨我不通这些奇花异木,白白让这贱人占了先机!"

"阿血!就宫主那个吸法,我们这些日子的苦修岂不白费?"舞草的美人脸吓得失了颜色。

"何止白费!"血琉璃丝毫没有宽慰她的打算,"宫主行事何其任性,你怕,阿鹤也怕,难道我就不怕吗?今日之后,你我又得闭关多时了!幸好宫主下手虽重,终究念及宫中只我三人有能力助她,断不会不留余地。"

"归根结底,都是岳泠澜害的!"舞草齿间咯咯作响,"若不是六年前他重伤我们精魄,宫主就不必将我们的元身养在紫冥渊中,只留下如此孱弱的躯壳!你我都知晓,这些年,宫主名为看顾元身,实则捏着我们的性命让我们不得不处处受制于她!稍不如意,她便停止对我们元

身的调养,甚至下毒施咒,让我们求生不得,求死不能!"

"你小声些!"血琉璃斥道,"这些蠢话若进了宫主耳朵,你还要不要你的元身?我们一日拿不回元身,便须一日为她卖命!谁不知道握着元身,就是握着我们的命!"

"怕什么?我就是要说!"舞草早已急红了眼,近乎疯狂地嘶喊道,"若不是岳泠澜当年逼迫我们与元身分离,我们又何必去寒潭抢那化萤珠,指望用它强行召唤元身重新融合?若我们修为仍在,四年前就凭柳非暮那小子,能把我们伤成这样?当年若不是岳泠澜那第三招突然杀意满盈,怎能一剑刺穿我们三人元身?若不是他,我们早就自立门户,又何须在冷折鸢这个黄毛丫头脚下俯首称臣!岳泠澜……简直可恨至极!"

"当年?"血琉璃的怒气也被激了出来,"要说当年,我们本就只为一探慕颜洲虚实,我和阿鹤都劝你莫要与岳泠澜交锋,能避就避,可你呢?欺他年少,不信这十六岁少年的能耐,硬要出手!他那三招虽精妙绝伦,前两招却不过御敌,本无杀心,可你这蠢货非要去伤那女孩儿!虽是初见,可你也不想想,那女孩儿偎在他怀中睡得正沉,他若无十足把握十分珍爱,怎容她在此境下如此酣睡?"

如当头一棒,舞草怔在原处,一时说不出话来。

暮雨捂住嘴巴,大气也不敢出,她都听到了些什么?原来长离三劫已失元身!

原来他们的元身被冷折鸢控制在紫冥渊中,那倘若公子毁了他们的元身,不就可以一举击垮长离宫了?她突然开心起来,比之前更急切地盼望着岳泠澜的出现,不是为了他能救他们,而是为了尽快把她听到的都告诉他。

"行了阿碧,吼也吼过了,消消气吧。"血琉璃瞥了兀自呆怔着的舞草一眼,声音又恢复了平素的阴柔娇媚,他还想再说些什么,却忽然变了脸色。

因为,舞草被一阵疾风掀翻在地,而一个女子正将衣袖缓缓收回。她走近舞草,幽深的夜里,仿佛开出了一朵娆丽的虞美人,就好像那些在长离宫中和她常年相伴的一样。

"说完了吗?"冷折鸢的声音不大,可暮雨却听得很清楚。她的身子不禁微微抖了一下,因为尽管冷折鸢刻意放沉了声音,但这个声音,依然十分熟悉!

空气里传来舞草一声声的求饶,血琉璃迅速转移话题道:"宫主,唐似漪那儿没出什么岔子吧?您怎么就突然过来了呢,还……"

"还索性把易容都卸了,直接露面?"冷折鸢冷冷接过,不怒而威,"阿碧,可是本宫这张脸,不及你做的人皮?"

"属下不敢!"舞草忙不迭地否认,一张脸似被抽去了全部血色,白得瘆人,"宫主姿容绝世,一直以来属下的易容都污了宫主的容貌,只是……只是宫主不是常说,用属下的易容,比较方便吗……"

之前只有鹤顶仙留守在这儿,舞草和血琉璃自然不知冷折鸢的人皮面具已经破损,只觉得今夜以真容示人的冷折鸢,比以往还要可怖。

"多亏我来得巧,不然可就没机会听到你们唱的好戏了呢!原来你们为我办事是如此不情不愿呀……"冷折鸢笑得无邪又妩媚,继续逼近已经瘫软在地的舞草,纤长的指甲勾起她的下巴,又缓缓移向她的脖颈,狠狠一招,舞草脖子上顿时血花四溅,"要不是我这个黄毛丫头及时赶过来,你这个蠢货还要泄露多少长离的机密?嗯?"

暮雨正屏着气想听得更仔细些,忽觉一道劲风朝自己直直扑来,她瞬间被什么东西狠狠击中,摔倒在地,顿时便疼得没了知觉。

"听够了没有?"那件击中暮雨的东西已经飞回冷折鸢手里,她从舞草身边大步跨过,一把拎起暮雨又迅速甩开,她的声音依然温柔,手上却使了大力气,震得暮雨连连退了好几步,才勉强扶住了一棵树,不至于再次倒下。

血琉璃看了一眼舞草,舞草也停止了哀号,他们完全噤了声,五官

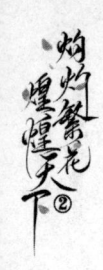

拧在一起,却并不是因为害怕受到冷折鸢的惩罚。他们怎么说都是一流的高手,被个看上去弱不禁风的小丫头跟了这么久却浑然不知,这简直是莫大的羞辱!

长夜寒苦,暮雨此刻却很冷静,她好不容易站稳后,望向眼前这个令人挪不开眼的美丽女子,她清艳醉人的音容笑貌,她手中那件别致的武器……都是那样熟悉。

"是你。"暮雨仰起头,轻轻揩去唇角由于受力过猛而渗出的血迹,瘦削的脸上,一双眸子显得更为惹眼,她神情宁和,竟令人无法逼视。

"是我。"冷折鸢皮笑肉不笑,"暮雨,你倒是好本事,手无缚鸡之力的一个小女子,竟能在我长离最强的高手眼皮子底下偷听,还丝毫不被察觉。"

暮雨口中咸涩,将不断涌出的鲜血悉数咽下后,淡淡一笑,轻轻道:"是公子教得好。"

冷折鸢凝视着暮雨,眸中闪过一抹奇怪的神情,不过几乎就在同时,她已经恢复如初,梨窝一荡,笑出了声:"你家公子倒是闲得很,只是,任你本事再好,过了今晚,也不过是一具尸体罢了。"

暮雨点头道:"暮雨来过,活过,这很好。"

"是吗?这些年你受的折磨,我光是听手下来报就怕得很,你还会觉得好?你想想岳泠澜是怎样对你的,又是怎样对他的小玉钩的,你难道就没有一丝一毫的嫉恨?"冷折鸢这话,是再明显不过的挑拨离间,偏生被她说出来,却是无限魅惑,很容易使人深陷其中。

"我为什么要恨?"

"为什么?这话真是有趣至极。你不恨?一点儿都不?还指望着滚回去告诉岳泠澜这里的事,以求得他那么一点点感激?你以为你听到了多少?你也不想想,过了今晚,我还会傻到把他们的元身留在紫冥渊?"冷折鸢冷冷一扫舞草和血琉璃,挑眉笑开。

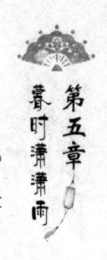

第五章 暮时潇潇雨

"你会的。"暮雨斩钉截铁,一刹那,原本只是清秀的脸上,浮现出令人无法忽视的神采,"除了紫冥渊,长离宫没有其他地方可以用来调养元身。"

"哦?他连这个都告诉你了?"

"暮雨哪有这样的福气?"暮雨笑着看她,"那是小时候,公子给月姑娘讲故事,暮雨正巧在一旁随侍,这才知道的。"

"他倒是好得很,把各门各派的秘密当成故事讲给他的小情人听。"冷折鸢一口银牙咬得莫名地死,"小丫头,你任劳任怨了这么多年,到头来连杯残羹冷炙都分不到,你心里就一点儿都不憋屈?你难道不觉得,离睢得到太多了吗?"

"月姑娘得到多少跟你有什么关系?宫主不觉得,你一个局外人如此反应很是奇怪吗?何况我为何要憋屈?当年因为我糊涂,信错了人,替她顶嘴,任凭洲主如何问询,都只知硬抗,这才给自己招致了这么多年的苦楚,若不是公子定时回来为我解毒,暮雨此刻已是一堆白骨,还能站在这儿认清你长离宫宫主的真面目?"

冷折鸢怒极反笑,一把扼住暮雨的咽喉:"没想到你样子看着柔弱,这张嘴巴倒是厉害得很。你不过就是一个奴婢,一条贱命而已!他对你都这样用心,为什么就不肯对……对旁人好一点儿?"

她的十指渐渐收拢,声音却低了下去。

"人……人之交往,不过'真诚'二字……"暮雨吃力地喘着气,"你这辈子都……都不配得到公子的真诚相待!真……真可怜……"

冷折鸢睨着暮雨,唇边的笑意若有似无,她也不作声,只微掂了掂,一把将暮雨掷了出去……脊背触地的那一刻,暮雨连痛感都消失了一瞬,她感觉自己的骨头架子都散了。

涔涔冷汗终于随着蚀骨的疼痛袭来,在视线渐渐模糊的时候,暮雨逆着微弱的光亮,艰难地望着眼前的女子。冷折鸢,她足够美,也足够心狠,现在,她大抵是真的生气了,否则也不会不管不顾地下这样重的

手。要知道，若传了出去，堂堂长离宫宫主，恃强凌弱虐待一个小丫头，一定会被江湖中人耻笑的。

"怕吗？"冷折鸢柔声道，任谁都只能从中听出无限的关怀体贴，断不会相信这声音的主人刚刚拍断了暮雨的数根肋骨。

"怕有用吗？"暮雨颤抖着双手，撑着地面，整个人被冷汗浸透，像被从河里捞出来的一样，"我看见了你……还有可能活吗？"

冷折鸢不回答，只略歪了头盯着暮雨，神情不可名状，很久之后，她微掩了口，"扑哧"一笑："约莫是不能了。"

说着，她便抬起手，只见数道异常明亮的光束霎时笼住暮雨周身，顷刻间碎成星星点点，围绕着她久久不散。

仿佛在这静谧的夜里，下了一场洁白而凌乱的雪。

"乱玉碎琼！"血琉璃一惊，舞草也圆睁了一双眼，二人对望一眼，竟都有些不忍地背过身去。宫主这又是何必呢？杀了她就是了，为何要用"乱玉碎琼"这样狠辣至极的术法？她到底只是个丝毫不懂武功的小丫头啊……

"还不快跟我去找阿鹤？还嫌给我惹的麻烦不够？"冷折鸢拂袖道，"成事不足败事有余的东西！这次轮到谁就是谁，阿鹤以为她躲得掉，你们便也这样认为了？先找到这个畜生，回长离宫后，自己领罚！"

血琉璃和舞草连声称"是"，下一刻，叶依然婆娑摇曳，三个人却早已没了踪迹，就好像从来没有出现过一样。

岳泠澜和离雎是在别苑的莲池边找到许锦诺的，当时她正捂着耳朵，一次又一次地推开楚玄堇伸过来试图拉她的手，两个人像是刚刚经历了一场争吵。

他们几乎是同时看见岳泠澜和离雎的，楚玄堇碰了碰许锦诺的手，似乎是在鼓励她过去，许锦诺犹豫了一会儿，拖着步子慢慢挪到岳泠澜跟前，却迟迟没有开口。

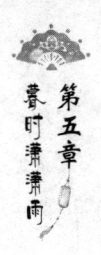

楚玄堇倒是先急了:"小七,你怎么不说话?你不是说有事要告诉岳公子的吗?你快说啊!"

这当口,岳泠澜已经觉出,这个别苑的气氛不对。虽是深夜,理应安静,但也不该如此没有人气。这里分明已成了一座空宅,因为除了他们四个,他感受不到其他任何人的气息。

"许姑娘,"岳泠澜淡淡道,"能否告诉我,其他人去了哪里?"

许锦诺立时晃了一下,涨红了脸,支吾着说:"更深露重,大家自然是在休息……"听了这话,楚玄堇诧异地盯着她。

岳泠澜的扇尖抵着眉心,清绝的眉目隐在扇后:"姑娘莫玩了,没意思。"

他转而看向楚玄堇:"你们可还记得那本《四海拾遗》?虽然它用的是北堂家特有的文字,旁人读不懂,可上面写得很清楚,当初那把和凹槽匹配的钥匙,是专为青梅竹马之人准备的,唤作'青梅结'。"

许锦诺和楚玄堇都呆住了,岳泠澜不理会他们,继续道:"得'青梅结'者,只须符合一个条件,那便是青梅竹马,无一日断绝。书上还说,一旦拔出'青梅结',这对青梅竹马还会得到一份厚礼,我真的很好奇,那是份什么礼物?"

许锦诺死死地揪住衣带,似乎还想辩上几句,楚玄堇却对她轻轻摇了摇头,示意她稍稍低头——只见岳泠澜攥着离睢的手,像是拢着这世上的至珍之物那样紧。

"公子所说的厚礼我不清楚,只是那把钥匙落下之际,我和小七眼前同时浮现出了我们幼时相处的画面,真实极了。"楚玄堇停了停,上前一步,恳切道,"想必公子不是无心之人,必能体谅我们的苦衷。"

岳泠澜微哂:"若重拾少年欢愉还不算大礼,那我还真想知道,许姑娘是得了什么天下无双的好处,放着人品贵重的楚公子不要,偏偏来蹚这浑水?"

离睢也忍不住想"哼"一声,她现在已经将这个中缘由梳理了一番,明白了大半,什么苦衷,就他们有苦衷?难道最苦的不是岳泠澜?

他是那样容忍涧花,那样期盼他曾经信任的朋友和亲人能够回头,可是他们是怎么做的呢?一次次地利用他的不忍,利用他对这些情谊的珍惜欺骗他、伤害他,难道就因为他平日里喜怒不形于色,总是冷着张脸,他们就可以当他没有感情,不会伤心,不会难受?

眼前这个说自己原名叫"许锦诺"的女子,她又何曾有一时一刻做过真正的涧花?怪不得岳泠澜当初在听夜明生说起旧事的时候,会问他和棠是不是青梅竹马,想必那时他心里便已一清二楚了,所以他才会知道,许锦诺和楚玄堇是取出青梅结的不二人选,因为他们是青梅竹马,无一日断绝!

如果许锦诺真的在慕颜洲生活过那么多年,又如何能做到和楚玄堇"无一日断绝"?可见,她根本就没有在慕颜洲待过,也没有和岳泠澜相处过!但岳泠澜迟迟没有说破这一点,因为他一直都在给许锦诺……不对,是在给真正的涧花机会。

许锦诺垂着眼,从牙缝里挤出几个干瘪得不能再干瘪的字:"你……你是何时知道的?"

她的下唇已经被她咬破,渗出了丝丝血迹,她却依旧没有松开牙齿:"公子,所谓'青梅结',不过是让你更加笃定而已吧?你到底是何时知道的?我只想弄清楚,在你知道以后,我还演了几场戏?"

"知道什么?"岳泠澜反问她,"请你自己……说出来。"

许锦诺闭上眼,良久,低声道:"知道……我不是涧花。"

岳泠澜微微扫了水面一眼,夜色朦胧中,水光迷离斑驳,他的神色淡漠如霜:"那日茶楼初见,你一直紧张地扯着衣带,就如今日这般,当时我留意了一下你的手。"

许锦诺抬起手细看,又听他轻轻道:"你的手,细腻白皙,不似涧花,满手老茧。当日,你不也是和涧花在一起吗?"

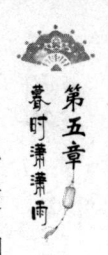

许锦诺的十指握紧又松开,突然笑了起来:"是!那日我和唐似漪……不,是涧花,我和涧花在一起!原来不过是第一天,你就知道了……那你为什么还要把《破阵图》给我?你明知道我不是涧花,明知道此举目的不善!"

"并非给你,"岳泠澜缓缓道,"而是给涧花。"

"原来打从一开始,我就已经钻进你设下的圈套里,原来……如此。"许锦诺踉跄着退了一步,又很快扬了声音冲上前道,"既然你一开始就知道,为什么不拆穿?你可知为了瞒住你,我做了多少我不愿意做的事!之后跟着你们的日子,我又是如何提心吊胆、寝食难安!"

她推开想要安抚她的楚玄堇,额上青筋凸起,声音嘶哑得有些骇人:"这本就是你们之间的恩怨,于我和六哥何干?是,我们是平头百姓,是小人物,所以就必须被你们玩得团团转?岳公子,看着我们如同蝼蚁一般、为你早已了然甚至不屑一顾的真相诚惶诚恐,你是不是觉得这游戏很好玩?"

"我并非没有提醒,"岳泠澜的纤长眉眼里毫无波澜,"姑娘可还记得,当日你随我们初入寒潭,险些摔倒,我扶住你时,说了句什么?"

许锦诺怔了怔,咽喉处涌上一阵酸涩,哑声道:"你说……'小心脸'……"怪不得,他扶住她,怪不得,他要她小心脸……这真是理所应当,因为那是涧花的脸啊!

"再者,涧花,不识水性。"

许锦诺这才想起那日去取那把钥匙,岳泠澜让她下水,还说什么涧花水性最好,原来这是他给她的第二次说出真相的机会……可她又一次选择了沉默。她自以为聪明,以为楚玄堇的解救打消了岳泠澜的疑心……现在想想,当时她那副手足无措的模样,落在岳泠澜眼中,一定是要多可笑就有多可笑吧!

许锦诺灰败不堪的脸色并没能让岳泠澜生出些怜悯之心,他继续指

出她的愚蠢：“还有，涧花毕竟侍候我多年，哪怕她如今改头换面，依然会下意识地对我使用敬语，你没发现吗？当你用'你'来和我交谈的时候，涧花她说的一直都是'您'。”

他瞥她一眼，总结道："如此看来，姑娘，你这角色扮演的游戏也不是很用心。"

许锦诺又羞又怒，简直无所适从，楚玄堇轻轻按着她的肩，小心开口道："小七，岳公子不明说，想必也是因着明白你的苦衷，不忍让你太过难堪，何况，这些天，岳公子也待我们不错，不是吗？"

"你想多了。"岳泠澜毫不客气地打断他，语气淡淡，眸光不露痕迹地在他脸上停了一瞬，"你们的苦衷与我何干？不明说，自是将计就计，对你们不错，也不过是因为我与涧花到底一场主仆，舍不下她的一张脸罢了。"

"公子这话够难听，也够实在。"微怔过后，楚玄堇对着许锦诺温柔一笑："小七，如今已经没有隐瞒的必要了，刚才你不是跟我说，不会再帮唐似漪，会尽力为自己做过的错事赎罪的吗？"

许锦诺忙握住他的手，示意他别再说下去。

楚玄堇越发捉摸不透她，岳泠澜懒得跟他们掰扯废话，眸色渐冷："我再问一次，其他人去了哪里？"

许锦诺打了个寒战，依旧固执地不肯开口，楚玄堇等得心焦，刚要代她回答，她却一把抓住他的胳膊，哭道："别说！刚才我撞见唐似漪了，她要我再帮她一次……真的，这是最后一次！只要我们这次什么都不说，她办完事，就会把我的脸还给我了！"

说着，她又转向离睢道："离睢姑娘，你也是女子，你该知道对我们来说，容貌有多么重要！六年前，我救了唐似漪，她当时刚被逐出慕颜洲，遍体鳞伤，我好心收留她，她却恩将仇报，强行换了我的脸！为什么我以善意待人，老天爷却要这样待我？是不是只有像唐似漪那样心狠手辣的人，才会过得好？"

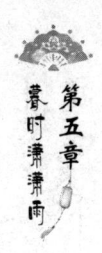

离雎听到这里，忽觉事态严重，她本能地看向岳泠澜，只见他浑身肃杀，腰间竟有一小截银白色的东西在微微颤动。

那东西看上去像个剑柄，大概因为它实在太小，平时又不像此刻这般大放异彩，所以她一直都没有发觉岳泠澜佩带着这样一个奇怪的物件。可它此刻光芒大盛，仿佛有种摄魂夺魄的力量，岳泠澜素来习惯用扇，此刻竟动了用剑的心思吗？

她抓住他的衣角，轻声道："先别动手。"

现下的情形很是严峻，许锦诺的话表明，唐似漪必定是有所行动，并且，这行动绝不会是什么好事，还牵扯到了别苑中的其他人，否则那些人不可能全部消失。

自《四海拾遗》出现后，岳泠澜曾和她说起过观音和北堂氏的恩怨，他们也猜测，当日崖下幻境中，展锦端以外的另一个天姿女子，极有可能就是观音，也就是说，观音在年轻的时候狠狠地坑过北堂遇一把。唐似漪既是北堂氏的后人，想向观音复仇、帮助慕颜洲的敌对方夺取不思珉也就不奇怪了。

等一下……慕颜洲的敌对方？长离宫和一粟海都对不思珉表现出了浓厚的兴趣，可她先前在一粟海这么久，从未见过唐似漪，十渡虽然虚伪，但到底以正道自居，一直支持紫氏政权，应该不至于利用北堂氏的后人来对付慕颜洲。那么，唐似漪背靠的是长离宫吗？那阿筝也是长离宫的人，难道她们早就有勾结？

还有，若说夜明生是字石的结契者之一，棠和云岁成是他的发小儿，汐回是岳泠澜的师妹，他们对唐似漪以及她背后的人或多或少都有利用价值，那么暮雨呢？她为什么也不见了？暮雨对岳泠澜的忠心是毋庸置疑的，岳泠澜也说过，她其实十分机敏，善于察言观色，她又和涧花是多年姐妹，会不会也早早地看出端倪？

那暮雨岂不是也会有危险？

这些事错综复杂，离雎一时半会儿也只能想到这里。不管真相究竟

如何,当务之急是找到其他人,杀了许锦诺事小,耽误了无辜之人的性命就事大了。

身侧,岳泠澜已听她的话,暂时压下杀心,她先他一步,将许锦诺从楚玄堇怀中拽出,厉声呵斥道:"你知不知道,你现在还帮唐似漪拖住我们,就是一错再错!你多拖延一刻,那些无辜的人就多一分危险,你说唐似漪心狠,你现在这般,又和她有什么分别?"

许锦诺一怔,眼神开始犹疑起来,离睢松开她,放缓了声音:"许姑娘,你好心救人,没有错,错的是她,不是你。可你明知她心术不正,依旧为了一己之私把不相干的人牵扯进来,这就是你的错处了。别的不提,单说暮雨,想必你也看得出,暮雨和涧花极为相熟,她怕是已经猜出了涧花的身份,若她此时真是追涧花去了,只怕凶多吉少。"

说到这里,连离睢自己都担心起来:"你若不愿累及暮雨性命,便请快些告诉我们,涧花究竟去了哪里?等这事一了,你的脸,我们必定为你换回。"

听她那样自然地说出"我们",岳泠澜心头一暖。看,无论她有没有想起过去,她都是懂他的,她知道,因为亲情淡薄,他舍不下涧花的一张脸,更舍不下暮雨的一条命。

"任你们多么神通广大,只怕这件事,也是办不成的。"许锦诺摇了摇头,惨然一笑,"涧花说了,这种换脸术的解法极为特殊,除非她死了,否则只有她心甘情愿地交还,我才能拿回我的脸。岳公子,我若把她的去向告诉你,她又怎会心甘情愿?她若不甘愿,你难道还会杀了她不成?"

"够了!"楚玄堇喝道,声音不大,却十分冷硬,他原本紧紧搂着许锦诺,以护卫的姿势,此时却正将她轻轻推开。他单手撑着她的肩,漠漠道,"你还是觉得,如果你变不回原来的模样,就无法和我毫无隔阂地在一起,是吧?那好,我问你,若我天生便是个瞎子,你长得是美是丑,我通通看不见呢?"

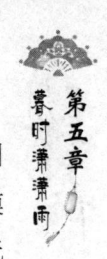

"六哥!不要这样诅咒自己!你一直都是明白我的……要我顶着别人的脸过完一生……要我习惯从今以后,你珍重对待的都是别人的模样……我做不到啊!"许锦诺早已抖如筛糠,她用手背堵住呜咽,语无伦次地说着。

楚玄堇的声音仿佛飘在她头顶一般,又轻又凉:"你我自小相识,你脾气不算太好,在旁人眼里,也并不算太美。但我一直都喜欢你。因为,你是善良真诚的女子。当年,你救了垂死的涧花,还悉心照顾她,哪怕她与你毫不相干。你知不知道,即便她如今忘恩负义,我还是为你那时的举动感到骄傲。可现在呢?暮雨是个很好的小姑娘,你却可以为了皮相凉薄至此,宁愿牺牲她?什么时候,我的小七已经死了?"

未等许锦诺开口,楚玄堇已右手持剑,朝自己的双眼迅速划去……伴随着许锦诺凄厉至极的尖叫,是楚玄堇发颤的声音:"现在,我瞎了,再也不用在乎你的模样。"

饶是素来冷静,此时此刻,离睢也吃了一惊。岳泠澜倒一早便发现楚玄堇一直握着佩剑,料到他会有如此举动,因此只是冷眉冷眼地看着,毫无情绪波动,就好像那一剑刺中的不是眼珠子,而是只水蚊子似的。

"岳公子,求求你!"许锦诺泣不成声,不知何时已一步一跪地挪过来,攥住岳泠澜的衣摆哀求道,"你有办法,你一定有办法!求你救救六哥,救救他的眼睛!他是习武之人,怎么可以瞎呢?我……我不要换回我的脸了,我什么都不要了!求你救救他,我愿意用我的眼睛交换,求你了!"

"小七。"楚玄堇终于开口唤她,双手不停地摸索,好不容易才触到了许锦诺的脸庞,"求他作甚?他为什么要帮咱们呢?何况,这是我甘愿的,若能让你想通,也不算亏。"

"楚公子倒是个明白人。许姑娘,我要你的眼睛做什么?"岳泠澜眨眨眼,看看离睢,"给我的小玉钩照明吗?"

都什么时候了还说这种话……离瞧忍不住腹诽了几句,拽拽他的袖子:"怪可怜的。"

岳泠澜微微一笑,揉了揉她的发,温声道:"我明白了。"

许锦诺以为岳泠澜要救人,喜不自禁,还没说完"多谢公子"四字,岳泠澜已御气将她轻轻格开。他瞄了眼刚才被她紧紧抓着的衣摆,确定没有弄脏后,才淡淡道:"谢什么?我是在跟小玉钩说话,又不是答应了你。"

许锦诺睁大了眼睛,许久才反应过来,她咬咬牙,挪到离瞧面前,低头拜道:"求姑娘帮忙,大恩大德,来日小女为姑娘肝脑涂地也无妨!"

离瞧瞥了她一眼,其实许锦诺也算是歪打正着了,岳泠澜对医术并没有什么研究,倒是她,在一粟海待久了,多少会些止血的法子。她并未将许锦诺搀起,只又拽住了岳泠澜的袖子,小声道:"小山,他毕竟是个好人。"

岳泠澜终是没忍住,伸手握住离瞧的手,一双紫眸风华流转:"许姑娘倒是会求人。"他笑着,抚上离瞧的发,既不发话由她治,也不正眼去瞧许锦诺,一副若无其事的模样。

"岳公子,我求你别再耽搁时间了!"许锦诺眼见楚玄堇的脸色越发苍白,深知再这样下去,他的眼睛必然无治,心中不禁煎熬万分,"若我把我知道的都说出来,你会放过我们吗?至少,放过六哥!"

岳泠澜唇角淡淡一勾,不置可否:"许姑娘说笑了,你和你六哥的生死,系于你唇齿之间,与我无涉。"

他又没有攒人头的癖好,好端端地杀人干吗?他不过就想知道涧花的去向罢了,可这一对怎么就这么麻烦呢?白白地吃了许多苦头,还不开窍。

"我说!"许锦诺哭得上气不接下气,"差不多是亥正时分,棠来找过我,我听她在外面敲门,一声比一声用力,好像是阿夜他们不见了,

怕是被谁拐走了，我很害怕，一直不敢出声，也让六哥不要出声……我和他说，我们本事不济，就算跟着去找人，也帮不上什么忙，不如等你们回来，再告诉你们……我发誓，当时我是真的这样打算的！"

"那为什么好不容易等到我们回来，你反而隐瞒不说了？"离雎听得心头冒火，许锦诺这一日三变的性子，简直比她还作。

"因为我不敢啊！我想到之前唐似漪的警告，她说，她保证这是最后一次，若我帮她，她便会把脸还给我，否则，我什么别想得到！我知道她背后有靠山，每每她不方便的时候，总会让我帮她传递消息……我真的不敢得罪她！"许锦诺抽泣着又转向了岳泠澜："岳公子，她还说，只要暮雨不多事，不把真相告诉你，你也会顾念旧情，睁只眼闭只眼……等我们各归各位，她就还能回到你身边当你的丫头……"

就在她哭得几乎要昏厥的时候，岳泠澜已往楚玄堇身上点了数下，指尖一挑一压，一粒小丸立即滚入他的喉中。而就在下一刻，楚玄堇的眼睛不再流血，眼前还聚起了浅浅淡淡的光斑……

离雎看得一愣一愣的，他不是不懂医吗？这又是哪里来的药，这么神？

岳泠澜没等她开口，已主动交代："正因为我不懂医，所以才要多备些傻瓜也能用的药，以应不时之需。"

他说着，抬起袖子，咕噜噜地倒出了一堆五颜六色的药丸："这是治眼睛的，这是治腰伤的，这是治扭伤的，这是……看不清楚，汐回的字太丑了……"离雎默默捂脸，他这么一个清雅无伦的人，扒开衣服，竟倒出一堆糖果似的药……这观感，简直酸爽。话说，他的袖子究竟有多大啊，难道还内藏乾坤不成？她抱过他多少次了，怎么之前什么都没发现呢？

不过，现在并不是深究这些的时候。

岳泠澜俯视着许锦诺，似笑非笑："你知不知道，'只要暮雨不多事'是什么意思？这世上，只有死人才不会多事！你以为涧花'回来'，我就会要她？她把你安置在我身边，为的不就是想看看她在我心中是何位置吗？那我便告诉你，但凡暮雨因她耽搁了性命，涧花和她身后的人，

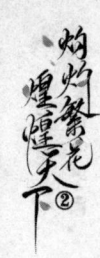

一个也别想活。"他不紧不慢地说着,虽字字凌厉,语气却是一贯的波澜不惊。许锦诺挽着楚玄堇呆呆地听着,无端地生出了一股子冷意。

离睢晃醒许锦诺,提醒道:"涧花去了哪里?现在说或许还来得及!"许锦诺摇摇头:"我真的不知道,她怎么会告诉我呢?我只看见,她带了盏灯笼……"

灯笼?离睢抬头看了眼天边的月亮,今晚的月光很是耀眼,她又看看岳泠澜,两个人异口同声:"那片林子!"

第六章 微凉过小山

　　疼，密密麻麻排山倒海的疼，丝丝缕缕地渗透四肢百骸，一寸寸地切割着暮雨的每一处肌理，她早已不能动弹，却疼得愈发清醒，涔涔冷汗从额角淌进眼眶，身上和心里，分不清哪处更疼。

　　迟了六年的死亡，终究还是来了。肋骨原本只是断了，而现在……大概已经碎成了粉末状的小块，仅仅维持着表面的完好……冷折鸢，为什么不直接杀了我？

　　暮雨仰望着这月夜，脊背几乎与地面粘连在一起，她知道自己不能挪动哪怕一步，只要那么一步，地上的人形便不能维持，而一滩血水，实在是太难看了。等公子找到她的时候，怕会污了他的眼——这怎么可以。

　　微微张口，唇角轻轻牵动，她的身体状况已经不允许她发出清亮的声响，可是，那一串又一串夹杂着浓烈血腥味的口诀是什么？别哭啊暮雨，眼泪又有什么用呢？既然还有哭的力气，为什么不努力多传几个音，雪语比你聪明那么多，自然不会忘记这个召唤术。

　　到底过了多久？那正兜兜转转迷迷糊糊飞过来的小东西是雪语吗？眼前一片迷离血色，裂到哪一处了？怎么只能感觉到这小东西跌跌撞撞地扑过来？

　　强撑着最后的力气和神志，把要说的话从齿缝里拼命挤出来："好雪语，快去找公子，带他去救阿夜和云兄弟……如果可以，再带他来见我一面，我有很多话想和他说……雪语，你一向有灵性，那样聪明，可此时此刻，我多么希望你能更聪明一些。

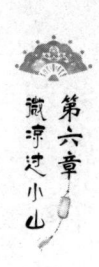

"这样,你就不会只能帮着公子找人,这样,我就能把要传达的消息通通告诉你,那么,如果我现在立刻死去,是不是就不会这么痛苦?我真的,很疼……"

已是子正二刻。

冷折鸢轻轻踢开脚边两个摔成一团的人,把包裹了血液的两株锁灵草抛到鹤顶仙怀里。鹤顶仙匍匐在地,大气都不敢出。

她很惭愧,竟然认错了人,锁灵草把云岁成的整个手臂都快咬下来了,这小子还是一声不吭,眼看子时就要被他挨过去了。幸好冷折鸢来得及时,利落地一掌拍晕一个,趁着子时的尾巴好歹让锁灵草吸了几口夜明生的血,虽然分量不够,但至少可以先带回去,假以时日,定能扭转局面,改变他的血质。

血琉璃和舞草一前一后飘了过来,他们刚刚给这里的锁灵草喂了些绝迹水,用不着多久它们就会枯萎,担保让人找不到半点儿痕迹。只是……

"宫主,这两个小子,不处理一下吗?"舞草看着地上昏死过去的二人,疑惑道。

冷折鸢不说话,冷笑着睨了眼舞草,舞草被她看得心里直发毛,话刚出口便已后悔了。血琉璃也在一旁骂道:"阿碧,你昏了头了?这小子的血质还没有改变呢,要是现在就杀了他,我们这一场不就白忙活了?"

舞草喏喏着称"是",冷折鸢倒觉得血琉璃帮了她一个大忙。这真是一个绝妙的理由,若非血琉璃提醒,她暂时还真想不出别的说辞,来留下夜、云二人的命。毕竟斩草除根这种事,自她记事起,师父就对她耳提面命,她怎能一次次地破例?

空中的风似乎吹得急了一些,冷折鸢抬起头,看见一点白光一闪而过。她现在位于锁灵草丛的尽头,距离之前处置暮雨的地方很远,但她依然能辨认出,那点白光正是来自暮雨所在的方向。

"宫主,那像是一只鸟儿,"血琉璃上前道,"属下这就去将它擒来。"

冷折鸢抬了手:"随它去。"

"宫主?"血琉璃十分诧异,迎面却撞上了冷折鸢的一记眼刀。

她对着他轻轻柔柔地笑,笑得他不寒而栗:"我说,随它去。"

四下又恢复了岑寂,不知山风又轮转了几回,地上有个人形微微动了动。

夜明生只被吸去了少量血液,此次昏迷也是因为被冷折鸢从背后敲了那么一下,并不是因为身体虚弱,所以他醒来的时候,除了后脑的钝痛,并没有太多的不适。意识渐渐清醒,锁灵草的狰狞血口、云岁成的满头冷汗,还有那瞬间萦绕耳边的呼啸风声……种种影像齐齐砸了过来,夜明生迅速蹿起,呆呆地注视着脚下——云岁成,他面无人色地躺着,一动不动。

夜明生一把圈住他,哆嗦着伸了手指往他鼻下探去……

他还有呼吸!虽然微弱,但他还活着!夜明生笑得眼泪鼻涕一起出来了,他抱着云岁成,声嘶力竭地大喊:"有人吗?救命!"

他的眼眶里都是泪,脑袋充血,以至于当他眼前真的出现了一个人影时,他还以为那是他的幻觉。

那个水蓝色的人影越来越近了,他怔怔地坐在地上,有些茫然地望着来人。

这林子很黑,没有光,可他为什么能辨清,那是一抹水蓝呢?

此时此刻,在他心里,多希望神兵天降能救他于水火,是这抹水蓝吗?

他笑了,扑进眼前这人的怀里,哽咽道:"汐姑娘,是你来救我了吗……"

汐回僵了一瞬,没有推开他,她叹了口气,轻轻拍着他的头:"是,我来救你了。"

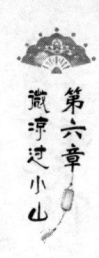

他更用力地抱住她的腰,鼻息温热,在汐回胸口氤氲开来。汐回愣住了,她从未和任何男子有过如此亲密的贴近,不觉脸上有些燥热,但不知是出于怜悯还是别的什么心理,她不但没有拉开和他的距离,反而更温柔地抚了抚他的头。

"救云楂……"闷声吐出这句话后,夜明生如释重负,放心地晕了过去。

忽轻忽重的脚步声响起。

汐回依然和夜明生保持着亲昵的姿势,她看着一瘸一拐地向他们奔来的棠,有些歉疚地舔了舔嘴唇。

刚才汐回因为不识路的缘故,险些摔下山去,棠为了救她用尽了力气,还扭伤了脚,所以才落在了后头,走得这样慢。其实,如果不是棠的直觉,她根本就找不到夜明生。

棠摆了摆手,低下头,那句"不要紧"却堵在喉头,怎么都说不出来。她不是迟钝的女子,她有感觉的,自她和夜明生重逢的第一天起,她就看出来了,他在乎汐回。

她不知道他有多么在乎汐回,这程度能不能和他在乎她相比,毕竟,在他们都很小的时候,他也曾真切地在乎过她。

七岁时,她不相信萤火虫朝生暮死,他陪她整宿整宿地不合眼,却忘记了每个晚上的萤火虫都是不一样的;十岁时,她偷了他的船去采珠,不想这船和他一样不靠谱,没过多久就进了水,幸亏他及时跳上船来救她,她还埋怨他溅湿了她的长裙;十三岁时,他牵着她的手一步步地过独木桥、攀悬崖,就为了她那一句"想摸最高处的月亮"……

为什么她都还没有忘记这些事,他的心却变得这样快?难道,只有她一个人死死地记着这些事,在夜深人静的时候反复回想吗?

她已经跟他解释过当日她没有去刑场的原因,可他为什么还是对她不冷不热?他看汐回的眼神,她并不熟悉,因为他从来都没有用那种眼神看过她,那样倾慕,那样小心。

是，汐回比她温柔内敛，比她气质端方，论医术更是当世翘楚，但是，这些都不能成为她把夜明生拱手相让的理由啊！除非夜明生亲口告诉她，他不喜欢她了，他爱上了汐回，否则，无论汐回有多优秀，她都不会放弃夜明生的。

棠沉默着上前，从汐回怀中把夜明生捞起抱住。汐回没有料到她会如此直接地夺过夜明生，不由得也不太痛快，她蹙眉看了棠一眼，道："你是不是误会我和阿夜了？他和云兄弟如今都是慕颜洲的人，我自是一视同仁的。"

棠因为一路上连番的折腾，蓬头垢面不说，睡衣也被扯开了好几道口子。她紧抿着唇，掸掸衣上的尘灰，让夜明生躺在比较干净的一侧，这才轻轻道："汐姑娘，若是一视同仁，你为何称呼云大哥为'云兄弟'，称呼他却是'阿夜'呢？"

汐回一时语塞，棠又去扶云岁成，似乎并不在乎她会如何回答。汐回这才想起夜明生的那句"救云楂"，忙探了云岁成的脉，心知不好。他这样子，显然是失血过多，可身上一个伤口也没有，她连止血都无从止起，他看上去全身完好，但右臂软弱无力，怕是内里肌腱已断。她往他口中塞了些应急的药，可这样严重的伤情，非得赶紧带他回别苑，仔细救治才行。

棠也从汐回严肃的表情中发觉云岁成的情况不妙，便也不再纠结自己的那一点儿不顺畅。她和汐回将二人搀起便往回赶，两个人默契地保持着沉默，心里也齐齐打着鼓。

就这样走回去，实在是太浪费时间了，云岁成的伤容不得耽搁，可她们都只是女子，力气本就有限，棠还崴了脚，现下真是有心无力。

他们的处境已经很窘迫，偏偏老天爷还要来添堵，不对，是长离三劫还要来添堵。

汐回望着不知从哪儿冒出来的三个老熟人，简直欲哭无泪。这几年，虽说她的功力大有长进，但人家也不可能停滞不前，四年前她和挽溯联

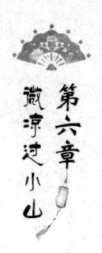

手都打不过他们几个,四年后就靠她一个,怎么可能是他们的对手?上回在寒潭,她借助九曲的力量才成功逃跑,如今她又该往何处去找九曲?

可是,打不过,也得打!她放下云岁成,示意棠后退,二话不说便抽出软烟剑开打,长离三劫反倒被这架势唬得愣了愣。他们现在自然知道汐回不是柳非暮的妹妹了,可这丫头几时变得如此直接粗暴?他们还没把台词说出来呢!

"汐姑娘,恐怕他们就是伤了云大哥的人!"所幸棠替他们说出了重点。

不知是不是汐回的错觉,她总觉得当长离三劫听见棠的话后,像是松了一口气似的。为什么呢?他们迫不及待地赶来,就是为了让人知道自己是凶手?长离宫的人,竟嚣张到如此地步了?

更奇怪的是,今天这三个人的打法,全无前几次的凶猛,她缠斗了这么久,也没有落下风。

长离三劫又一次同时向汐回袭来,她高举软烟,还未阻挡,那三个人就已被弹了出去。

我什么时候这么厉害了?汐回有些晕乎,她还没乐够,身侧已经一左一右落下了两个人。一边是离睢,一边……是阿筝。

刚才替汐回阻挡攻击的,正是她们。

"月姐姐!阿筝!你们怎么会在一起?"汐回惊道。

"只是凑巧遇上,一起过来而已。"离睢目不斜视,继续打架。

阿筝却笑得意味深长:"离睢,你总是比我先来一步。"

她们三个人一齐动手,原本该比之前汐回单打独斗时胜算大出许多,可令汐回不解的是,长离三劫的功力似乎顷刻大涨,招招狠厉,全不似之前拖时间一般的打法。难道,这就是遇强则强?

血琉璃边打还不忘边挤对阿筝:"你忘了自己是长离宫的人?忘了宫主交代的任务?他们是宫主要的人!"

阿筝冷笑:"少拿宫主吓唬我!宫主只让我们夺取不思泯,几时让

你们用这样下作的手段劫人了?我早就看出你们三个各怀鬼胎,谁知道是不是在假传宫主的意旨?"

舞草本在专心对付汐回,见血琉璃这头吃力,便转身飘了过来,不想迎面对上了离雎,四目相对间,离雎的表情自是没什么变化,舞草却轻抖着唇,如同见了鬼。她慢下步子,指着离雎,失声喊道:"你不是已经死了吗?"

哪个大活人喜欢听人咒自己死?这人有病吧!离雎化怒气为力气,抬手就往舞草脸上戳了一指头,舞草被她戳破了美人脸,又羞又气,一拽身侧的两个同伴,三个人竟似同时失去了斗志般,对阿筝撂下几句凶狠的废话就飞走了。

这场架,打得跟闹着玩似的……汐回的脑子还没拐过弯来,棠的哽咽声已经把离雎和阿筝吸引过去了。云岁成的气息更加微弱了,再不回到别苑,只怕他会死在这儿。

汐回搭着他的脉,眼中尽是爱莫能助的无奈:"我房中便有能稳住他伤情的药,可是远水不解近渴,我也实在不知该如何了……"

棠听了这话,几乎要哭倒过去,离雎扶住她,飞快地吹了声口哨。

一直躲在林间观战的霜吟听到召唤,兴奋地扑了过来,离雎按住它热情的大脸,把夜明生和云岁成丢到它背上,又拉了棠,让她也坐上去。棠被她这一连串的动作弄蒙了,离雎替她擦了泪,又喊汐回道:"你快告诉棠那药放在何处,云楂的伤不能再耽误,霜吟的速度快,先把他们几个送回去再说。"

汐回忙说了那药的所在,又疑惑道:"月姐姐,为何不让我也一道回去?这样不是更方便吗?"

离雎踹了一脚霜吟的屁股,等霜吟哼哼唧唧地飞走了,她才回头拉起汐回往另一个方向跑,边跑边道:"你没发现我们当中还少了一个人吗?"

汐回立刻反应过来:"暮雨?"

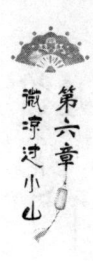

离睢点头:"我和小山到了这儿之后是分头来找你们的,他让霜吟跟着我,许姑娘和楚玄堇可能也跟在后面,这事儿有些复杂,一时半会儿说不清楚,阿夜和云楂都已经找到了,现在最重要的是暮雨。她若也受了伤,还需要你帮忙,所以你不能走。"

她越说越快,脚步也越来越急,她和岳泠澜离开唐家时已过亥初二刻,算算时间,现在只怕已经过了丑时,暮雨失踪太久了,她怎能不担心?即便不为岳泠澜,不是因为爱屋及乌,单说暮雨这些天给她留下的印象……离睢多么希望她能好好活着,多么希望她眉宇间的落寞能少一些,她还那样年轻。

从遇见离睢开始,到一起找到汐回他们,再到打完架,阿筝都不曾被离睢瞧上一眼。此刻,她又被丢在后头,似乎自始至终,离睢都没有把她归为"自己人"。不过,这无所谓,她也从来没有把离睢当成同路人。

阿筝转了圈短箫,追上已渐渐远去的两个人。

岳泠澜循着气味找到暮雨时,她几乎是浸泡在血水里的。她的四周,弥漫着挥之不去的血腥气,她的身下,仍有血水在缓缓淌出。一个人,一个活生生的人,该失血成什么样子,才会苍白干瘦成这般,可……可还强撑着一口气,不死?

她就这样,一个人孤零零地躺在冰冷的地上,身边没有任何人。

这一刻,岳泠澜几乎觉得有冷雨灌顶,即便他以最快的速度奔过去,也来不及了啊……

这个当世无匹的少年,单膝跪于他的小丫头身侧,任她的血水污了他素月皎皎的白衣。他没有说话,只深邃了一双紫眸,静静地凝视着她。

他知道这是什么,这是长离宫历代宫主独有的无上秘术——"碎玉乱琼"。该是怎样的深仇大恨,值得你如此呢,冷折鸢?他甚至不能伸手去碰她,遑论拥抱……只一个触碰的力度,便会让她立即死去。

他知道该怎么救她,这术法妙在自上而下慢慢割断人的筋骨脉络,只要没有碎到心口,他都能救。

但眼前勉强维持着人形的小丫头,还没有碎吗?

生平第一次,如此无力。这种感觉,哪怕是在六年前,在离睢出事的那一刻,他都未曾有过。当年,他孤立无援,观音、时势都成了他的仇敌,他和阴司鬼差博弈争斗,心中却没有一瞬失去过信心,他相信他能够把离睢从三途河边拽回他怀中,可是这一次,他真的没有办法了。

"公子……"暮雨喉头一动,"咕噜"声伴着血水涌出……岳泠澜听得分明,眼瞳霎时一亮——她在说话,她还能说话!也就是说,"碎玉乱琼"并未割碎她的咽喉,那么,一定更没有伤及她的心脏!她还有救!

可是,为什么她身下那一大片粗糙的地面,已经被她的鲜血晕染得嗅不出一丝泥土的气息?为什么不需要多仔细,就可以清楚地看到她小巧的手掌上蜿蜒丑陋的碎纹?没有裂到喉咙,却裂到了手掌处,裂到了……心脏处……

岳泠澜低笑出声,鼻尖堵着深涩的酸意,眼前这一地鲜血仿佛凝成了炙热的炭火,卡在他的喉咙口,他不知该如何吞咽下去。

他没有动,笑着,却已哑了声音,良久,几不可闻的一声"为什么"轻轻溢了出来,那样冰凉。

为什么,我曾教过你们无数种防身自救的手段,你却偏偏记住了这种该死的术法?当年,我教你如何转移伤处,是希望你万一遇上险情,在濒死的关头,可以把致命伤转移,可你为什么要反其道而行?为什么明明可以活下来,你却要让"碎玉乱琼"的力量避开咽喉直击心脏?你是要跟我说什么吗?是什么消息,值得你拼了命也要告诉我?难道这样惨烈地死去,竟好过做一个头脑不清的哑巴?

我会有办法的,我会救你,我会治好你的嗓子,即便前途莫测,只要……你还活着。

我为什么要教你这种术法?为什么?你为我至此,我却掉不下一滴泪……暮雨,这一生,我欠你的,该怎么还啊?

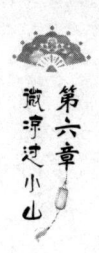

"雪语……带您找到阿夜他们了吗？您应该已经……救下他们了吧……"暮雨微仰着头看他，说得极为吃力。

雪语？他神色微凛，她召唤了雪语，让它来通知他吗？可他这一路赶来，何曾见过雪语的半个影子？

他不忍让她眼中的希冀落空，轻声道："你放心，我会处理好。"

"是长离宫的人做的……他们想要改变阿夜的血质……掌控剩下的结契者……"

"嗯，我知道了，你放心。"他的神情和语气一样柔和。

"长离三劫……他们的元身……在紫冥渊……您若想一统武林……只需……"她突然被刚冒上来的血呛住，最后的几个字根本无法辨认，她想要咽下，却在同时剧烈地咳嗽起来。

"要不要先歇一歇？"他忙止住她，眼里是她从未如此贴近过的温柔。

那一霎，暮雨有些失神，但很快，她便笑了，齿间溢血，须臾间已漫了出来："不……不用……很快……我就可以歇很久……"

"嗯，想歇多久，就歇多久。"岳泠澜的声音一如往常般清朗无波，隐在袖中的手却握得紧紧的。

"还……还有，您一定要小心……"她的声音越来越低，他俯下身，让她能够不费力气地凑近他的耳畔。

她唇色灰白，颤抖着声音，说了句什么。

他掩在袖中的掌心已经掐出了血："我都知道……你放心。"

暮雨顿时目光大耀，这一次，她终于可以无所顾忌地直视他的眼睛了。她一直都知道，他是最聪明的。他一直在跟她说"放心"，她想，她是该放心了。

此次出洲，距离三个月还很远。出洲前，观音让她按时汇报岳泠澜的行踪，她还担心得睡不着觉，现在可好了，她再也不用担心自己会拖累岳泠澜。

今后,不会再麻烦公子,也不用再浪费公子的时间和精力,为我疗毒了。

暮雨贪婪地注视着岳泠澜,想要把他的模样记得更深一些,像是只要她这样一眨不眨地瞧着他,记着他的样貌去死,来生便也能记着他似的。

她从来都没有假想过,自己会先谁一步走进他心里,若有来生,也不敢奢求。只要能长长久久地记住他,她就已经很满足了。

错落的脚步声由远及近,岳泠澜没有回头,他知道,是那些和他一样来迟的人。

"别过来。"他说。

许锦诺本就被愧悔压得不敢上前,岳泠澜既这样说了,她更是如同丢了魂一般,搀着楚玄堇,呆若木鸡地站着。

汐回噙着泪,只远远一眼,她便知暮雨再无救治的可能。医得了病,医不了命,她心里堵得慌,慢慢蹲下,捂着脸哭了起来。

阿筝静静地立在稍远处,周身升腾起从未有过的冰凉气息,将她五官神情都密密笼住。她看着那素来爱洁到了苛刻地步的白衣少年正俯身倾耳,单膝跪在暮雨身边,触地的白衣已被血水污得不成样子,可仍不见他挪动一步。

"先别管那些不相干的人了,"岳泠澜勾了下唇,"暮雨,你还有没有话,想和我说呢?"

没等她回答,他又补充道:"你有什么愿望,我都会帮你实现……我一定为你报仇……"说到这儿,连他都忍不住低了声音。

暮雨一直都没有哭,可听到他说这样的话,她盈满眼睫的泪还是滚了下来。他说他要替她报仇,他竟愿意为一个丫鬟向长离宫报仇吗?

他问她有什么愿望,他都能满足她,可她除了跟在他身边伺候他之外,别无所求,这个愿望,偏偏是连他也允不了她的。

一切都到了尽头,若说遗憾,多少还是有一些的。但凡给她一线生

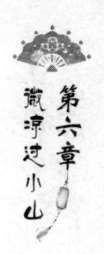

机,她多么想要活下去啊!她想陪着他,她不想就这样死了,她才刚刚知道他也把她当作亲人,她的人生才刚刚开始啊!

可是这些话,她不能说给他听,她不能让他再多一分难过,她看见他紫眸深处泛起一阵阵血色,他虽然面上依然冷静,可她知道,他在为她难过。

于是她笑了:"公子……您还记不记得……当年……我刚来慕颜洲时的名字?我姓沐……公子就说,叫'暮雨'吧……您赐的名字……我很喜欢……但我现在……想听公子……叫一声我最初的名字……行……行吗?"她已口齿不清,但再含糊的话,岳泠澜依然听得清清楚楚。

他想把声音尽量放得柔和一些,可出来的却是再也无法掩抑的哽咽:"……小好。"

"嗯……"暮雨用尽气力应道,岳泠澜往她的眼眸深处缓缓看去,只见她极尽欢愉的一双眸子如同一对灯笼,原本晶莹地亮着,不多时,却渐渐黯淡下去,最后,彻底熄灭了。

她原名沐好,那些年,其他几个侍女总爱打趣她,沐好沐好,听着像"不好不好",现在想来,却是一语成谶。她这一辈子,都不知道该怎么对自己好。

地上的血还在不止歇地漫延,可是他的小丫头,为什么这么快就没有一丝气息了?风起寒江,烟消云散,也没有这么快。

这一场暮时潇潇雨,就这么轻飘飘地打在小山上,微凉犹在,雨却早已歇了。

终于,可以抱抱她了。岳泠澜慢慢托起她的背,让她躺在他的右臂上。是的,若她还活着,这必定是最能让她觉得妥帖安稳的姿势。他抬起手,轻轻拭去她脸上不忍睹视的血,有的依旧鲜艳,有的已成暗黑。这是他第一次,也是最后一次抱她。暮雨,现在,不疼了吧?

那一夜,究竟是谁哭出了血呢?不知道。只知道,随着他的小丫头,有太多东西,再也回不来。

　　身后,有哭声渐渐响成一片,汐回的,许锦诺的,甚至连楚玄堇受伤的眼角也滚出了水泽。阿筝依旧有些木然地站着,她隐在黑夜里,无法显出神情。

　　暮雨完完全全地化成了一摊血水,那么彻底,那么快。好像这世上从未有过这么一个羞怯腼腆的清秀女子,离开慕颜洲不过数日,就潦草又郑重地走完了她的一生。

　　岳泠澜心下钝钝麻麻一片,听不见哭声,只觉得一片茫然。他蓦地站起,沉着神色一言不发地直直往前走,走了几步又很快转过身折回,反反复复不知多少次。他的白衣已成了血衣,如此来回轻拂,分外刺眼。一时之间,他竟无法辨认方向,更不知该往哪里去,去做什么。

　　汐回止住泪望向岳泠澜,见他终于立在原地一动不动,许久,才转了转那双风华无两的紫眸,低声道:"小玉钩呢?"像是在问他自己,又像是在问其他人。

　　汐回一怔,是啊,离雎呢?

　　"月姐姐是跟我一起过来的,"汐回有些结巴,"我看见暮雨这个样子,心里一急就跑过来了……我以为她也跟着呢!"

　　胸前突然一热,岳泠澜略略低头,只见一团白色的小东西正弓起绵软的身子往他怀里钻。

　　雪语?它还敢撒娇卖痴?他伸了玉白的指夹住它的脖子,毫不犹豫地把它从怀里扯出,甩到了地上。

　　雪语吓得魂飞魄散,不敢再亲近岳泠澜,只得扑棱着双翅,轻颤着背上白羽,讨好地"呜呜"直叫。

　　岳泠澜却没有放过它,他怒气已生,再次圈住它的脖子:"我教你和霜吟的第一件事,就是辨时!以你的速度,消息传至我处至多不过一盏茶!可现在都什么时辰了?若不是你耽误了时间……"

　　他顿了顿,那句"暮雨怎么会死"仍是生生忍住了。他怎能把暮雨的死迁怒于一只鸟儿?若他临出门时再多些耐心,多交代暮雨一些,告

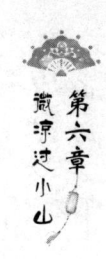

诉她无论何时珍视自己的生命才是最紧要的,她或许就不会孤注一掷,选择一条必死之路。

不能怪雪语。

他盯着它,声音放缓:"……瞧见你主子了没?"

雪语十分憋屈地扭着脖子跳脚哀号,颇有些人类龇牙咧嘴的架势,听他这样说了,它的小脑袋一昂,往不远处一伸,趁着岳泠澜微微失神松手的当口,迅速跳出他的桎梏朝那处奔去。

阿筝也从阴影处走了出来,她见岳泠澜紧随雪语而去,脚步竟有些踉跄,即使是刚才,面对暮雨那种令人五内俱焚的凄楚情状,也不曾见她如此。

嘴唇已经咬得麻木了,她舔去上面的腥甜,慢慢跟上。

阿筝一走,汐回顿觉这夜间的风势猛烈了许多,刮在脸上,一片寒凉。原来之前,那个风口处,一直都是阿筝站在那里。

他们很容易就找到了离睢。她微蜷着膝,坐在近处的一棵树下,除了在这片黑暗里略显苍白的脸色,她和往常并没有什么不同。

汐回不禁生出些不满,暮雨如此凄惨,离睢竟然漠不关心,还坐在这儿休息?她不敢表露出来,只偷偷瞄了眼岳泠澜,见他非但没有一丝责怪离睢的意思,反而蹲了下来,温柔地询问道:"没事吧?"

"有事。"她笑了笑,朝他伸出双臂,"你抱我。"

汐回简直惊呆了,离睢也太不懂事了吧?都什么时候了还这样任性?实在是轻重不分!

可岳泠澜依旧不问缘由,他抚了抚离睢的头,轻轻抱住了她。

离睢靠着他的颈窝,直勾勾地盯着他身上已渐渐转暗的血迹:"暮雨没有救回来?"

"嗯。"

"是谁下的手?这样毒辣,让她失血到这种地步?"

离睢问得冷静,汐回听到"失血到这种地步"时却已经控制不住,

低头呜咽起来。

她的哭声越来越大,甚至盖过了岳泠澜回答的声音,离雎奇怪地看向她:"你哭什么?"

汐回一愣,难得地鼓起勇气反问道:"我不该哭吗?暮雨死得这样悲惨,但凡是有恻隐之心的人,都会为她感到难过的!"她其实很想直指离雎为人凉薄,但终是不敢。

"人死灯灭,你就算哭出两缸泪,她也感知不到,也回不来。"离雎轻声道,"她活着的时候,你也不见得待她有多么亲厚。现在她去了,我们哪怕哭得肝肠寸断,也不过是在惺惺作态,说到底,只是安慰自己的良心罢了。所以,在已经无可挽回的时候,还有什么好哭的呢?"

汐回停止了哭泣,咬紧了牙,她这话是什么意思?惺惺作态?她在指谁?

"眼泪是最无用的东西。为她报仇,这才是最该做的。"离雎抓上岳泠澜的臂,语声渐小。

岳泠澜直觉有些不好,他抬了她的下巴细看,见她除了红了双眼圈以外,没什么异样,便又答了一遍:"是冷折鸢动的手……"

他停了停,像是突然想到了什么,招了雪语过来,捉了它的爪子看了看,只见它两爪疲软无力,眼里的迷茫也尚未散去,白羽紧绷,分明是被谁施过催梦之类的术法。

怪不得它在路上耽搁了这么久!若有人有意对它进行催眠,那么这一切便都可以说通了!

催梦之术并不稀奇,单说长离宫,便有一种名为"棠眠"的秘术,可以相隔数丈施展,但若此术真是出自冷折鸢之手,未免多此一举。直接杀了雪语不是更方便吗?冷折鸢对暮雨这样毫无威胁的柔弱女子都下了如此重手,总不见得会特别怜惜雪语吧!

看来暮雨的死,该承担责任的,不仅冷折鸢一个人。

"岳泠澜,暮雨有留下什么遗言吗?"阿筝突然开口。

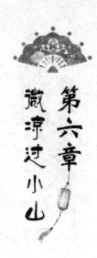

如果不是此刻她打破这暂时的寂静,汐回都快忘了她也在了。也是奇怪,阿筝一向健谈,可自找到暮雨之后却一直沉默,到了现在才算开口跟岳泠澜说了第一句话。

但岳泠澜显然并不想给她什么好脸色,他轻哂一声:"中了'碎玉乱琼',她一个字都没有说。"

阿筝闻言微怔,脸上顿时失了血色:"岳泠澜,你这是在迁怒我吗?你既已看出那是'碎玉乱琼',便该知道那是宫主才会使用的术法,与我何干?我虽是长离门人,但宫主要如何行事,我猜不到也管不着!"

见他不说话,她又指了汐回道:"事实上,我对今晚发生的事根本一无所知,我撞见血妖精他们劫人,就马上跟过来了,没想到还是晚了一步……如果可以阻止,你以为我会眼睁睁地看着暮雨死吗?你不信的话,就去问汐回啊!还有离睢,她也知道的!"

岳泠澜偏头看着阿筝,脸上依然没有什么表情,阿筝却无端觉得,他眸光到处,令人如堕冰窟,那抹藏在他眼底的感情,是一种连多看她一眼都嫌脏般的憎恶。

她呆了呆,忽地不敢再说。

"师兄,阿筝所说句句属实,她为了阿夜他们,还和长离三劫打起来了!"汐回替她辩白道,"月姐姐也可以证明的!"

"我不能证明。"离睢抓着膝,淡淡道。

她这话一出,连汐回也傻眼了。离睢怎么变成这个样子了?就因为阿筝也喜欢岳泠澜,她就如此颠倒黑白?不久之前,她明明是和阿筝一道过来的啊!

似乎看出了汐回的不解,离睢又道:"在我和小山分头去找人之后,我的确遇见了阿筝,也的确和她一起跟长离三劫交过手,他们言语之间,也确实替她撇清了嫌疑。但这一切未免太过巧合,反像是有人在刻意设计,并且,设计得不很精心。"

她坦然地望着阿筝:"既然伤了阿夜和云楂的就是长离三劫,怎么

动手到一半,他们却中途消失了?消失便也罢了,为何早不回来晚不回来,在你和我出现的时候,他们又恰好回来了?如此举动,仿佛是有意当着汐回和棠的面,把你的疑点洗清。当然,我也只是凭空猜测,更不是故意针对你,我可以证明我眼见的种种,却无法证明你真的与此事毫无关系。"

汐回正想再帮阿筝说几句,阿筝已指向离雎,冷笑道:"他们为何离开又为何折返我怎么会知道?想来宫主既然没有任何征兆地吩咐他们动手,临时改变主意将他们唤去也是有可能的,你却非要诬陷于我,岂不是欲加之罪何患无辞?你说他们三个是在帮着我演戏,能有这样扭曲的想法,你又是什么货色?"

"住口。"岳泠澜冷冷打断她,他终于正眼看她,她微一恍神,只听他沉着声,缓缓地说,"你娘没有教过你,永远不要在一个男人面前,中伤他心爱的女子吗?"

阿筝张牙舞爪的气焰顿时熄灭了,她捏紧自己的短箫,指关节发出轻微的"咔咔"声。

你娘没有教过你吗?你娘……没有吗?

心爱的女子……心爱……

他明明知道,娘是她心底多么疼的一块疤。在他面前,她把保护了她多年的外衣一层层揭开,她知道她手上沾满污垢,她从来都不是纯净的女子,可因为他,那么多她从前不屑做或者不愿做的事她都做了,她甚至为了他的喜好,试着做事留有余地……可是他呢?他用她给予他独一无二的信任反过来捅她一刀,他多心狠,知道她的死穴在哪里,就特地往哪里下手。

"岳泠澜,无论我为你付出多少,无论我怎样掏心掏肺地对你,你都不稀罕,是这样吗?"她轻声问他,见他垂目不语,她笑着点头,"那好,我问你,如果今日,身有嫌疑百口莫辩的是离雎,你又当如何?"

"我会自证清白。"阿筝问得刁钻,离雎不想岳泠澜为难,抢先答道。

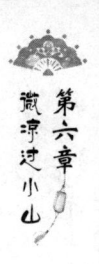

第六章
藏凉过小山

"你是圣人吗?"阿筝眼中满是讥讽,"有时是非善恶,不过一念之间,时势推着你走,由不得你愿意。你能保证自己一辈子不犯错?倘若你不是身有嫌疑,而是确确实实地做了坏事呢?"

离睢张了张口,想说什么又不知该如何说,岳泠澜拍拍她的臂,对阿筝道:"这个问题,我早就回答过你。"

那日棠第一次来到别苑,给他们带来离睢的消息,阿筝也和今天一般,见缝插针地攻击离睢,当时,岳泠澜是怎么回答的呢?

想起来了,他说"小玉钩的烂摊子,我会收拾"。

他允许她犯任何错,要赎要罚,他都陪她。

阿筝死死盯着岳泠澜,她觉得自己此刻就像是一条涸辙之鲋,连呼吸都是疼的。她往前一步,汐回不知她想做什么,有些担心又有些戒备地拦住她,却被她挥手推开。

阿筝正要继续向前,一声清脆的长鸣破空而起,汐回只觉脸畔风声顿急,待反应过来时,已忍不住惊呼出声——雪语尖叫着,如离弦之箭,穿透了阿筝的左肩,速度之快,连岳泠澜都没有看清。

剧痛使阿筝几乎站立不稳,她定定神,迅速点了自己几个穴道止血,再看向雪语时,眸中已是一片杀意。

雪语全无惧怕之色,它周身染血,羽毛根根直竖,杀气腾腾地跟阿筝对峙着。

汐回震惊过后,忙上前替阿筝验伤,她不知是不是因为阿筝是长离门人的缘故,所以雪语才如此愤怒,毕竟它多半是在冷折鸢手里吃了亏,敌视有相似气味的长离门人也是情理之中。只是,阿筝这次受的可不是小伤,被生生贯穿肩膀,还忍着不杀雪语……她真的爱惨了岳泠澜。

"就因为我是长离宫的人,便犯了连坐之罪吗?"阿筝捂住左肩,指缝间依然有血不断涌出,"即便是连坐之罪,我今日也已还了。"

"有没有罪,你心里清楚。"他语气轻淡,至此才算把这些残忍的话说完了。

203

"岳泠澜!"阿筝抹落汐回的手,一边往后连退几步,一边含泪道,"若有一天,你发现你冤枉了我!若有那么一天……"

若有那么一天,她又能怎样呢?

她终是没有把话说完,按着伤口,一步一跌地跑开了。

汐回急得耳朵都红了,可她又不敢不经岳泠澜允许就去追阿筝,正原地打着转呢,林间忽然响起一声沉闷的钝响。

唐似漪跪在暮雨化成的那摊血水前,她的姿势极为怪异,张着嘴瞪着眼,像是在嘶喊什么,却没有发出任何声音。

在很久以前,在她受尽排挤的时候,芷汀还没有进慕颜洲,冰沁也不是很喜欢她,只有暮雨一直温柔待她,愿意和她结拜。结拜那天,她们对彼此说,结为异姓姐妹殊为不易,这一生都要真心相待,为对方赴汤蹈火。可到头来,真心待人、赴汤蹈火的,只有暮雨一个。

岳泠澜也看见了唐似漪,他站起身,不料离睢失了依靠,竟一下子栽倒在地。他向来紧张她,可这一回不但没有去扶她,还板着张脸,唇抿成一线。暗夜里,他如雪玉琢成的一张脸显得越发冷峻,而他眼中那层薄薄的情绪,仿佛可以称之为"怒气"。

他早就看出她不对劲!之前从唐府赶过来的时候,她分明比他更担心暮雨,现在暮雨死了,她却坐在树下纹丝不动,就像什么事都没发生过一样;她私下里有时虽爱娇耍懒,但从不是不知分寸的性子,怎会一见了他就嚷嚷着要他抱?

除非,她自己站不起来。

这个明明有事还忍着不说,害他提心吊胆的坏丫头,他真不想理她!

离睢虽然知道自己理亏,但见岳泠澜只冷漠地袖手旁观,她便也觉得委屈。她不想折了自己的骨气去求岳泠澜,索性赌气不去看他,自顾自地挣扎着想要站起来,可无论她怎么使劲儿,都没法让她的腿动一动。

她又急又气,脑袋发热,往地上狠捶了几下,肩窝处却猛然一紧,手也被粗暴地捉住。

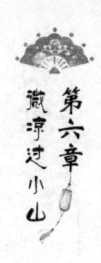

第六章 觉得过小心

"脚已经废了,手也不想要了?"他沉声斥道,将她一把提起,可还是没有抱她,只半蹲着,让她重新坐好,神情和态度都是从未有过的冷硬。

离雎更委屈了,她是有错,可她已经这么难受了,他还凶她?她不想乱发脾气,正巴巴地想着怎么给自己找个台阶下,落在岳泠澜眼中,倒成了她梗着脖子不睬他。

他越发生气:"自己不懂事,还要使性子?"

这下,离雎是真的火了,他这样不分青红皂白地教训她,那她就如他所愿,使性子给他看!她别过脸去,下巴抬得老高,不辩驳也不看他。

汐回被晾在一边很久了,她见岳泠澜和离雎僵持着,两个人的火气都到了一触即发的地步,便硬着头皮帮离雎检查了一下,努力缓和气氛道:"月姐姐,别担心,至少现在你的头脑还很清楚,身体也没有别的不舒服,我先替你看看是不是整双腿都彻底没有知觉了,好不好?"

离雎细如蚊呐地"嗯"了一声。

汐回在离雎的腿上敲敲打打,随着她的动作,岳泠澜的眉也越锁越紧,因为,离雎没有任何反应,显然是没有感觉到任何力量。

"怕是你的病发生异变后,进入了某个之前从未经历过的阶段,所以你的腿才会失去知觉……"汐回小心地说,"至于这种情况是暂时的还是长期的,还得等回到别苑,手上工具齐全了,我才能细细研究。"

她说话字斟句酌,虽然表面上是对离雎说的,但她心里很清楚,最关心离雎情况的,是岳泠澜。

离雎低着头,偷偷斜眼看了看岳泠澜,只见他正抱臂摆出一副漠不关心的样子,眼睛却没有一刻离开过她的腿,不由得计上心来。她突然"嘶"了一声,抓住了自己的膝盖,连连抽了几口气。

他果然中计,热闹也不看了,冷漠也不装了,推开挡在前面的汐回,边去抱离雎边急道:"怎么了?腿很疼吗?"

汐回在岳泠澜背后连翻几个白眼,她都懒得说他了,关心则乱也不

能乱得连基本的分辨能力都丢了吧？刚不是说了离睢的腿没有知觉了吗？怎么可能会疼？再说了，离睢的演技如此浮夸，也就他还会相信。

离睢目的达到，忙趁热打铁地攀住他的脖子，讨好道："不疼……你看，要是我腿疼，你多担心，所以我才不说的。"

见她挂在他身上不肯松手，好像生怕他会甩掉她似的，岳泠澜的气早已消了大半。不过，依她的意思，她还是因为怕他担心，所以才不告诉他她的腿坏了的？她就不能用点儿脑子？她瞒着不说，让他瞎猜，他岂不是更担心？

他无奈地摇摇头，还是抱紧了她："现在还不说吗？"

"我的腿坏得很突然。当时，我远远看见你和暮雨，正想过去，不知怎的就摔了一跤。汐回和阿筝都已经跑远了，我以为是小事，就没有喊她们，之后却发现我的腿根本不听使唤，不疼不痒，可就是怎么都站不起来……"

岳泠澜呼吸一滞，想要赶紧带她回去，她却很无所谓地摆摆手："不用这么着急，已经耽搁不少时间了，不差这么一会儿。反正也不疼，你多抱抱我，挺好的。"

岳泠澜发誓，如果不是看她现在腿脚不便，他真想把她扔地上。

"况且，你还有一个人没解决呢。"她拉拉他的衣襟。

是了，这里被当作空气的，不止汐回一个。

密林深深，夜色沉沉，黎明应有的光影都被阻隔在外。岳泠澜向着唐似漪走来，他的白衣上星星点点的都是暮雨的血，乍一看，倒像是他衣上有乱梅飞舞，那样鲜艳得令人眩晕的红，就和他此时的唇色一样。他在唐似漪面前站定，居高临下地俯视着她，恍若神　降临。离睢的脸埋在他的怀里，也不知她是不是已经睡着了。

但没人察觉到，岳泠澜腰间的佩剑开始颤抖……

那真的是一把剑吗？为什么只有剑柄，没有剑身？而当岳泠澜握住那剑柄时，它顷刻间泄出银白色的剑气，凉凉地落在唐似漪精致的前额

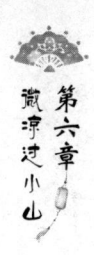

上。岳泠澜神色平静地望着她渐渐仰起的脸:"涧花,雪语中的可是'棠眠'?"

涧花?唐似漪,竟是涧花?怎么可能呢?如果她才是涧花,那许锦诺又是谁?难道……她们交换了容貌?汐回大惊,继而大骇,暮雨死得这样惨,唐似漪显然和这件事脱不了干系,可倘若她是涧花,师兄会拿她怎么办?她们都曾是他的侍女,服侍他多年,他虽从不提及,可汐回知道,他向来珍惜待他好的人。

"没错,就是'棠眠'。"唐似漪轻轻道,她眼里甚至带了笑,仿佛在期待着他会如何反应。

"是你使的,还是冷折鸢?"

"是我。"唐似漪认得干脆,她高昂着修长的脖颈,笑得越发放肆,"早些年跟着长离宫混的时候,我学会了'棠眠',但当时我真的没有想到,有一天,我会把它用到雪语身上,更没想到,我会害死……"她已说不出暮雨的名字。

冷折鸢诓了她。说什么会为她配药,让她千万留意身边的异动。她看见了雪语,以为雪语发现了冷折鸢和她勾结,这才使了"棠眠"诱它睡着。她哪里会想到,暮雨会因此丢了性命。

"师兄,这样看来,阿筝真的什么都没有做啊!"汐回又想起了阿筝离去时凄哀的眼神,忍不住就想为她说几句话。

"阿筝?"唐似漪喃喃道,"她算什么,冷折鸢根本就不在意她,她怎么会知道这些计划……"

不知是她打心眼里就瞧不起阿筝,还是因为良心发现,觉得没必要把不相干的人拉过来当垫背的,总之,她像是已经破罐破摔,不再为自己做任何辩解。

"很好。"岳泠澜点点头,墨发微扬,紫眸潋滟,话音未落,白虹般的剑气已贯穿唐似漪的胸口,不见其形,却将她死死地钉在了地上,溅出了一地血色落花。

207

唐似漪瞪大了双眼,不可置信地望着自己胸前愈染愈大的血迹,在刺心入骨的疼痛中哑了嗓子:"公子,您是……真的想要杀我?"

"你不是一直想知道,我会如何处置你吗?"岳泠澜微微挑眉,对眼前之人,他连轻蔑和厌恶都不屑给,"喏,就是这样。"

他走近,蹲下,一举一动依旧清贵优雅。他指尖微勾,唐似漪胸口的一角衣衫缓缓扬起。凝视着她胸前那面小巧玲珑的护心镜,岳泠澜的神情淡若冰湖凉风,语气却很是可惜:"原来是北堂氏护心的至宝。怪不得这一剑偏了。"

"不可能的……"她的汗水和泪水一道淋漓而下,"您怎么会想要我死?您那样聪明,早就猜出了我的身份对不对?如果您真的要杀我,为什么会拖到今天?"

岳泠澜不说话,往她身上丢了一件东西。

她浑身颤抖,用仅有的力气缓缓捉住它——那是一只用竹子编成的小蚱蜢。一时间,她竟不知是该哭还是该笑。他不杀她,竟是因为这个?

在慕颜洲的那些年,她曾替离睢编过无数只蚱蜢蛐蛐,只给自己留下了这一只。因为,这一只,是岳泠澜允她留下的。她不知自己的生辰,进枕菡榭的那天,便成了她的生辰。那一年,她端着暮雨煮给她的长寿面,边吃边哭,岳泠澜恰好瞧见了,问她为什么哭。她说,觉得自己一无所有,没有什么东西是真正属于她的。

他垂目看了一会儿她落在碗里的泪,又看看她手边那一堆新折的小蚱蜢,捉了一只放在她跟前,说:"至少,它是你的。"

他留给她的温柔,就那么一点点,可她细数了小半辈子。她叛逃离开慕颜洲,辗转大极各地联络北堂家的残余亲信,跟着她走南闯北片刻不离的,只有这只小蚱蜢。

她将它藏在胸口,岳泠澜怎么会知道的?

她猛然一震,想起最近一次她拿出这只小蚱蜢,是在那个她部署了大半精锐偷袭慕颜洲的夜晚,她疯狂地想他,在兵器库里号啕大哭。

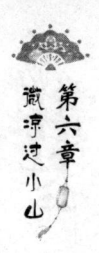

这么说，他那个时候，就已经看穿了一切？那他画的那张《破阵图》……

"那张《破阵图》，自然是假的。"他淡淡地说。

那晚，在唐府兵器库里，他见她捧着小蚱蜢哭得伤心，便动了恻隐之心，想留她一条命，这是真的。

可自她把离睢也牵扯进字石那样阴狠的预言时起，他这一生，就已经再也容不下她了，这也是真的。

她触到了他的底线，她已堵死了自己的生路。哪怕，她做回当初那个怕冷贪嘴的小丫头。

其实哪里回得去呢。

"算算日子，你的人马应该已经全军覆没了。"他满不在乎地继续往她心里捅刀子，"还有，你大概还不知道吧？就在几个时辰以前，整个唐府，连带着兵器库，都已夷为平地。"

"我为什么拖到现在才杀你，你如今可明白了？"他满意地看着她眼底的绝望和痛苦，轻轻道，"因为知道一切都失去了，一切都无法挽回，毫无希望地死去，这样最痛苦。"

暮雨就是这样死去的，他也要让她尝尝这种滋味。

他一手抱着离睢，另一手毫不犹豫地探出，便要揭下唐似漪的护心镜……

"师兄！"汐回惊呼一声，喉头苦涩，"如若没了这护心镜，她会死的！"

"我知道。"岳泠澜没有转身，只微偏了头，唇边牵起的浅淡弧度好看得简直祸国殃民，可他说出的话，却是这样残忍。

呼吸沉重间，唐似漪连将死的恐惧都消失了，她能感知到的，只有蚀骨吸髓般的痛苦，她喘着气，泪眼婆娑地问他："公子，当年那场风筝会，为什么您把那只青鸟风筝给了我呢？"

早些年，岳泠澜还没有在碧海青天常住，慕颜洲每到春时都会举办

209

大型风筝会，场面总是难得地轻松热闹。有一年，拂衣亲自抱了堆风筝到枕菡榭，让她们四个侍女挑选。她至今依然记得，挑风筝时，她的顺序在前。她对青鸟风筝没有特殊的喜好，可她偏偏点名要它，因为众所周知，暮雨喜欢青鸟。

她想，她和暮雨她们相比，在岳泠澜心里，是不是更重要一些呢？不然为什么他轻而易举地就应了她，他不可能不知道那是暮雨的心头好，也一定能猜出，她急于证明的心思啊！

他半眯起眼，不久，想起她说的是哪件事了："因为你不知道，暮雨排在你身后，她看见你盯着那只青鸟风筝，知道你喜欢，所以比你更快地挑了另一只蝴蝶风筝。"

她多年的信念，在这一刻，灰飞烟灭。原来，不是他待她特别，是暮雨一直在让她？这太好笑了！她坚信了那么久，她以为比起其他几个侍女，岳泠澜更需要的是她，更看重的也是她，可需要，竟然从来都和重要毫无干系。

而她，害死了这世上可能是唯一一个真正待她好的人。

浓重的不甘在心里来回啃噬，唐似漪依然仰着头看着岳泠澜，看着他的手探到她的胸前，就要揭下她保命的护心镜，她多么希望，在她鲜血流尽之前，他的眼里能流露出哪怕一丝一毫的犹豫，只要有那么一点点，她这许多年的思慕就不至于沦为一个彻头彻尾的笑话。

许是精诚所至，他竟然真的停下了手上的动作，若有所思地瞥了汐回一眼。她心下垂死的希望立刻冒出头来，正想说些什么，他的声音已经碾过她的心尖："是了，你现今还不能死。汐回，快些动手，把许姑娘的脸还给她。"

如果说，她心里曾为他筑了一座小小的江山，她做梦也好，妄想也罢，都曾希望尘埃落定的那天，他能和她一起并肩立于高处，共享世间繁华，那么现在，那座小江山，天塌地陷。

汐回愕然地站在原地，换脸？现在？虽然现在身处荒郊野外，她随

身携带的工具也不齐全,但初步换个脸还是可以的,等回了别苑再做细致的修复就是了。可是,涧花虽然因为护心镜的缘故暂时保住了性命,可岳泠澜的一剑伤她甚重,如果再揭下她的脸,她立时失血难禁,必死无疑。

汐回不自觉地往许锦诺的方向看去,两个人双目相接,都是一样的茫然。她们两个人,一个是医术高绝的医女,解决过的疑难杂症何止千万;一个六年来把唐似漪恨入骨髓,无时无刻不期盼着能拿回自己的脸。可现在,她们二人都空睁着双眼,根本无法跟上岳泠澜的节奏。

"还不动手?"岳泠澜低声催促,"我虽未摘下她的护心镜,但以她的失血速度,不出片刻便会死,容颜互换,最忌死物。"

死了,就换不了脸了……死物……狠厉到无以复加的话被他轻描淡写地说出来,唐似漪突然发现,她已经找不出心上没有被撕碎的一隅了。可为什么,他在说这种话的时候,还能这样皎然清冷,恍若神人?她竟然半点儿都不恨他。

失血让她昏昏欲睡,余光里,汐回正一件件地摆出工具,她强撑着眼皮,看着岳泠澜,一双清亮的眸子里渐渐滴出水来:"公子,我伴你多年,你怎么舍得?"

"暮雨亦伴你多年,你又怎么舍得?"岳泠澜的呼吸淡而冰凉,"你有没有想过,她比你更早入枕菌榭,如今伴我十余年?涧花,欠了别人的,终归要还。还清了,再去吧。"

还清了,再去……他还是想让她死啊,原来,在他心里,她已非死不可。

为什么,他们之间,竟走到了这一步?

"不要!"许锦诺结结巴巴地喊出声来,"我不要了,真的!"

楚玄堇赞许的目光追随着她,她收到了他的支持,顿时有了忏悔的勇气,她走到岳泠澜面前,郑重一拜:"如果不是我自私,一直为虎作伥,如果我早早地把一切都告诉你,或许事情就不会发展到今天这个地

步。岳公子，暮雨的死，我也有责任，我实在不知该如何偿还，就让我戴着涧花的脸，至少这一生一世，替你保持它的干净吧……"

事到如今，竟要许锦诺来保她一命吗？心上已千疮百孔，被揉搓锤凿得不成样子，许锦诺的话，她已听不进去，也不想再听。

可是他的声音，她不能不听啊！

他说："许姑娘，你的脸，你有权放弃，但是暮雨的命，我必须讨回。"

他利落地摘下她的护心镜，丢到一边，她顷刻间血流如注。他就这样恨她吗？恨不得她即刻死在他面前？

不知是不是回光返照，她突然有了力气，抓住他的手，声音发颤："您有一时一刻真心待过我吗？"

她从未想过，生平第一次触到他的手，会是在将死的这一刻。他的手这样凉，那他的怀抱呢？躺着离雎的这个怀抱呢？也是这样冰冷的吗？

她满头是汗，突然涌起一股想把离雎从他怀里拽出来的冲动，这个念头盘桓在她心底很久了，她一直都不敢跟离雎去比，难道她现在快死了，还是不敢比吗？

她跟后进洲的那些婢子不一样，有很多事，连芷汀都没来得及看见，她却看在眼中，记在心里。

岳泠澜不是从一开始就对离雎这样好的，甚至在她尚未进入枕菡榭的时候，她已经亲眼撞见，在若微溪边，岳泠澜和离雎爆发了激烈的争吵。他毫不迟疑地挥出佩剑指着离雎，那把剑，论神秘和精巧，远不如今日无形的这把，但他都可以用那把普通的剑随意指向离雎，是不是说明离雎在他心里一开始也不过如此？之后，离雎撞上了他的剑锋，她脸上那道月牙形的疤痕，便是那时留下的。

为什么他曾经待离雎那样恶劣，现在她却可以安然地躺在他怀里？而她，当她还是涧花的时候，他虽不曾待她有多好，但从未伤过她一个

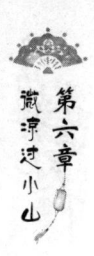

第六章 葳蕤过小山

指头。可如今,为什么她勤勤恳恳地服侍了他这么多年,只是因为做错了一件事,他就要她的命?

她的身份,不是她想要的啊!她长到十岁,潜藏在身体里的蛊毒爆发,她从循环往复没有尽头的梦魇中得知自己的身世,得知自己的父亲竟是北堂遇。她从未被北堂氏养育过,对这个家族的感情,来自于夜夜不得安睡的恨意。她恨她的家族带给她的痛苦,可如果要结束这种痛苦,除了背叛慕颜洲,她没有别的办法。

归根结底,她不能怨她的父亲把她当作工具,没有养她一日就往她身上种下这样的东西,她也无法揣测,当年北堂遇是如何跟长离宫有了联系,如何拿到属于长离的蛊毒的,她只知道,这一切都得算在观音头上。

现在,岳泠澜要杀她,她真的很想知道,为什么他就待她这样苛刻,他如果从未对她付出过真心,又凭什么要求她事事尽美?

岳泠澜像是听到了什么笑话,竟然低低笑了起来。

"何谓真心?"他说。

她的身边,落下了一枚闪着蓝光的药丸。

若说真心,倘若他不是真心看重她们几个侍女,把她们当作无血缘的亲人,他怎会一次次地给涧花机会,还帮她向汐回讨了绝梦蛊的解药。

长离宫能帮她的,难道他就不能吗?可她何曾向他吐露过半点儿秘密,她怎么配说"真心"。

早知今日,何必当初。

他拂落她的手,站起身来。

她看见他抱着离睢,足下生风,瞬间走出她的视线。

她的意识已经不很清明了,但她仍隐约记得,他说话时无意间触到了离睢的脸颊,突然神色遽变,转身便走。

唐似漪并不知道离睢是睡是醒,但她知道,岳泠澜一定不会让她有事。他其实从来都不是个故作清冷的人,他脸上的情绪很多,只是一直以来,都只是为了他怀里的那个人罢了。

213

至于她,她身上已无一处干净,唯一干净的,已经是别人的脸,与她再无瓜葛。

铺天盖地的黑暗慢慢将她吞没,彻底失去知觉的那一刻,她忽然想,她怎么会傻到跟离睢去较劲呢?暮雨死的时候,他来了,现在她要死了,他却走了。她根本连暮雨都不如。

离睢的腿恢复知觉,已经是在三天之后。这三天里,她没有别的什么不舒服,只是极为嗜睡,每每中途醒来,岳冷澜都会敲敲她的腿,问她有没有感觉,她一摇头,他便拧了眉,捏着她的鼻子给她灌上一大碗药,苦得她一个劲儿地想,要是没的是味觉就好了。

到了三天后的黄昏,汐回照常来帮她看诊的时候,她和以往一样狠狠掐了一把大腿,终于痛得叫出了声。她连自己的腿为什么会突然失去知觉都没问,就火急火燎地跳下床想去找岳冷澜——不知道为什么,他平时总是陪着她,这会儿却不在。

汐回迟疑了一瞬,喊住她:"月姐姐,有句话,我不知当讲还是不当讲。"

她头都没回:"那就不讲了吧。"

因为身上的痼疾,她跟汐回接触的次数很多,可越接触,她便越觉得,汐回令人捉摸不透。倒不是因为汐回的心思有多么高深莫测,相反,离睢有时候甚至觉得,汐回可能连真正的自己都没有看清过,她连自己都不信任,连自己都骗,别人又怎么能猜到她的真实想法呢?

"我觉得你应该向阿筝道歉,"汐回盯着离睢的背,"阿夜和云兄弟是长离三劫抓的,暮雨是冷折鸢杀的,雪语是涧花催眠的,事实已经证明,阿筝和整件事无关。"

"你说的三点的确都是事实,但并不能证明阿筝和整件事无关。"离睢自顾自地穿鞋。

"月姐姐,你根本没必要这样针对阿筝。虽然她也喜欢师兄,但师兄依然一心向着你不是吗?何况自你让雪语伤了她之后,她就已经走了,

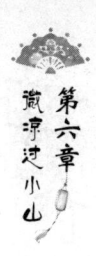

她的存在根本就对你构不成威胁。"

离睢不由得笑了,素来温婉和顺的汐回竟然会说出这种话,她却不觉得有多么意外。

她回过头:"第一,我从没有刻意去针对谁,只是就事论事,选择相信我的,是小山,你若有不满,应该去告诉他,而不是我。第二,我若想和谁动手,即便技不如人也会光明正大地和她较量,绝不会指使雪语。第三,阿筝既然已经离开,你还在这儿替她打抱不平,未免多此一举。"

"我只是看不惯!"汐回咬唇,至于她是看不惯离睢此时的态度,还是看不惯岳冷澜的偏心,她自己都说不清楚。

见她如此反应,离睢正中下怀:"我自是知道你们一见如故,虽不曾共同经历过什么大事,她也未曾救过你,你更没有和她一样爱慕小山,可已是姐妹情深。"

汐回从不知离睢如此会讽刺人,听她正话反说,自己被她一件件戳中心事,顿时脸色发白,难以招架。

"不过我倒是觉得,你早不说晚不说,阿筝走时不说,小山在时不说,偏偏挑现在这个时候跑来独独说给我听,看这情形,阿筝的存在对我没什么威胁,我的存在倒像是对你有威胁似的。"说完,离睢已穿好鞋子,撂下呆在原处的汐回跑出屋去。

别苑就这么大,离睢很容易就找到了岳冷澜。他正坐在莲池边,背对着她支着胳膊,不知在想什么。这个时节,莲池依然尚未开出成片的莲花,他的大半只衣袖浸在水中,从离睢的角度望去,倒像是在江心开出了一朵绰约的白芙蓉。

她轻手轻脚地走过去,忽地从背后抱住了他。在她看不见的那一面,他随即睁开双眼,眉峰微聚:"又只穿了件单衣就跑来。"

"这样我才有理由让你抱我呀!"她理直气壮。

"多大人了,还这样爱撒娇。"他嘴上埋怨,身体已经诚实地侧了

侧,把她揽进怀里。

"缓过来了?能跑能跳?"

她点头应着,抚上他的白衣:"你也缓过来了吗?"

他当然知道她指的是什么。他身上的这件白衣,显然不是暮雨死的那一日,被她的鲜血染红的那件。

"那件血衣呢?"她想了想,还是轻声问他。

"丢了。"他声音低沉。

在离睢昏睡期间,他回了趟暮雨的老家,为她建了个衣冠冢,把那件血衣也埋了进去。暮雨已经死了,再也回不来,他没有留着故人的物件凭吊的癖好。

他这一生,只留下过一件血衣,远在六年前。他留下它,不是为了纪念,而是因为他相信,这件血衣的主人终有一日会回到他的身边,他必须时刻保持警醒,时刻记住,她还没有回来。

"是不是觉得我很凉薄?"见离睢许久都不吱声,他抵了她的额,眼里晶晶亮亮。

她摇头:"你只是不想浪费时间在无意义的事情上罢了。如果我没猜错,你刚才应该是在想,今后的路,你该怎么走。"

是直接把不思珉带回慕颜洲交给观音,由她设法取出,还是先冷折鸢一步,找到剩下两个结契者,集齐六个字取出不思珉,再回慕颜洲?

是为暮雨报仇,杀了冷折鸢,还是看在阿筝的面子上,留下一丝余地?毕竟,阿筝可能真的被冤枉了……

"小玉钩,你一直都很懂我。"他轻轻吻了一下她的眼睛,"我想要的,从来都和他们不一样。"

他从小就觉得,他并不适合江湖。他和冷折鸢不同,更和观音不同,他没有一统江湖的野心,更没有插手朝政的权力欲。他其实很不明白,为什么他生了副这样的性子,上天偏偏要让他长在慕颜洲,一出世便天赋异禀。若这是天降大任的前兆,他真的不想要。

一直以来,他都是被动的。从前,为了报答观音的养育之恩,他走遍天下,大极、束孤、神秘的容魄古城……只是为了替观音打通各地关节,收服其他大小门派,至于壮大慕颜洲,这是观音的心愿,并非他的。

他本以为找到不思珉后,他便可以对观音有所交代,功成身退,到那时,执子之手寄情山水,何其逍遥。可如今,因为暮雨的死,他又被推着去想接下来该走的路,他想要的自由,又一次遥遥无期。

这样一想,他这辈子唯一主动的一件事,便是爱他所爱。

"别把你接下来要走的路当作负担,"她点醒他,"暮雨怎会希望你因为她而添了负担呢?小山,你别去想,因为谁,你应该怎么做,你该想的是,怎么做,你心里会觉得痛快。不为别人,不为暮雨,不为我,为你自己。"

她在他怀里端正了姿势坐好:"就好比报仇这件事,其实说白了,为已死之人报仇,逝者真的能感知到吗?但是报了仇,你自己才会安心。这样想想,是不是心里就舒服多了?所以,要是有一天,我被谁害死了,我也支持你报仇,因为这样你心里会舒服一些,我不想你不开心。"

"好端端地就开始胡说八道,什么死不死的?"他来不及制止她,眸中起了薄怒。

"别生气啦,我以后阴魂不散地跟着你就是了!"她自以为聪明地试着扭转局面。

简直越说越离谱,必须给她点儿颜色看看!

于是我们的岳公子俯下身,狠狠咬了口她的耳垂。

她痛得直揉耳朵:"我突然想到一个问题。"

"说。"

"暮雨将死之时,你阻止大家过去,用意何在?"她的眼珠转了转,"暮雨真的一个字都说不出来了吗?"

他长眉轻扬,伸手替她揉了揉耳朵,心想,有时候,媳妇太聪明了也不太好,会让男人少很多成就感。

夜色轻临萱城,但千里之外,有座城池灯火通明。

月蹊城,南临若清,夜市繁华无匹,是大极首屈一指的不夜城。但对江湖中人而言,月蹊城之所以闻名,是因为长离宫。

说来也是有趣,长离作为地下宫,偏偏建在不夜城的一隅,光与影、明与暗肆意交汇,月蹊也由此名声大噪。

穿过大片妖娆盛开的虞美人,阿筝在黑暗中踏着点点流萤走来,到了正殿门前时,她的短箫发出一阵清啸。

正殿大门应声而开,她也跟着放轻了脚步。

高台之上,有一名女子把头埋在膝间,似乎已经睡着了。她的曳地长裙边上,七倒八歪地散着几个酒盏,葡萄色的酒汁溅在她的身上,看得阿筝轻轻叹了口气。

还是这样没戒心,一个护卫都没有就敢在这里睡。

阿筝走到那名女子面前,温柔地摇了摇她:"我回来了。"

那名女子在睡梦中嘤咛了一声,算是回答。

阿筝看得直笑,揪住她的两只耳朵晃了晃:"拜见宫主大人,小的回来了,宫主大人还不肯赏脸醒一醒吗?"

那名女子像是霎时睡饱了,"噌"地抬起头,睡眼惺忪地看着阿筝。

她长了一张和阿筝一模一样的脸。

——本季完——